일러두기

1. 번역에 쓰인 원전은 2013년 중국 장강문예출판사에서 출간한 '이월하 문집' 제1판을 사용했다.
2. 맞춤법과 띄어쓰기는 한글맞춤법과 외래어표기법에 따랐다.
3. 한자는 우리말로 표기하고, 꼭 필요한 경우에만 괄호 속에 원음을 병기해 이해하기 쉽도록 했다.
   예 : 다이곤多爾滾(도르곤)
4. 인명과 지명은 우리말로 표기했다. 단, 이미 굳어진 표현은 원지음을 존중했다.
   예 : 나찰국羅刹國(러시아). 이후에는 '러시아'로 표기
5. 본문 중의 괄호 안에 뜻을 풀이한 것은 모두 옮긴이의 설명이다.

【제왕삼부곡 제2작】

시진핑 주석이 반부패개혁의 모델로 삼은 황제

옹정황제

3

얼웨허 역사소설

홍순도 옮김

雍正皇帝

더봄

옹정황제 3권

개정판 1판 1쇄 인쇄　　2015년 9월 7일
개정판 1판 1쇄 발행　　2015년 9월 9일

지은이　　얼웨허(二月河)
옮긴이　　홍순도
펴낸이　　김덕문

펴낸곳　　더봄
등록번호　　제2015-000072호
주소　　서울특별시 중구 을지로 12길 28, 207호(저동2가, 저동빌딩)
대표전화　　02-2264-0148　　**팩스**　02-2264-0149
전자우편　　thebom21@naver.com
블로그　　blog.naver.com/thebom21

ISBN 979-11-86589-29-8 04820
ISBN 979-11-86589-26-7 04820(전12권)

책값은 뒤표지에 있습니다.

정대광명正大光明

자금성 건청궁의 금룡보좌 위에 걸려 있는 편액의 글씨. 순치제의 친필로,
'바른 것을 밝힌다'는 뜻이다. 강희제는 태자 윤잉을 폐한 후 후계자의 이름을
문서에 적은 후 봉인한 상자 속에 넣어 이 편액 뒤에 감춰두었다.

자금성紫禁城 **건청궁**乾淸宮
건청궁은 황제의 침궁인 동시에 일상적인 정무를 처리하던 집무궁전이다.
이 전각에서 황실의 잔치를 베풀기도 했으며, 외국 사절을 접견하기도 했다.

자금성紫禁城과 북경성北京城 위치도

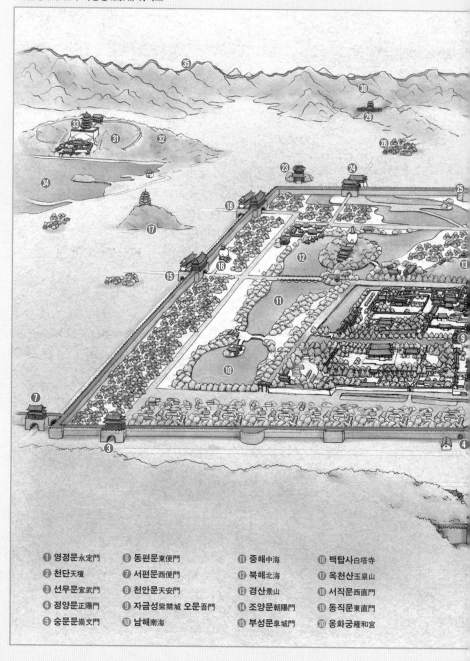

- ❶ 영정문永定門
- ❷ 천단天壇
- ❸ 선무문宣武門
- ❹ 정양문正陽門
- ❺ 숭문문崇文門
- ❻ 동편문東便門
- ❼ 서편문西便門
- ❽ 천안문天安門
- ❾ 자금성紫禁城 오문吾門
- ❿ 남해南海
- ⑪ 중해中海
- ⑫ 북해北海
- ⑬ 경산景山
- ⑭ 조양문朝陽門
- ⑮ 부성문阜城門
- ⑯ 백탑사白塔寺
- ⑰ 옥천산玉泉山
- ⑱ 서직문西直門
- ⑲ 동직문東直門
- ⑳ 옹화궁雍和宮

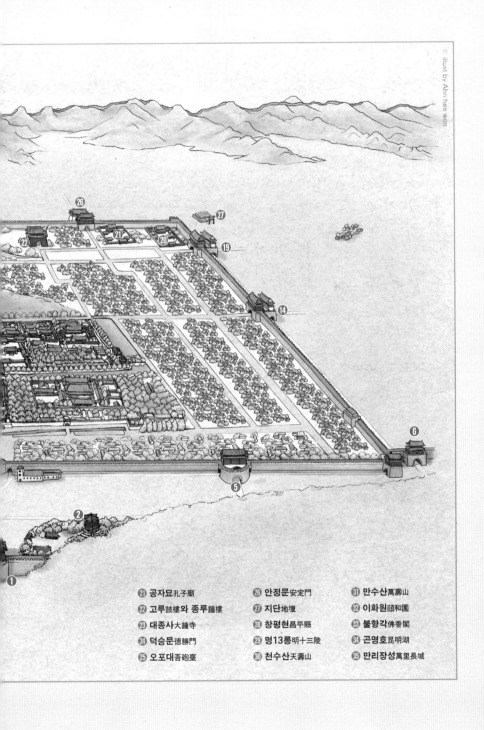

장정옥張廷玉

안휘安徽성 동성桐城 출신으로, 자는 형신衡臣이다. 강희 39년(1700년)
진사 시험에 급제하여 한림원에서 일하기 시작했다. 그후 강희제에게
인정을 받아 조정의 고위 요직을 두루 거쳤으며, 강희제 말기
재상으로서 그의 유조遺詔를 받는 고명대신의 중책을 맡는다. 강희제에
이어 옹정제, 건륭제 3대를 섬기는 3대 명신으로 이름을 떨쳤다.

방포方苞

장정옥과 같은 안휘성 동성 사람. 강희 45년(1706) 회시會試에
급제했지만 어머니의 병환으로 전시殿試에는 응시하지 못했다.
강희 50년(1711) 대명세戴名世의 《남산집》南山集에 서문을
써주었다가 필화筆禍 사건에 연루되어 투옥된 뒤 노예의 신분으로
전락했다. 2년 후 사면을 받아 복권된 뒤 강희제로부터 문장력을
인정받아 벼슬이 없는 선비인 포의布衣의 신분으로 강희제의
곁에서 후계자 선정에 중요한 역할을 맡게 된다.

시세륜施世綸

1659~1722. 복건성 진강현 출신으로, 자는 문현文賢이다. 대만 복속에 큰 공을
세운 정해후靖海侯 시랑施琅의 아들로, '시청천'施靑天으로 불릴 정도로 청나라의
대표적인 청백리 중의 한 사람. 일찍이 태주泰州 지주知州를 거쳐 양주揚州 지부知
府로 있을 때인 강희 28년(1689) 남순南巡 때 강희제로부터 '천하제일청관'天下
第一淸官이란 편액을 하사받았다. 그후 호남 포정사를 거쳐 호부시랑, 순천부윤,
조운총독漕運總督을 지냈다. 사진은 밀랍으로 만들어진 형상이다.

연갱요年羹堯

넷째 황자 옹정이 기주인 한군양황기漢軍鑲黃旗 출신. 강희 29년(1690)에 진사가 되어
사천四川성 순무巡撫와 총독總督, 정서장군定西將軍을 역임했으며, 서장西藏
(티베트)의 반란을 진압했다. 옹정이 황자의 신분일 때 융과다隆科多와 함께 여덟째
황자 윤사 집단을 견제하는 두 개의 칼날로, 적지 않은 공을 세웠다. 옹정雍正 즉위
후 무원대장군撫遠大將軍이 되어 청해靑海를 평정한 공으로 일등공一等公에 봉해졌다.
하지만 그 직후 시기와 견제를 받아 옹정 3년 말에 자결하라는 명을 받는다.

악종기岳鍾琪

1686-1754. 청나라 사천四川 성도成都 출신. 자는 동미東美로, '중국의 이순신'
으로 불리는 북송北宋 말기의 전설적인 무장 악비岳飛 장군의 21세손이다.
강희 50년(1711) 연납捐納으로 유격遊擊에 임명되었다가 부장部將으로 발탁되었고,
서장西藏의 반란을 진압한 공으로 사천 총독四川總督이 되었다. 옹정雍正 원년
(1723)에는 연갱요와 함께 청해青海에서 몽고의 반란을 진압했으며, 옹정 7년
(1729)에는 영원대장군寧遠大將軍으로 갈이단噶爾丹을 토벌했다. 병권이 점차
커지자 견제세력이 늘어나, 결국 옹정 10년(1732) 악이태鄂爾泰 등의 탄핵을 받아
북경으로 소환되어 투옥되었다. 건륭제 즉위 후 죄를 용서받아 건륭 13년(1748)
사천 총독으로 재기하여 대금천大金川의 반란을 진압해 공작公爵에 봉해졌다.
건륭제는 '무신 중의 엄지손가락'이라는 뜻인 '삼조무신거벽'三朝武臣巨擘이라고
칭하며, '양근'襄勤이라는 시호를 내렸다.

이위李衛

1686~1738. 강남江南 동산銅山 사람으로, 자는 우개又玠이다.
옹정제의 측근으로, 그의 추천을 받아 강희 56년(1717)
원외랑員外郎으로 조정에 나아가 호부 낭중戶部郎中,
운남 포정사雲南布政使, 절강 순무浙江巡撫, 절강 총독浙江總督,
병부상서, 직예 총독直隸總督 등을 역임했다. 청렴결백하며 권세에
아부하지 않았고, 어떤 직책에 있었든 간에 백성의 고통부터
살폈다고 한다. 시호는 민달敏達이다.

1부 구왕탈적九王奪嫡

29장
새로운 태자 논의

태자 폐위에 관한 조서가 내려지고 곧바로 새로운 태자 인선에 대한 강희의 입장이 확실하게 밝혀지자 황자들은 저마다 마치 동면에서 깨어난 개구리처럼 기지개를 켜기 시작했다. 불과 며칠 전까지만 해도 강희에게 연신 주먹세례를 받아 기가 잔뜩 죽어있던 그들이 아니었다.

조정의 관리들 역시 자신들의 장래가 걸린 태자 인선에 광기와 같은 반응을 보였다. 그럴 수밖에 없었다. 잘하면 '태자 만들기'에 기여한 공로를 인정받아 '옹립공신'이 돼 그 영광을 자손대대로 이어갈 수 있는 기회였기 때문이다. 자칫 줄을 잘못 섰다가는 '결당영사' 結黨營私(당을 만들어 사사롭게 운영함)라는 죄명을 뒤집어쓰게 될 일이기도 했다.

따라서 그들은 삼삼오오 떼를 지어 몰려다니면서 분위기를 염탐하기도 하고 평소 안면이 있던 사람에게는 무조건 찾아가 자신들 쪽으로 합류할 것을 간곡히 부탁하기도 했다. 또 강희가 평소에 황자들에게 했던 시시콜콜한 평가까지 끄집어내며 밤새워 논의하기도 했다.

"폐하께서는 셋째마마의 박식함을 높이 사시는 것 같아. 예전에 진몽뢰陳夢雷가 봉천奉天으로 쫓겨났을 때 폐하께서 다시 불러다 삼황자부三皇子府에서 학문에 정진할 수 있도록 배려하셨지. 그런 것을 보면 폐하가 셋째마마를 어떻게 생각하시는지 알 수 있지 않겠어?"

"이광지李光地에 비하면 진몽뢰는 코흘리개지. 여덟째마마가 사흘이 멀다 하고 이광지를 불러 술 사주고 밥 사주고 하는 것이 괜히 그러는 것이 아니거든. 그런데 황자가 외관을 사귀어서는 절대 안 된다고 못 박으셨던 폐하께서 언제 한 번 여덟째마마에게 제동을 거시는 거 봤어?"

"꼭 그런 것은 아니지. 폐하의 스승이셨던 오차우伍次友 선생도 그렇게 말하면 전 왕조인 명나라에서 관직을 맡았던 오 어른의 둘째 도련님이잖아."

"폐하께서 원하시는 것은 문무를 겸비한 후계자야. 황자들 중에서는 열넷째마마가 가장 유력해."

"웃기지 마! 열셋째마마와 열넷째마마가 다른 것이 뭐가 있어? 그런데도 열셋째마마는 지금 감금돼 있잖아."

"내가 보기에는 아홉째도 괜찮아."

"아홉째는 여덟째의 꼭두각시일 뿐이야."

윤상이 감금에서 풀려나기 전에도 들려오는 소리는 온통 그런 것들뿐이었다. 그는 오랜만에 주어진 자유를 만끽하면서 날아갈 것처럼 홀가분한 기분으로 밖으로 나왔다.

그러나 새로운 태자 인선이 뜨거운 감자처럼 백관들의 입에 마구 오르내리는 주위의 광경을 보고는 자신도 모르게 발걸음이 점점 무거워졌다. 또 주인의 손에 들려 있는 비곗덩어리를 보고는 잽싸게 달려들어 물고 달아날 태세로 군침을 흘리는 미친개 같은 그들을 바라보면서 쓸쓸함도 느꼈다. 어느새 찬밥 신세가 돼버린 자신과 넷째 황자의 처지가 한층 더 처량하게 느껴졌던 것이다. 물론 그들은 마치 멀리 지방으로 순시 떠났다 돌아온 흠차를 대하듯 윤상에게 여전히 깍듯하기는 했다.

"열셋째마마!"

윤상이 이번원 뒤에 위치한 감금장소에서 걸어 나오자 집사인 가평이 하인들을 데리고 마중을 나와 있었다. 그들은 윤상을 발견하자마자 일제히 무릎을 꿇으며 머리를 조아렸다.

가평이 먼저 입을 열었다.

"열셋째마마, 그저 크게 액땜을 했다고 생각하시고 마음을 굳게 잡수셨으면 합니다. 소인들은 열셋째마마의 무사 귀가를 축하드립니다! 자고 아가씨도 무척 기뻐하고 계십니다. 날씨가 잔뜩 흐린 것이 눈이 내릴 것 같군요. 열셋째마마께서 평소에 제일 즐겨 입으시던 외투를 가져왔습니다."

윤상이 말없이 고개를 들어 하늘을 쳐다봤다. 아니나 다를까, 검은 구름이 빠른 속도로 몰려들기 시작했다. 앙상한 나뭇가지들이 삭풍에 요란하게 흔들리고 있었다. 윤상은 방금 전까지 관리들이 떠들어대던 목소리가 여전히 귓가에 맴도는지 냉소를 흘렸다.

"당장 집에 가기는 싫어. 자네들도 굳이 따라다닐 필요없어. 날이 어두워지면 넷째마마 댁으로 데리러 오면 되겠네. 혹시 그곳에 없으면 가흥루嘉興樓에 가 있는 줄 알라고."

가평은 바깥세상에 나오자마자 자신의 집이 아닌 옹친왕부로 가고자 하는 윤상을 의아한 표정으로 바라봤다. 그러나 고집불통인 주인의 성격을 모르지 않았기에 알았노라고 대답하고는 하인들을 데리고 물러났다.

윤상은 날렵한 몸동작으로 마치 날아오르듯 말 위에 올라탔다. 이어 고개를 돌려 이번원의 빨간 대문에 달려있는 도깨비 얼굴처럼 생긴 커다란 손잡이를 향해 있는 힘을 다해 퉤! 하고 침을 뱉었다. 그리고는 빠른 속도로 말을 내달렸다

정안문定安門 근처에 있는 옹친왕부雍親王府는 유난히 한산했다. 그곳에서 북쪽으로 조금만 더 가면 옥황묘가玉皇廟街가 있었다. 명색이 '가街'라고는 하나 북경의 끄트머리인지라 인적이 드문 곳이었다.

가는 날이 장날이라고, 날씨도 잔뜩 흐렸다. 옹친왕부 역시 을씨년스럽다는 말이 무색하지 않을 정도였다. 유난히 적막감이 감도는 것 같았다. 과거 이 집은 한창 '몸값'이 오를 때는 끝이 보이지 않을 정도로 문전성시를 이뤘다. 내로라하는 관리들이 멀리서부터 옷매무새를 가다듬고는 기웃거리던 곳이었다. 그러나 이제는 까마득한 과거가 되어버렸고 마치 신도가 끊어진 피폐한 절처럼 느껴졌다.

윤상은 그런 형의 집을 바라보면서 남다른 감회를 느꼈다. '권문權門이라는 것은 마치 저잣거리의 물건과 같다. 흥하면 온갖 잡동사니들이 모여들지만 쇠하면 똥개조차 찾아보지 않는다'는 말이 새삼스럽게 가슴에 와 닿았다.

"열셋째마마!"

순간 윤상의 등 뒤에서 귀에 익은 목소리가 들렸다. 윤상이 고개를 돌렸다. 그동안 몰라볼 정도로 피둥피둥 살이 찐 누렁이를 앞세운 강아지가 노새 한 마리를 끌고 서 있었다. 반갑고 놀라운 마음에 윤상

이 만면에 환한 웃음을 머금었다.

"자식, 깜짝 놀랐잖아! 그런데 이놈을 타고 다니는 거야? 아이고 열셋째마마가 없으니 꼴이 말이 아니군."

그러자 강아지가 그다지 크지 않은 눈을 찡긋하고는 장난기 가득한 표정으로 말했다.

"이게 이래봬도 순종이에요. 네 발은 희고 몸은 까맣고 털은 반지르르하다고요. 또 잡털 하나 없어요. 천리 길을 밤낮없이 달려도 지칠 줄 모른다고요!"

윤상이 히죽 웃으면서 부드러운 눈빛으로 강아지를 바라봤다. 그때 고복이 달려 나와 인사를 올렸다.

"그렇지 않아도 넷째마마께서 기다리고 계십니다. 강아지, 까불지 말고 열셋째마마의 말고삐부터 받아드려!"

윤상이 고복을 따라 만복당에 들어섰다. 과연 윤진이 기다리고 있었다. 그 앞에는 홍시, 홍주, 홍력 세 형제가 나란히 문가에 엎드려 있었다. 한바탕 혼이 나고 있는 중인 것 같았다.

그들은 윤상을 발견하자 마치 구세주라도 만난 양 안도의 숨을 내쉬었다. 몹시 힘들어하는 기색이 역력했다. 그러나 이내 다시 고개를 숙이고는 감히 인사도 하지 못했다.

"잘 왔어. 이리로 올 줄 알았어."

윤진의 얼굴은 예나 지금이나 여전히 담담했다. 입가에는 가벼운 미소가 번지면서 동시에 한 올의 짜증도 스쳐 지나갔다. 윤상을 보는 순간 나타난 미소는 아마도 홀가분함과 위안 같은 것인 듯했다. 그가 서둘러 자리를 안내하면서 입을 열었다.

"연갱요와 대탁은 부임지로 떠났어. 그동안 많이 힘들었을 거야. 그래서 위로도 할 겸 술상을 봐놓으라고 했어. 다른 사람은 아무도 부르지 않았어. 오사도 선생과 문각, 성음만 불렀지. 나쁜 기운들은 다 몰아내버리게 술이나 한잔 하자!"

윤상이 윤진의 말을 들으면서 고개를 돌려 숨도 제대로 쉬지 못하고 있는 세 조카를 바라봤다. 이어 웃으면서 말했다.

"넷째 형님, 그런데 이 아이들은 왜 이러고 있어요? 혹시 괜히 애꿎은 애들한테 화풀이하는 것 아니에요?"

윤진이 바로 대답했다.

"내가 애꿎은 사람한테 화풀이나 하는 사람으로 보이냐? 더구나 내 아들들 아니냐! 홍주 때문에 홍력과 홍시가 재수 없게 걸려든 거야. 여봐라, 요즘 홍주 시중드는 사람이 누구냐?"

"예, 소인이옵니다!"

윤진이 윤상에게 말을 마친 다음 하인들을 향해 목소리를 높이자 열여섯 살 가량 되어 보이는 젊은이가 털썩 무릎을 꿇었다. 이어 사색이 된 얼굴로 아뢰었다.

"둘째도련님께서는 과친왕 댁의 왕자님께서 같이 바람이나 쐬자고 불러서 잠깐 나가셨을 뿐입니다. 절대 다른 사람은 만나지 않았습니다. 남의 말이라고 함부로 떠드는 것들이 생각 없이 하는 소리는 귀에 담아두지 마십시오. 소인이 보장할 수 있습니다."

"보장을 해? 네가 뭔데 보장을 한다는 거야? 함께 책이나 읽으라고 했더니 엉뚱한 짓거리를 하고 다닌 주제에 못하는 소리가 없군!"

윤진이 냉소를 흘리면서 젊은이를 엄하게 꾸짖었다. 그리고는 윤상을 향해 말했다.

"그러면 우리는 풍만정으로 옮기자고. 너희들은 오늘 삼촌 덕을 톡톡히 본 줄 알아. 어서 서재로 가서 책이나 읽고 있어!"

윤진은 말을 마치자마자 바로 윤상을 데리고 풍만정으로 향했다.

날은 점점 더 어두워지고 있었다. 깨알 같은 눈이 분분이 흩날리기 시작했다. 윤상은 윤진의 든든한 팔자걸음과 어깨를 보는 순간 한결 마음이 편해졌다. 풀려나자마자 귀를 어지럽히던 온갖 무성한 소문을 언제 들었나 싶을 정도였다.

얼마 후 둘이 살얼음이 내려앉은 연못을 돌아가자 크게 웃으면서 떠드는 성음의 목소리가 들려왔다.

"오사도, 자네에게 시를 읊어보라고 했더니 알아듣지도 못할 외국 말을 해버리면 어떡하나? 그저 나처럼 눈 내리는 창가에 앉아 두 팔을 벌린 채 '하늘에도 땅에도 온통 밀가루를 뿌려놓은 것 같구나!' 뭐 이렇게 읊는 것이 더 낫지 않겠나? 못 알아듣게 말한다고 더 멋있는 줄 아나본데, 그건 시를 제대로 모르는 사람들이나 하는 짓이지!"

"자네 말대로 그게 다 밀가루라면 좀 좋겠나? 올해도 하남河南성 쪽에는 황하가 말썽을 부렸어. 풀뿌리로 연명하는 수재민들이 많다고 하더군. 그런데도 하남 순무라는 자는 자기 경내에는 굶어죽은 사람이 하나도 없다고 했다나? 빌어나 처먹을 것들 같으니라고!"

오사도가 성음의 악의 없는 농담에는 관심이 없는 듯 진지하게 말했다. 그러자 틈새를 노리고 있던 송아지가 한마디 끼어들었다.

"제가 보기에는 밀가루에 비교하기보다는 옥황상제께서 소금밀매를 하러 다니시다 배가 뒤집혔다고 하는 것이 낫겠는데요. 그 덕에 우리는 소금세례를 받고요. 그런 것 같지 않아요?"

좌중의 사람들이 송아지의 말에 손뼉을 치면서 좋아했다. 그때 윤상과 윤진이 나란히 들어섰다. 분위기는 한껏 고조됐다.

"정말 길고도 긴 악몽을 꾸다 깨어난 것 같습니다. 재수 없으면 뒤로 넘어져도 코가 깨진다고 하잖아요. 내가 꼭 그 짝이 난 거요. 하루아침에 미친개한테 물려 정신을 잃었다 깨어나 보니 귀신이 열 번도 더 나올 땅굴 속에 갇혀 있는 거예요. 처넣을 때는 언제고, 나오겠노라 지랄발광을 한 것도 아닌데 풀어주는 것은 또 무슨 조화래요? 아무런 일도 없었던 것처럼 여전히 패륵에다 누런 띠니 말이에요! 그나저나 태자가 폐위당한 지가 얼마나 됐다고……, 세상 참 무섭게 변하는 것 같은데요? 우리는 앞으로 어떤 식으로 대처해야 할지 모르겠군요!"

술이 서너 순배 돌아가자 윤상이 다소 취기가 오르는 듯 상당히 직설적으로 입을 열었다. 원래 소식小食을 하는 윤진은 젓가락을 드는 둥 마는 둥 하면서 윤상의 말에 답을 했다.

"우리야 별 수 있겠어? 하늘에 맡기는 수밖에! 내 생각에는 불변不變으로 만변萬變에 대응하는 것이 좋지 않나 싶어. 끝까지 태자를 보위할 거야!"

"예? 둘째 형님을 보위하신다고요?"

윤상이 화들짝 놀라면서 들고 있던 젓가락을 내려놓았다. 이어 다시 입을 열었다.

"병부상서 경액, 형부상서 제세무, 보군통령 탁합제, 열하도통 능보, 부도통 오례惡禮, 호부의 심천생沈天生, 이이새伊爾賽…… 이 친구들이 다 잡혀 들어갔어요. 그야말로 태자당은 일망타진됐다고요. 넷째 형님은 바깥에서 떠드는 소리가 들리지도 않으세요?"

"나도 다 알아. 동국유는 매일이다시피 여덟째 측근들을 불러 날밤을 꼴딱꼴딱 새고 있어. 무슨 얘기를 하는지는 안 봐도 뻔할 뻔자지. 마제는 아예 손바닥에 '팔'八자를 쓰고 다녀. 사람만 만나면 활짝 펴 보이며 깃발처럼 내두른다더군. 요즘 조정 안팎이 여덟째황자 칭송가로 떠들썩한 걸 내가 왜 모르겠어!"

윤진이 윤상의 말에 고개를 끄덕이더니 입가에 조소를 머금은 채 말했다. 윤상은 그런 윤진이 더욱 이해가 가지 않는다는 듯 미간을 찌푸렸다.

"그런 상황을 다 아시면서도 태자 형님을 보위한다니……. 계란으로 바위치기 아닐까요?"

윤상의 말에 처음부터 자리에 앉아 있기만 할 뿐, 젓가락은 들지도 않았던 오사도가 창밖에 두었던 시선을 윤상에게 돌리며 천천히 말했다.

"열셋째마마, 넷째마마께서는 나 홀로 태자당으로 끝까지 남으시려는 뜻을 굳히신 것 같은데 좀 도와주십시오. 어찌됐든 삼십오 년 동안 태자 자리에 있다가 폐위 당했는데, 황자들 중에서 단 한 사람도 태자의 손을 들어주지 않는다는 것은 인간적으로 너무하다는 생각이 듭니다. 폐하께서도 진정 끝까지 뜻을 굽히지 않으실지 아니면 뼈 아픈 교훈을 통절하게 느낀 것으로 용서해주실지 아직은 알 수 없습니다. 제가 보기에는 둘 다 가능성이 있는 것 같습니다……."

윤상이 고개를 절레절레 저었다.

"내가 보기에 그건 아닌 것 같아요. 이미 제천문까지 발표했잖아요. 그런데 조령朝令을 그렇게 쉽게 변경시킬 수 있겠어요? 괜히 긁어 부스럼 만들지 않는 것이 좋겠어요!"

"그러면 열셋째마마께서는 여덟째마마를 밀어주시겠다는 건가요? 아시다시피 여덟째마마 주변에는 아홉째, 열째, 열넷째 마마가 진을 치고 있어요. 잘하면 셋째, 다섯째, 열일곱째 마마도 같은 배에 올라 탈지도 몰라요. 넷째마마와 열셋째마마까지도 합류하실 것은 없지 않겠어요?"

문각이 평소 싫은 소리 하지 않기로 소문난 그답지 않게 윤잉을 멀리 하려는 윤상에게 화가 난 듯 차갑게 말했다. 윤상 역시 그의 말이 기분 나쁜 듯 대뜸 무섭게 노려보면서 쏘아붙였다.

"스님의 말투가 뭐 그래? 내가 언제 여덟째 형님 쪽으로 합류한다고 했어? 집에도 들르지 않고 이참에 넷째 형님을 팍팍 밀어드릴 묘책이 없을까 싶어서 곧장 달려왔더니, 왜 그러는 거야? 똥도 싸기 전에 헛방귀만 뀌고 야단이군!"

갑자기 분위기가 팽팽해졌다. 그러자 윤진이 분위기를 가라앉히려는 듯 의자를 밀고 일어서더니 미간을 찌푸렸다.

"윤상, 제 버릇 개 못 준다더니 그놈의 성격은 왜 그렇게 고쳐지지가 않는 거야? 쉽지는 않겠지만 조용조용히 말하는 습관을 좀 길러 봐. 나는 태자 자리 같은 것은 꿈도 꾸지 않아. 그리고 설사 그런 마음이 있다고 해도 지금은 떠들고 다녀봤자 말짱 헛것이라고!"

윤진의 말이 끝나기를 기다렸다는 듯 문각이 형형한 눈빛을 윤상에게 보내면서 말했다.

"난국을 타개하고 새로운 국면을 개척해 나가는 데는 제가 보기에도 넷째마마가 가장 적임자이신 것 같습니다. 그러나 우리의 소망과 현실 사이에는 분명히 커다란 벽이 존재합니다. 열셋째마마께서는 그 점을 부디 심사숙고하시기 바랍니다. 이건 분명히 또 다른 전쟁입니다. 이 점은 병서에 통달하신 열셋째마마께서 훨씬 더 잘 아실 줄로 믿습니다."

오사도가 특유의 표정 없는 얼굴로 문각의 말에 동의하고 나섰다.

"그렇습니다! 요즘의 정세는 마치 물살이 급하고 암초가 도처에 숨어 있는 바닷길 같습니다. 우리가 넷째마마를 적극적으로 밀면 여덟째마마 측의 거센 반발에 부딪칠 것이 분명합니다. 또 태자마마의 옛 측근들 역시 우리를 보는 시선이 곱지만은 않을 겁니다. 그러니 이번에는 넷째마마에게 무리수를 두게 하느니, 차라리 태자마마의 복위에 주력하는 것이 더 나을 것 같습니다. 설령 실패하더라도 조정의 군신들은 넷째마마의 충의忠義를 높이 살 것이 분명합니다. 그렇지 않겠습니까?"

윤상의 얼굴은 갈수록 무섭게 굳어져갔다. 급기야 거친 동작으로 술잔을 목구멍에 털어 넣으면서 입을 열었다.

"말이 여기까지 나왔으니 말인데, 나도 하나 묻겠어. 그러다가 만에 하나 여덟째 형님 태자 만들기가 성공한다면 어떻게 하지? 지금 돌아가는 여론을 들어보면 여덟째 형님이 조정의 일인자가 되는 것은 시간문제야. 그렇게 되면 우리는 어떻게 되는 거지?"

"열셋째마마, 진짜 그렇게 생각하고 계십니까?"

오사도가 갑자기 고개를 뒤로 젖힌 채 크게 웃었다. 그리고는 차분하게 덧붙였다.

"폐하께서는 사실 오래 전부터 태자마마에 대한 불만이 많았습니다. 그런데 이번에 태자마마를 폐위시키는 과정에서 어둠에 가려져 있던 사건들이 속속들이 진면목을 드러냈습니다. 때문에 성심聖心이 많이 흔들리고 계신 것 같습니다. 어찌 그렇지 않겠습니까. 무엇보다 장황자의 충격적인 요술妖術 행위가 들통 났습니다. 또 태자 자리를 노린 팔황자당의 움직임이 예사롭지가 않습니다. 폐하께서 태자를 폐위시킨 것은 신변의 위협을 느껴서였습니다. 그러나 이제는 태자 인선을 둘러싼 황자들의 집안싸움이 이 강산을 도탄에 빠뜨릴 정도가 되었습니다. 그렇게 되면 폐하 본인의 명예에도 치명상을 입힐 위험이 큽니다. 폐하께서는 그렇게 판단하시기 때문에 이제 새로운 고민이 생겼습니다. 밤잠을 설치실 정도로 말입니다."

성음이 그다지 믿기지 않는다는 듯 기름이 번지르르한 입가를 문질렀다. 이어 의미심장한 어조로 물었다.

"그러면 폐하께서는 앞서 둘째마마를 폐위시켰던 일을 후회하고 계신다는 뜻입니까?"

"거기까지는 속단하기 어려울 것 같네요. 아무튼 화약고 같은 현실에 불안을 느끼시는 것만은 사실인 듯합니다. 왕섬과 이광지 등 늙은 신하들을 부르신 것도 국면을 안정시켜달라는 주문 때문인 것 같습니다. 게다가 태자의 형구刑具를 제거해주시고 동화문東華門 밖에서 독서로 자성의 시간을 갖도록 했다는 것도 뭔가 시사하는 바가 크고요. 그런데도 이런 미묘한 때에 여덟째마마께서는 심복들을 풀어 궁중의 소식을 염탐하고 있습니다. 그 측근들 역시 지나치게 설치면서 다니고 있습니다. 이런 것은 결코 여덟째마마에게 득이 되지 않습니다. 오히려 실이 될 뿐이죠! 결정적인 감점 요인으로 작용할 수밖에 없다고 단언해도 좋습니다. 그래서 하는 얘기입니다만 우리가 태자의 복위를 주장하고 나서는 것은 크게 나쁠 것은 없습니다. 반대 세력들은 태자당의 최후의 발악쯤으로 여길 것입니다. 그래서 대수롭지 않게 생각하고 별로 신경 쓰지 않을 것입니다. 그러나 여덟째마마를 지지하는 것은 백해무익하다는 생각이 듭니다."

오사도가 웃음 띤 얼굴로 상황을 일목요연하게 분석했다. 좌중의 사람들은 그가 토해내는 '사자후'에 탄복한 나머지 저마다 고개를 끄덕였다.

윤진 역시 오사도의 말에 무게를 실어주면서 끝까지 태자의 복위를 주장하겠다는 의지를 굳혔다. 그리고는 전날 이광지를 만났을 때 그가 보여준 애매모호한 태도에 대해 좌중의 사람들에게 들려주었다.

"폐하께서 무슨 말씀이 계셨느냐고 이광지에게 물어보지 않으셨습니까? 뭔가 쓸 만한 정보를 얻을 수 있었을 텐데요."

오사도가 관심을 보였다. 윤진이 즉각 대답했다.

"별다른 것은 없었던 것 같아. 그저 '태자가 폐위당하면서 얻은 병을 어떻게 치료하면 좋겠는가?' 하는 식으로 물으셨다고 해. 그래서 이광지가 '조급해 하지 않고 천천히 치료받고 몸조리 잘하면 곧 좋아질 것이옵니다'라고 했다더군. 그런 대답이야 하나 마나지."

오사도가 윤진의 말에 가볍게 탄식을 했다.

"넷째마마께서는 너무 순진하십니다. 그 말이 어떻게 별다른 것이 아니라는 겁니까? 폐하께서는 이광지를 통해 밖으로 당신의 의중을 열어 보이신 겁니다."

오사도가 이어 눈빛을 반짝이면서 자신의 주장에 대한 논거를 덧붙였다.

"태자마마의 병명은 한마디로 폐위되면서 얻은 이른바 폐위병廢位病입니다. 이런 마음의 병은 마음의 약으로 치유할 수밖에 없습니다. 달리 말해 태자마마의 병을 고치려면 복위시키는 수밖에는 없습니다. 그러므로 저 오사도는 감히 단언할 수 있습니다. 폐하께서는 태자마마를 진심으로 폐위시키실 생각은 없으셨습니다. 이번에 백관들에게 태자를 천거하라는 것도 다시 복위시키기 위한 명분을 세우시려는 것으로 보입니다."

윤상이 오사도의 말을 받았다.

"모르기는 해도 둘째 형님은 상사병에 시달리고 있을 거예요. 오 선생, 둘째 형님이 폐위당하는 횡액을 당한 것에는 다른 이유도 있어. 바로 정춘화와의 불륜이 톡톡히 한몫 했다는 사실을 모르지는 않겠지?"

오사도가 냉정한 얼굴을 유지하면서 고개를 끄덕였다. 이어 다시 천천히 입을 열었다.

"그래봤자 정춘화는 일개 비빈에 불과한 여자입니다. 두 사람을 저울에 올려놓으면 비교가 되겠습니까? 폐하께서 어찌 하찮은 여자 하나 때문에 태자를 폐위시켰겠습니까?"

윤상이 끝까지 자신의 주장을 굽히지 않는 오사도를 보면서 씩 하고 웃어 보였다. 그리고는 안주머니에서 회중시계를 꺼내 시간을 봤다.

"미시未時가 다 됐네요. 그만 가봐야겠습니다. 여기에서 오래 있어봤자 호사가들의 입에 오르내리기 십상이니 말입니다. 싫지만 여덟째 형님의 집에도 잠깐 들러 얼굴이라도 비춰야겠고……. 설경을 안주 삼아 천천히 좋은 시간 보내십시오. 내일 또 오겠습니다."

윤상이 윤진을 향해 읍을 해보이고는 밖으로 나갔다. 순식간에 저만치 멀어져가는 윤상의 뒷모습을 바라보면서 윤진이 중얼거리듯 말했다.

"하늘, 땅 그 어디에도 속박당하지 않고 마음 가는 대로 움직이는 구름 같은 아이로군. 내 동생이지만 부러워."

"그게 바로 영웅의 본색이 아니겠습니까? 하늘이 저런 훌륭한 사람을 곁에 보내주신 것도 넷째마마의 홍복이 아닐 수 없습니다."

어느새 뒤따라 나왔는지 오사도가 고개를 끄덕이면서 말했다.

오시午時가 넘은 시각이라 거리의 가게들은 거의 문을 닫은 채 잠시 휴식에 들어간 듯했다. 눈 내리는 거리는 한산했다.

윤상은 말을 달려 조양문에 있는 염친왕부의 문 앞에 이르렀다. 그러다 잠시 머뭇거렸다. 자신이 풀려나자마자 누가 부르기라도 한 것처럼 달려온 것이 여덟째에게 마치 아부를 떠는 것처럼 비쳐질 수 있겠다는 생각이 들었던 것이다. 그리고 그것이 여덟째에게는 금상첨화의 위상을 안겨주지 않을까 싶어 꺼림칙했다.

그는 잠깐 고민을 하다 다시 말을 돌려 가흥루로 향했다. 가흥루는 한동안 찾지 않은 사이에 몰라보게 변해 있었다. 우선 외부 손님은 일절 받지 않는다고 했다. 또 옥띠 같은 담장이 한층 더 높게 둘러쳐져 있는 모습도 이전과는 많이 달라 보였다.

가흥루의 대문은 무겁게 닫혀 있었다. 근처에는 사람 그림자조차 얼씬하지 않았다. 그저 거문고와 비파소리만이 간드러진 웃음소리와 더불어 끊어질 듯 은은하게 새어나올 뿐이었다.

윤상은 동쪽에 있는 옆문을 통해 가흥루의 뜰로 들어서서 마치 자기 집이라도 되는 듯 큰 소리로 사람을 불렀다. 곧이어 가흥루의 집사에 해당하는 오씨가 오리걸음을 하면서 달려왔다. 그러더니 까치발을 들어 윤상의 어깨에 내려앉은 눈을 시원스럽게 털어주면서 너스레를 떨었다.

"열셋째마마, 이게 어찌된 일입니까? 그동안 왜 안 오시나 했습니다. 승덕에서 그런 불행한 일이 있어서 마음의 여유가 없으셨겠군요? 동네의 코흘리개들마저 그 일을 입에 올리고 다니는데 제 속이 얼마나 타들어가던지⋯⋯. 폐하께서도 너무 심하셨습니다. 오늘은 마침 아홉째, 열째 마마께서도 계십니다. 그렇지 않아도 열셋째마마를 만나러 가실 거라고 두 분께서 말씀을 주고받으시는 것을 들었습니다. 아무튼 잘 오셨습니다⋯⋯."

오씨는 열심히 주절대면서도 윤상을 안으로 안내하는 직분은 잊지 않았다. 윤상은 눈에 익숙한 그곳을 간혹 힐끗힐끗 둘러보면서 묵묵히 오씨의 뒤를 따랐다.

밖은 매서운 바람에 눈발이 날리는 겨울이었으나 복도를 따라 안으로 들어가자 훈훈한 기운이 가득했다. 완전 봄날이 따로 없었다. 그는 옥빛 주렴이 은은히 드리워져 있는 창문들을 지나치며 수정 병풍 뒤로 나 있는 계단을 따라 올라갔다. 곧 사향 냄새가 못 견디게 코끝을 간질였다. 여인네들의 연지 냄새도 함께 어우러졌다.

그는 자신도 모르게 마음이 싱숭생숭해지는 것을 어쩌지 못했다. 오씨의 말대로 이미 와 있던 아홉째 윤당과 열째 윤아는 방 한가운데 마련된, 무대처럼 올라온 온돌마루에 비스듬히 누워 있었다. 그리고는 남쪽 지방에서 조운漕運을 통해 보내온 신선한 열대 과일을 먹으면서 가기歌妓들의 노래와 춤을 즐기고 있었다.

가기들의 맨 앞에서 《도화선》桃花扇이라는 극본의 한 대목을 부르고 있는 여자는 다름 아닌 교 언니였다. 속살이 비치는 잠자리 날개 같은 엷은 치마를 입은 그녀는 몸동작 하나하나에 남자의 애간장을 녹이는 화롯불을 품고 있는 듯했다. 그만큼 매혹적이었다.

"아니, 여기는 무릉도원이 따로 없는 곳이구먼!"

윤상이 웃는 얼굴로 안으로 들어섰다. 아홉째와 열째는 갑자기 나타난 윤상을 보고는 놀란 듯했다. 그러나 이내 반색을 하면서 다가와서는 윤상의 손을 잡아끌었다. 그리고는 왜 미리 아뢰지 않았느냐면서 오씨를 나무랐다.

사실 세 사람은 외나무다리에서 만난 원수사이라고 해도 좋을 만큼 감정이 좋지 않았다. 애써 입가에 웃음은 지어보였으나 속으로는 이를 갈고 있었다.

윤상이 먼저 입을 열었다.

"아홉째, 열째 형님은 풍류를 즐기는 면에서는 우리 형제들 중 어느 누구도 따를 사람이 없는 것 같네요! 연지 향기가 코끝을 간지럽히고, 미녀들이 구름 같은 이곳에서 설경을 무대로 미묘한 노랫가락에 도취돼 있다니! 정말 선경仙境이 따로 없군요. 속 편하게 살려면 잘나가는 사람들하고 비교하지 말라고 하던데, 그 말이 과연 정답인 것 같네요!"

"열셋째 아우가 오늘은 웬일로 시흥이 북받치는 것 같네?"

윤당이 역시 웃는 얼굴로 화답하며 윤상에게 자리를 안내했다. 이어 차를 내오라는 명령을 내리고는 덧붙였다.

"문왕文王은 감옥에 갇혀 있으면서도 주역周易을 연구했다고 하더니, 자네야말로 후복後福(나중에 오는 복)이 만만치 않은 것 같구먼! 그렇지 않아도 조금 전부터 우리 둘은 자네를 보러 가자고 의논을 하던 중이었어."

윤당이 말을 마치더니 윤아에게로 시선을 던졌다. 윤아 역시 윤당처럼 다정한 어조로 입을 열었다.

"평소에 티격태격했던 것도 다 정이 있었으니까 그런 것 아니겠어? 이번에도 아우 때문에 우리가 얼마나 마음을 졸였는지 알아? 아우, 자네는 현명한 사람이니 소인배들의 작당에 놀아날 일은 없을 거야. 그러나 노파심에서 한마디 하지 않을 수 없군. 어떤 새끼들이 뒤에서 내가 둘째 형님의 수유를 조작해 아우를 모반죄로 몰고 가려고 했다는 가당치도 않은 소문을 퍼뜨리고 다닌다고 하더군. 천벌 받을 놈들! 그런 개소리는 절대 믿지 마. 그게 사실이라면 나는 당장에 벼락을 맞아죽어도 여한이 없어! 처음에 나는 큰형님을 의심했었다고. 그런데 셋째 형님이 먼저 열셋째가 틀림없다면서 쐐기를 박지 않겠어? 다들 자네가 원흉이라고 입을 모으는 판에 나도 마지막에는 어쩔 수 없이 자네 필체 같다고 말해버렸어. 진짜 그것뿐이라고. 아홉째 형님한테 물어봐, 내 말이 사실인가 아닌가!"

윤상은 자신을 보자마자 결백을 주장하느라 여념이 없는 두 사람이 무척이나 우스웠다.

"나는 그저 인사차 온 것이지 뭘 따지러 온 것이 아니에요. 열째 형님, 그렇게 흥분하실 필요 없어요. 그 쪽지는 나도 나중에 봤어요. 어떤 빌어먹을 놈이 내가 봐도 분간 못하게 만들어놓기는 했더라고요. 우리 형제들 중에서 그렇게 뛰어난 재주를 가진 사람이라면 큰형님 말고 누가 더 있겠어요? 소인배는 가지고 있는 재주가 많으면 많을수록 무섭다고 했어요!"

첫째를 먼저 거론하기는 했으나 사실 윤상이 진짜 의심하는 사람은 따로 있었다. 바로 아홉째와 열넷째였다. 더 나아가 두 사람의 합작품일 수도 있다는 생각도 했다. 그러나 심증만 있을 뿐 충분한 물증이 없었다.

윤상이 모든 책임을 다 죽은 호랑이가 되어 있는 장황자에게 슬쩍 떠밀고는 웃으면서 말했다.

"즐기고 싶은 대로 즐기세요. 나는 설경도 구경하면서 덕분에 눈요기 좀 하고 가면 돼요!"

윤상의 말이 끝나자 윤아가 박수를 한 번 쳤다. 그러자 마치 대나무가 구름을 뚫는 것 같은 마른 우렛소리가 악기소리와 함께 들렸다. 이어 교 언니가 선녀처럼 미끄러져 윤상에게 다가가더니 갖은 아양을 떨면서 노래를 부르기 시작했다.

깊이 생각하세요, 장군 어르신, 부디 깊이 생각하세요. 재앙이 닥치면 살아나기 힘드나니! 등짐 가득 장작 메고 원문轅門을 향해 어서 머리 조아리세요……. 이 굴욕 어이할까! 이 굴욕 어이할까! 새로이 태어나 새로운 출발 위해 신발 끈을 질끈 동여매세요!

윤상의 얼굴 근육은 교 언니의 노래가 끝나기 전부터 두어 번 푸들거렸다. 분노를 참기 힘든 모양이었다. 그러나 그는 가까스로 화를 참으면서 윤당을 힐끗 쳐다보고는 눈이 하얗게 뒤덮인 창밖으로 시선을 던졌다.

30장
상서방의 대격론

윤당은 뭔가 반응을 보일 줄 알았던 윤상이 말없이 창밖에 시선을 두고 있는 모습을 보면서 그가 몰라보게 듬직해졌다는 생각을 했다. 한바탕의 시련은 역시 사람을 성장시키는 약이라고 할 수 있었다. 얼마 후 윤당이 윤상을 향해 돌아앉았더니 웃는 얼굴로 말했다.

"열셋째 아우, 혹시 아란의 소식이 궁금하지는 않은가? 지난번에 임백안이 왔더라고. 그래서 아란은 이제부터 특별보호를 하라고 했어. 열셋째마마가 원하면 내가 대신 몸값을 낼 테니 보내주라고 했고. 어때? 이 교 언니도 몸매나 분위기가 끝내주지 않아? 좋아, 인심 쓰는 김에 둘 다 보내줄게. 나는 평소에 형제들 중에서도 열셋째 아우가 호기롭고 인간적이어서 제일 정이 가더라. 여덟째 형님도 열셋째 아우를 무척 좋아하지. 그런데 넷째 형님을 의식하다 보니 감히 지나친 친절을 베풀지 못하는 것 같았어."

윤상은 기회를 틈타 자연스럽게 접근해서는 자신의 생각을 떠보는 윤당의 교묘함에 내심 탄복했다. 그러나 겉으로 내색하지는 않고 여전히 웃음 머금은 얼굴로 고마움을 표했다.

"아홉째 형님이 이렇게 저를 사랑해 주시니 그저 황송할 따름이에요. 하지만 나는 교 언니까지는 필요 없어요. 아란만 있으면 돼요. 사실 조금 전에도 여덟째 형님 댁에 들르려다가 사람이 많을 것 같아서 그냥 왔어요. 지금 조정 안팎에서는 백관들이 여덟째 형님을 태자로 만들기 위해 안간힘을 쓰는 것 같더군요. 마치 '장작 메고 원문을 향해 머리 조아리자'는 교 언니의 노랫말처럼 여덟째 형님을 따르는 사람들의 행렬이 끝도 없이 이어져 있지 않나 싶네요. 하지만 결론부터 말하자면 나는 합류할 수 없을 것 같아요. 그래서 여덟째 형님에게 사람은 누구나 각자 자신이 섬기고 싶은 주인이 있다는 말씀을 드리고 싶어요. 나는 언제까지나 둘째 형님만을 보위할 거예요."

"내가 이래서 열셋째 아우에게 반했다니까! 그렇지, 사내대장부라면 어디서 와서 어디로 가는가 하는 것을 분명히 해야지. 방금 우리 둘도 이런 결과를 예상하지 못한 것은 아니야."

윤아가 윤상의 단호함에 적이 놀랐으면서 겉으로는 아무렇지도 않은 척하며 말했다. 윤당도 껄껄 웃으면서 입을 열었다.

"일의 성공과 실패, 예리함과 둔탁함의 차이는 현명한 신하가 아니고서는 찾아낼 수 없다고 측천무후則天武后가 말한 바 있지. 불가능한 줄 알면서도 목숨 바쳐 의를 지키고 용감하게 밀어붙이는 것은 진정한 사내가 갖춰야 할 호걸의 본색이라고! 그건 그렇고 오늘 이렇게 왔으니 오랜만에 아란을 불러 노래를 들으면서 술이나 실컷 마셔보자고."

윤당의 말이 끝나기 무섭게 눈치 빠른 오씨가 종종걸음을 치면서 어디론가 사라졌다. 이어 얼마 후에 옷자락 스치는 소리와 함께 아란이 두 명의 시녀와 함께 모습을 드러냈다.

아란은 교 언니와는 차림새가 많이 달랐다. 개미허리에 둥근 솥뚜껑 같은 엉덩이 곡선을 남김없이 드러낸 교 언니와는 달리 옷을 단정하게 갖추어 입었다. 어딘가 모르게 둥글둥글하니 눈길을 확 끌어당길 만큼 매력이 넘치는 자태는 아니었다. 게다가 연지나 분도 바르지 않은 듯 말간 얼굴에는 주근깨가 유난히 짙어보였다. 외모만 보면 교 언니와는 비교도 안 되는 아란이었다.

그녀는 방 안으로 들어서자마자 윤상을 발견하고는 깜짝 놀라는 것 같았다. 이어 과장되게 수줍음을 떨면서 서 있는 교 언니를 지나 담담한 태도로 윤당 앞으로 다가갔다. 그리고는 상체를 낮춰 공손히 인사를 올렸다.

"노비 아란이 아홉째마마, 열째마마, 열셋째마마의 길안만복吉安萬福을 비나이다!"

아란의 인사말은 원래대로라면 '길상'吉祥이라고 해야 맞았다. 그러나 '윤상'胤祥의 이름자에 '상'祥자가 들어 있었기 때문에 아란은 기휘忌諱를 하느라 '길안'吉安이라고 고쳐 말한 것이었다.

"길안이면 어떻고 길상이면 어떤가? 감방에서 풀려 나온 놈이 찬밥 더운 밥 가릴 때가 아니지 않은가?"

윤상이 얼굴 가득 웃음을 띤 채 말했다. 그리고는 아란만 원한다는 말에 약간 새침해 있는 교 언니에게 시선을 던지면서 자조 어린 목소리로 덧붙였다.

"교 언니도 꿔다 놓은 보릿자루처럼 그러지 말고 이리로 와. 아란과 함께 노래 몇 곡 불러줘 봐!"

교 언니는 윤상이 다정하게 나오자 기다렸다는 듯 곧바로 거문고의 줄을 튕겼다. 그리고는 천천히 노래를 부르기 시작했다. 곧 깊은 산속의 시냇물 소리를 방불케 하는 노랫소리가 끊어질 듯 이어졌다.

배꽃 우수수 떨어지는 배나무 밭에서 바라보니, 강물에 먼 꿈이 찰랑이는 구나. 찬바람에 봉숭아와 오얏 꽃이 무더기로 떨어졌거늘, 그네들의 묘지 명墓誌銘을 어찌 다시 읽을까.

아란은 교 언니가 부르는 노래가 소순경蘇舜卿(북송北宋의 시인)의 작품 〈만소소묘〉挽小小墓에서 노랫말을 따온 것임을 단박에 알아차렸다. 속으로는 적이 놀라기도 했다. 그러나 그녀는 곧 마음을 다잡고 자신의 심경을 노래 속에 담았다.

강물 같은 애수여, 끝이 없는 고난이여!
단가短歌처럼 끝나고 찬 구름처럼 얼어붙었으면!
갈대꽃 만발한 이곳 언덕에
호기롭게 죽은 유랑劉郎의 푸르른 피가 가득하구나…….
푸르름도 퇴색할 때 있고 피도 언젠가는 말라버리겠으나,
한 올 한 올 피어나는 내 고통은 언제나 끝나려나!
그런가, 그렇지 않은가?
나는 나비가 되리니…….

"뭐하는 거야, 재수 없게! 모처럼 기분 좋게 술 좀 마시려고 하는데 무식한 년들이 하는 짓거리 하고는……. 임백안이 너희들을 그렇게 가르쳤어?"
윤아가 노래가 끝나기 무섭게 갑자기 화를 내면서 귀를 틀어막았

다. 윤당 역시 기분이 많이 언짢은 듯했다.

당하는 아란도 기분이 좋을 까닭이 없었다. 그러나 그녀는 이제 자기는 '윤상의 사람'이라는 생각에 화를 꾹꾹 참았다.

반면 윤상의 생각은 다소 달랐다. 아란과 교 언니의 노랫말이 마치 경고 같기도 하고 위협 같기도 한 탓에 잠시도 긴장을 늦출 수가 없었다.

'지금 정국은 혼란스러워. 그렇다 보니 도처에 함정이 도사리고 있어. 설사 아란일지라도 임백안과 아홉째한테서 꾸준히 세뇌교육을 받아왔다면 안심할 수는 없는 노릇이지. 교 언니까지 덤으로 보내주겠다고 하는 걸 보면 이것들을 필히 조심해야 할 것 같군.'

윤상은 눈앞에 펼쳐진 상황을 파악하기 위해 계속 머리를 굴렸다. 그러다 한참 후에 웃음 띤 얼굴로 말했다.

"너희들은 오늘 내 심기를 건드린 대가를 치러야겠어. 이번에는 내가 한 곡 뽑을 테니, 너는 비파를 타고 너는 피리를 불어!"

윤아와 윤당이 조금 전까지만 해도 화가 치밀어 오르는 듯하던 윤상의 느닷없는 반응에 잠시 어리둥절한 표정을 지었다. 그러나 곧 크게 박수를 치면서 분위기를 띄웠다.

그러자 순식간에 무녀舞女들에게 휩싸인 윤상이 늠름한 사나이다운 모습을 한 채 장검을 뽑아들고는 큰 소리로 노래를 부르기 시작했다.

굴레를 벗어던지고 멍에를 떨쳐버린 자 누구더냐?
바로 왕손王孫이지!
장검 휘두르는 번쩍임에 별빛이 무색하고,
일망무제의 눈밭은 과연 어디가 끝이더냐.

낮게 드리운 붉은 구름 바라보면서

조화신造化神에 묻노니 천문天門은 어디메뇨?

천화天花가 하늘땅에 가득하고

천어天語가 분분하구나.

윤상이 노래를 다 마치고는 껄껄 웃으면서 탁자로 다가갔다. 그러더니 큰 술잔을 들어 윤당, 윤아와 연거푸 건배를 외치며 술을 들이켰다. 이어 취기가 몽롱한 눈으로 아란과 교 언니를 손가락으로 가리켰다.

"형님들, 저 아이들 둘 다 제가 데리고 갈게요! ……왼팔에 미인 품고 오른 가슴에 향초香草 껴안은 채 눈길 걸으면 매화꽃 찾아가는 길이 끝내주겠죠?"

윤상은 말을 마치자마자 바로 아란과 교 언니를 낚아채듯 품안으로 끌어당기면서 허리를 굽혀 인사를 했다. 이어 뒤도 돌아보지 않고 횡하니 밖으로 나가버렸다.

등 뒤에서 윤당의 다급한 목소리가 들려왔다.

"열셋째마마께 말 두 필을 더 딸려 보내도록 해라!"

윤아가 멀어져가는 윤상을 바라보면서 윤당에게 말했다.

"역시 열셋째의 배짱은 알아줘야 해. 데려가란다고 진짜로 둘 다 데려가 버려? 여자 복도 많은 애야! 형님, 저 녀석은 아마 열넷째보다 더 막무가내가 아닌가 싶네요!"

"누가 아니래. 그러나 열넷째는 성격이 비슷하긴 해도 결정적일 때는 뒤로 물러나는 경향이 있다고."

윤당의 얼굴에 웬일인지 우울한 그림자가 갑자기 스쳐 지나갔다. 그런가 싶더니 한참 후에야 천천히 덧붙였다.

"아무튼 두 계집애가 저 막무가내를 살살 달래서 우리를 물고 늘어지지 않도록 잘 구워삶아야 하는데!"

윤아가 윤당의 말뜻을 알겠다는 듯 웃으면서 말을 받았다.

"저 계집애들이 변심이라도 할 것 같아서 그러세요? 그건 절대 걱정하지 마세요. 저것들 집안 구족九族의 목숨이 임백안 손에 달려 있잖아요!"

걱정할 필요 없다는 윤아의 장담에도 불구하고 윤당은 고개를 절레절레 저었다.

"너나 나나 잘 모르기는 마찬가진 것 같구나. 세상에 '정'情이라는 것이 얼마나 대단한데. 사람을 무모하게 만드는 묘한 힘이 있는 거라고……."

황궁의 대내大內는 끓는 기름에 물을 뿌린 듯 시끄러웠다. 여덟째를 태자로 천거하는 상주문이 여기저기서 눈꽃처럼 날아들었고, 마제와 동국유는 잠시도 엉덩이 붙이고 앉을 겨를 없이 바쁘게 움직였다. 상소문을 요약해 노란 상자에 넣어 양심전에 올려 보낸 다음 어람御覽을 청하는 일이 그들의 주된 업무였기 때문이었다.

그런데 이상하게도 장정옥은 그 일과는 전혀 무관한 듯 완전히 따로 놀았다. 마제와 동국유가 신이 나서 들여다보는 상주문에는 눈길 한 번 주지 않았다.

물론 그도 마찬가지로 바쁘기는 했다. 술직을 위해 상경한 관리들을 만나기도 하고 세금 수납도 감독했다. 지방으로 다시 내려가는 외관들에게는 이미 귀 아프게 얘기해놓은 지시사항을 또다시 반복해서 말하고는 했다. 나머지 시간에는 먼지 가득한 서류들을 꺼내 뒤적이면서 시간을 때웠다. 아니 그렇게 하려는 모습이 역력해 보였다. 마제와 동국유는 당연히 공로 쟁탈전에서 일찌감치 물러나 주는 장정옥이 그저 고마울 따름이었다.

"형신! 자네는 천거의 글을 언제 낼 건가? 내가 보니 전혀 신경을 안 쓰고 있는 것 같아서 말일세. 이런 일은 우리 상서방 대신들이 앞장을 서야 하지 않겠나!"

엿새째 되는 날 마침내 마제가 도저히 궁금증을 떨쳐 버릴 수가 없었는지 조용한 어조로 물었다. 그러나 장정옥은 대수롭지 않다는 표정으로 흘리듯 말했다.

"나는 밀주密奏야. 두 사람의 손을 안 거치고 어제 올려 보냈네."

장정옥은 말을 마친 다음 다시 자신의 일을 하기 위해 바쁘게 움직이기 시작했다. 그런 그의 모습을 보고는 동국유가 은근슬쩍 핀잔을 주었다.

"인정머리 없기는! 밀주라고 해봤자 어느 황자를 천거한다는 간단한 내용이 아니겠소? 워낙 글을 잘 쓰는 양반이니 같이 좀 읽어보면서 배우자는데, 그냥 슬쩍 보여주면 큰일이라도 나는 거요? 그대의 문하인 이불과 전문경도 그대를 보러 왔다가 그냥 쫓겨났다면서요?"

장정옥은 동국유의 말에 바로 반응을 보이면서 붓을 내려놓았다. 그리고는 난롯불에 손을 쬐면서 말했다.

"전문경과 이불이 나를 만나러 온 것은 문제될 것이 없소. 그러나 백관들끼리 사사롭게 왕래해서는 안 된다는 폐하의 지의가 계신 지 얼마 안 된 시점 아니오. 그냥 상서방에서 보자고 했소이다. 나의 밀주에 대해서는 더욱 궁금해할 필요가 없을 것이오. 굳이 두 분을 속일 것도 없소. 나는 여전히 둘째마마를 보위할 거요."

"그게 정말이오?"

마제의 눈이 휘둥그레졌다. 동국유 역시 어리벙벙한 표정을 지으면서 더듬거렸다.

"둘째마마는 벌…… 벌써 폐위당하지 않았소이까! 제천문도 그대가 직접 작성하지 않았소!"

장정옥이 머리를 끄덕여 보였다. 이어 한숨을 내쉬었다.

"내가 이 나이에 뛰어봤자 뭘 더 하겠소. 나는 따로 놀고 싶어서 이런 결정을 내린 것이 아니오. 서른 살에 상서방에 들어온 이후 쭉 둘째마마가 커가는 것을 지켜보면서 살아왔소. 충군忠君 여부를 떠나 인간적으로 이렇게 어려울 때 나 몰라라 하고 떠나고 싶지 않을 뿐이오. 또 폐하께서 누누이 말씀하시길 조정의 관리들은 참외넝쿨처럼 이리저리 선을 대서 사사로운 이익을 추구해서는 안 된다고 하시지 않았소? 더불어 집단적인 이기利己는 싹부터 싹둑 잘라버려야 한다고 누누이 지시를 하시지 않았소? 그대들이나 나나 다 같은 신하들인데, 어찌 감히 폐하의 지의를 어길 수가 있겠소! 그러면 두 분은 나하고 미리 상의라도 했다는 말이오?"

순간 동국유와 마제는 어리둥절한 표정으로 말문이 막힌 듯했다. 여덟째를 천거하는 열풍이 파죽지세로 조정을 휩쓸고 있는 마당에 대세에 따르는 것이 당연한 일이지 그것도 '상의'가 필요하냐는 얘기였다. 둘은 속으로 장정옥이 지나치게 바보스럽다고 비웃었다. 그러나 자신들이 재상답지 못하게 여덟째를 태자로 만들려고 하는 세력에 입김을 불어넣은 것도 사실이었다. 그들은 갑자기 불안한 생각이 머릿속을 스쳐 지나갔다.

두 사람이 장정옥의 말에 대한 답변이 궁해 좌불안석하고 있을 때였다. 머리가 하얗게 새고 허리가 구부정한 이광지가 두 하인의 부축을 받으면서 들어서고 있었다.

세 사람은 얼른 몸을 일으켜 그를 맞이했다. 동국유가 웃으면서 먼저 입을 열었다.

"용촌榕村(이광지의 호) 어른, 눈 녹은 김에 산책을 나오셨나 보군요?"

"나는 폐하의 지의를 받고 오는 길이오. 패찰을 건네고 들어왔소이다."

이광지가 조심스럽게 자리에 앉았다. 하얀 백발이 가볍게 떨리고 있었다. 그가 곧 구석자리에 놓여 있는 자명종을 바라보면서 덧붙였다.

"폐하께서 나에게 이곳에 와서 기다리라고 하셨소. 다들 모르고 있었소?"

세 사람은 일제히 고개를 저었다. 그중 마제가 궁금증을 이기지 못하고 먼저 질문을 했다.

"폐하께서 무슨 중대한 결정을 앞두고 계신가 보군요?"

그때 시계소리가 크게 아홉 번 울렸다. 기다렸다는 듯 이덕전의 목소리가 건청문 저쪽에서 들려왔다.

"폐하께서 납시오! 이광지, 장정옥, 동국유, 마제는 대기하라!"

네 사람은 이덕전의 말을 듣자마자 마치 엎어지기라도 하듯 허둥지둥 앞으로 달려 나갔다.

노란 담비가죽 마고자를 껴입고 사슴가죽 장화를 신은 강희가 한 무리의 태감들에 둘러싸인 채 서화문 쪽에서 걸어 나오고 있었다. 그는 관모도 쓰지 않고 뒷짐을 지고 있었다. 게다가 외투를 걸치지도 않고 며칠 만에 모습을 나타내서 그런지 전보다 더 왜소해 보였다. 그러나 표정은 밝았다. 발걸음도 힘이 있어 보였다.

강희가 세 명의 상서방 대신들과 함께 상서방 문 앞에서 꿇어 있는 이광지를 보더니 잠시 머뭇거렸다. 뭔가를 얘기하려는 듯했다. 하지만 이내 입을 다물고는 이덕전, 형년, 덕릉태를 거느린 채 안으로 들어갔다.

한참 후에 강희가 문가에 있는 의자를 가리키면서 명령을 내렸다.

"이광지, 자네는 여기 앉게. 다른 사람들은 공연히 격식차리고 인사할 것 없이 이쪽에 무릎 꿇고 있도록 하게."

세 명의 대신들은 머리 조아려 감사를 표하고는 강희가 지정해준 곳에 무릎을 꿇었다. 장정옥이 먼저 입을 열었다.

"잔설도 아직 남아 있어 길이 미끄럽사옵니다. 무슨 일이 있으시면 신들을 부르시면 될 것인데, 어찌 친히 거동하셨사옵니까?"

"자네들이 요즘은 짐보다 더 힘들어 하는 것 같아서 말이네. 눈도 그친 김에 운동도 좀 할 겸 해서 왔어."

강희가 무덤덤하게 대답했다. 그의 말에 장정옥은 속으로 의아하게 생각하지 않을 수 없었다.

'운동이나 할 겸 왔다면서 이광지는 왜 불렀지?'

그때 강희가 물었다.

"장정옥, 상서방에서 양심전으로 보내온 상주문은 읽어봤나? 어떤 황자들이 태자 후보에 올랐던가?"

장정옥이 머리를 조아리며 아뢰었다.

"신은 요즘 각 지역에서 세금으로 낸 식량과 은이 제대로 입고되는지를 쫓아다니면서 챙겼사옵니다. 그러다 보니 동궁의 주인을 선발하는 데는 본의 아니게 조금 소홀해질 수밖에 없었사옵니다. 이 일은 마제와 동국유 둘이 도맡은 것으로 알고 있사옵니다."

"신이 아뢰겠사옵니다. 셋째, 넷째, 열셋째 마마와 열넷째마마를 천거하는 천거서가 각각 두 부씩 올라왔습니다. 다섯째, 일곱째 마마를 지지하는 천거서는 각각 한 부씩이옵니다. 천거한 사람이 가장 많은 여덟째마마께서는 무려 칠백 마흔세 건의 천거서를 받았사옵니다. 운남雲南과 귀주貴州는 거리가 멀어 상주문이 아직 도착하지 않고 있사옵니다만 조만간 도착할 것으로 알고 있사옵니다. 청해성과 서장, 몽고 지역은 참여할 필요가 없다는 지의가 계셨기에 포함시키지 않았사옵니다."

마제가 차분한 목소리로 대답했다.

"그게 전부인가?"

"예, 폐하."

"둘째 황자는? 짐이 알고 있기로는 윤진, 윤상, 윤례 셋을 비롯해 왕섬, 무단, 낭심, 영고탑寧古塔, 파해, 소리합달蘇里哈達 등의 사람들이 윤잉을 보위한다는 상주문을 냈다고 하던데…… 장정옥도 밀주를 올렸고. 자네와 동국유는 어찌해서 그 부분은 빠뜨리고 말을 하지 않는 것인가?"

실망이 너무 컸는지 강희의 안색이 눈에 뜨일 만큼 흐려졌다. 마제가 어떻게 대답해야 할지 몰라 망설이고 있을 때였다. 동국유가 머리를 조아리면서 대신 아뢰었다.

"둘째마마는 이미 폐위당하셨사옵니다. 지금은 둘째마마의 빈자리를 채우는 새로운 태자를 선발하기 위한 시기이옵니다. 때문에 둘째마마는 자격 미달이라고 판단해 말씀을 드리지 않았사옵니다."

"스스로 판단을 잘도 하는구먼! 짐은 윤잉을 보위해서는 안 된다는 말을 한 적은 없는 것 같은데?"

강희가 콧방귀를 뀌면서 쏘아붙였다. 좌중의 사람들은 강희의 그 한마디에 눈이 휘둥그레지고 말았다.

상서방은 갑자기 얼어붙은 듯 적막에 싸였다. 시간도 멈추고 사람들은 숨 쉬는 것을 잊어버린 것 같았다. 이광지는 몸을 불안하게 떨면서 자리에 계속 앉아 있어야 할지 일어나서 바닥에 꿇어야 할지 갈 피를 잡지 못했다. 그때 마제가 침을 꿀꺽 삼키면서 말했다.

"폐하, 실로 신들의 짧은 생각이 불러온 과실이 아닐 수 없사옵니 다. 즉각 시정하도록 조치하겠사옵니다."

그러나 강희는 냉소를 터트리면서 싸늘한 어조로 말했다.

"과실 정도가 아닌 것 같은데? 자네는 손바닥에 '팔'八자를 새겨 깃 발처럼 흔들고 다녔다면서?"

강희가 비아냥거렸다. 그리고는 고개를 번쩍 쳐들더니 문어귀를 바 라보면서 소리를 질렀다.

"유철성!"

유철성이 문 앞을 지키고 서 있다가 황급히 들어와 시립하면서 여 쭈었다.

"부르셨사옵니까, 폐하."

"가서 지의를 전하게. 열 살이 넘은 황자들은 모두 건청문 밖에서 무릎 꿇은 채 조서를 기다리라고 하게."

강희가 신경질적으로 손을 내저었다. 말끝에 분노가 잔뜩 서려 있 었다. 유철성이 부랴부랴 지의를 전하러 나가자 그가 다시 덧붙였다.

"군주를 섬기는 기본은 성실이야. 자네들은 이런 도리도 모르는 건 가! '칠백여 명'이라고? 공들여 엮으러 다니지 않았으면 어떻게 그렇 게 모두의 마음이 일치할 수 있었겠는가?"

동국유는 자신들이 우려하던 대로 강희의 마음이 바뀌었다는 사 실을 직감했다. 자신도 모르게 이마에서는 순식간에 식은땀이 송골 송골 맺혔다. 다시 장정옥이 천천히 입을 열었다.

"부디 고정하시옵소서, 폐하! 여덟째마마께서는 실로 대단한 충성 심과 신의를 갖추시고 드넓은 아량과 풍부한 학식을 소유하고 계시옵니다. 마제와 동국유 두 어른이 천거할 만한 분이옵니다. 특정 황자를 위한 세력몰이에 나섰다는 것은 천부당만부당한 말씀이옵니다. 그러나 폐하께서 만족하실 뿐만 아니라 백관들이 박수치고 천하의 백성들에게 점수 딸 수 있는 일을 해낸다는 것이 신들의 위치에서는 참으로 어려운 일이 아닌가 하옵니다. 신의 어리석은 생각으로는 새로이 천거하는 것도 괜찮을 듯하옵니다."

순간 동국유는 분노에 차 얼굴을 심하게 붉혔다. 밀주에 무슨 독설을 퍼부어놓았는지 모르지만 이제 와서 혼자서 잘난 척을 하면서 새롭게 천거하니 어쩌니 운운하는 것을 보면 장정옥이야말로 위험천만한 사람일 수 있겠다는 생각을 했던 것이다.

한참 후 그가 머리를 조아린 채 말했다.

"폐하, 장정옥이 폐하의 비위를 맞추고 아부를 일삼으며 총애를 구걸하는 것은 실로 간신배다운 행위가 아닌가 싶사옵니다. 천하에 둘도 없는 간신이라고 해도 과언이 아니옵니다! 정확히 칠일 전 폐하께서는 조서를 발표하시어 둘째 황자의 죄상을 낱낱이 폭로하셨사옵니다. 또 폐위의 정당성을 적극 주장하셨사옵니다. 그뿐만이 아니옵니다. 새로 세우는 태자는 백관들의 의사를 존중해 결정하겠다고도 하셨사옵니다. 신들은 폐하의 지의에 충실했을 뿐이옵니다. 초개草芥의 필부들도 신의를 기본으로 여기거늘 만승지군萬乘之君이신 폐하께서 어떻게 아침저녁으로 조령을 뒤바꿀 수 있겠사옵니까?"

"자신을 위해 방패막이가 돼주는 사람을 도리어 모함하다니! 여러분, 다 들었지? 동국유가 바로 이런 사람이었네! 사실 자네의 그 눈물겨운 '충심'에 짐은 코웃음밖에 나오지 않아. 마제는 별 악의 없이 대세에 따른 것이 사실일지도 몰라. 그만큼 순수한 사람이니까. 그러나 자네는 진실을 가장한 위선이 다른 사람에게 치명타를 입히는 그런

부류의 사람이야! 자네는 수단과 방법을 가리지 않고 문생들을 긁어 모았어. 그런가 하면 다른 황자들도 끌어들였어. 예컨대 일곱째와 열두째의 상주문이 그렇다고 봐. 사실은 자네의 문하가 대필해준 것이겠지. 짐이 그런 것도 모르고 있는 줄 알았는가?"

강희가 동국유에게 손가락질을 하면서 연신 냉소를 터트렸다. 동국유는 강희의 서슬에 바로 꼬리를 내렸다. 순간 방금 전 당당하게 목에 핏대를 세우던 그라는 사람은 순식간에 자취를 감추었다. 좌중의 사람들 눈에 보이는 그는 사색이 된 채 삽시간에 십 년은 늙어버린 듯한 초로의 힘없는 상서방 대신일 뿐이었다.

동국유는 병으로 '휴양'중이던 강희가 그토록 정보에 밝을 줄은 몰랐다. 실수도 이만저만한 실수가 아니었다. 그는 끝내 아무 말도 못하고 바닥에 엎드려 연신 머리를 조아릴 수밖에 없었다.

그때 유철성이 들어와 아뢰었다.

"폐하, 둘째마마를 포함해 열 살 이상의 황자마마들 모두를 집합시켰사옵니다. 다만 장황자마마는 어디에 감금당해 계신 줄 몰라 그냥 돌아왔사옵니다. 지의를 내리시는 대로 움직이겠사옵니다."

"그 사람은 부를 필요가 없네."

강희가 냉정하게 내뱉었다. 그리고는 다시 큰 소리로 좌중을 향해 사자후를 토했다.

"짐을 호락호락하게 봤다가는 큰코다치지. 생각 좀 해봐. 온 구주九州의 억만 백성들을 휘하에 거느리고 있는 짐이 이 강산을 마음 놓고 믿고 넘겨줄 후계자를 찾는 일인데, 어찌 각별히 신경을 쓰지 않을 수가 있겠냐 이 말이야! 동국유 자네의 상주문은 짐한테 거꾸로 외우라고 해도 외울 수 있을 걸? 뭐라고 했더라……? '폐하의 영명함은 세상 모두가 알고 칭송하옵니다. 폐하께서는 절대 그릇된 판단을 하지 않으실 줄 믿어마지 않사옵니다'라고? 또 뭐라고 했지? '이번 일은…….' 물론 이번 일이라는 것은 윤잉을 폐위시킨 것을 말하겠지? '폐하의 성궁聖躬에 지대한 영향을 미치는 사건으로서 장래를 위해서라도 속단을 내려 처리해야 할 줄로 아옵니다…….' 이거 자네가 올린 상주문 맞지?"

동국유는 마치 당장 기절이라도 할 것처럼 정신이 혼미해져가는 것을 느꼈다. 하지만 그대로 무너질 수는 없는 일이었다. 멀어져가려는 정신의 끝자락을 간신히 붙잡고 버텼다. 얼마 후 그가 떨리는 목소리로 겨우 대답했다.

"예, 폐하. 소인이 어리석었사옵니다. 무지몽매한 제가 그만 ……. 부디 너그러우신 아량으로……."

강희가 동국유의 말이 채 끝나기도 전에 다시 무섭게 고함을 지르면서 훈계하는 어조로 다그쳤다.

"자네는 말끝마다 '매일 부처님께 황제가 만년을 살게 해달라고 빈다'고 떠들고 다녔지. 그런데 오제五帝 때부터 지금까지도 겨우 몇 천 년이 흘렀을 뿐이야. 그게 어디 가당키나 한 소리인가? 그래 놓고도 장정옥을 간신배라고 비난을 해? 철면피 같으니라고!"

동국유는 완전히 된서리 맞은 가지처럼 후줄근해졌다. 이제는 변명조차 포기한 듯했다. 상서방에 모인 사람들은 일부는 앉은 채, 일부는 선 채로 그 자리에 석고처럼 굳어지고 말았다.

그때 갑자기 우렛소리를 방불케 하는 강희의 고함소리가 섬뜩하게 다시 울려 퍼졌다.

"동국유, 일어나! 집에 돌아가서 문 닫아걸고 책이나 읽으라고!"

"예, 폐하……."

동국유는 경황없는 대답과 함께 엉거주춤 자리에서 일어섰다. 그리고는 머리 앞으로 늘어져 있던 산호 정자를 잡으려고 했다. 그러다 소름 끼치는 표정으로 비웃고 있는 강희와 시선이 마주쳤다. 그는 순간 불에 덴 듯 놀라면서 연신 머리를 조아리고는 그대로 도망치듯 물러갔다.

그러나 그게 끝이 아니었다. 정신없이 물러나다 그만 처마 밑의 돌기둥에 얼굴을 박아버렸다. 그는 그 자리에서 그대로 기절하고 말았다.

기절한 동국유가 실려 나가고 소란이 어느 정도 가라앉자 마제가 무릎걸음으로 한 걸음 다가가면서 아뢰었다.

"신 역시 동국유와 같은 죄를 지었사옵니다. 엄벌에 처해주시옵소서, 폐하! 하오나 폐하, 신은 죽는 한이 있더라도 이 말씀만은 올리고 싶사옵니다. 황자들 중에서 여덟째마마만이 폐하의 깊은 뜻을 잘 알고 계시옵니다. 신들의 불경스런 행동이 여덟째마마의 현덕賢德에 먹칠을 하지 않았으면 하는 바람이옵니다. 다른 뜻은 추호도 없사옵니다."

"자네는 끝까지 여덟째를 보위해야겠다는 것인가? 자네와 동국유는 달라. 자네는 육부에 쫓아다니면서 대신의 신분도 망각한 채 여덟째를 위해 세력몰이를 했어. 그것 자체만으로도 큰 죄가 되는 거야. 그 죄를 묻지 않을 수 없어. 여전히 상서방에는 남아 있게 하겠으나 직급은 두 등급 낮추겠네. 이제부터는 장정옥 뒤로 빠지게 되는 거지. 어때, 괜찮겠는가?"

강희는 처음의 동국유처럼 마제도 여전히 자기의 생각을 굽히지 않자 다소 놀라는 기색을 보이더니 한참 후에야 한숨을 내쉬면서 말했다. 그러자 장정옥이 황송하다는 표정을 지으며 입을 열었다.

"소신은 번개, 우레, 비, 이슬 모두를 성은으로 알고 살아왔사옵니다. 폐하의 처사는 모두 다 지당하신 줄 알고 있사옵니다. 그러나 소신은 잠깐의 실수로 궁지에 처한 사람을 딛고 위로 올라가고 싶지는 않사옵니다. 절대 그럴 수는 없사옵니다. 신을 편하게 해주시는 셈치고 방금 그 일은 없던 일로 해주셨으면 하는 바람이옵니다."

강희가 장정옥의 말을 꼼꼼히 새겨듣더니 머리를 끄덕였다.

"편한 대로 하게! 이광지, 자네는 짐이 왜 불렀는지 알겠는가?"

이광지가 좌불안석으로 전전긍긍하다가 강희의 지목을 받자 황급히 무릎을 꿇었다. 그리고는 머리를 조아린 채 대답했다.

"신 역시 여덟째마마를 천거했사옵니다. 죄를 물으시면 기꺼이 받겠사옵니다!"

"그만 일어나게. 나이도 많은 사람이 이제 그럴 필요까지는 없네."

강희가 감개무량한 듯 탄식했다. 이어 다시 입을 열었다.

"자네나 왕섬, 무단 이런 사람들은 작심하고 큰 잘못을 저지르지 않는 한 짐은 절대 처벌을 할 생각이 없네. 하지만 이번에는 짐이 자네한테 조금 실망했어. 그날 자네를 부른 자리에서 짐은 입 아프게 강조했어. 그랬는데도 짐의 속마음을 그렇게도 모르겠던가? 그날 자네와 자리를 같이 했던 장정옥은 짐의 의중을 정확하게 헤아렸어. 자네는 태평성대의 원로야. 그런데도 마제와 동국유가 대신의 신분도 망각한 채 그런 짓을 저지르고 다니는 것을 보면서 자제하도록 권유하기는커녕 아무 말도 하지 않았어."

이광지가 강희의 질책에 고개를 조아리며 입을 열었다.

"폐하께 아뢰옵니다. 그 당시 태자를 향한 폐하의 속마음을 읽지 못한 것은 아니옵니다. 다만 신 역시 마제와 마찬가지로 '천하위공' 天下爲公(세상은 천하 만민의 것이라는 의미)을 모든 것에 우선해야 한다고 생각했을 뿐이옵니다. 하오나 사적인 이해관계에 얽매인 채 시비를

非의 현장을 멀리 떠나고 싶은 다급한 마음에 원로로서의 역할을 제대로 못한 것은 사실이옵니다. 외부 사람들에게 폐하의 의중을 전하지 못한 것 역시 결코 회피하지 못할 소신의 책임이옵니다. 부디 죄를 물어주시옵소서."

이광지는 공손하면서도 비굴하지 않았다. 단호하면서도 거만하지 않았다. 장정옥은 이광지의 그 말을 들으면서 그가 관료로서 장수하는 비결을 알 것 같았다. 그가 말 많고 탈 많은 관리 생활을 40년 동안 해오면서 요지부동의 위치를 굳건히 지킨 데는 다 나름의 이유가 있었던 것이다.

장정옥이 그렇게 이광지의 말을 곰곰이 되새김질하고 있을 때였다. 강희가 갑자기 자리에서 일어서더니 장정옥에게 지시했다.

"조서 초안을 작성할 준비를 하게."

장정옥이 강희의 명령이 떨어지기 무섭게 능수능란한 솜씨로 붓과 종이를 준비했다. 이어 소매를 걷어붙이고 대기했다. 강희가 천천히 거닐면서 입을 열었다.

"이번에 태자를 폐위시키면서 자네들의 의견을 수렴하지 않고 짐이 독단적으로 처리한 것은 지금 생각하니 조금 너무했다는 생각이 드네. 정옥, 자네도 알다시피 그 당시로서는 실로 용서받기 어려운 일이었어. 다만 시일이 흐른 뒤 사건의 실체가 서서히 드러나면서 윤잉이 억울한 해코지를 당했다는 사실을 짐도 알게 됐네. 짐도 그 아이와 반목하고 미워했던 세월이 안타깝네. 윤잉이 잘 되면 그것은 곧 짐의 복이야. 또 자네들 같은 신하들의 복이 아니겠나? 다시 마음을 추스르고 그 아이로 하여금 짐의 곁에 우뚝 서도록 여러분이 지켜주고 밀어주게. 당장 복위시킬 생각은 없으나 짐의 마음이 이렇다는 것만은 알아두게. 윤잉 역시 원망과 보복 같은 것은 하지 않을 것이네.

그건 짐이 보장하네."

장정옥은 한 손으로 소맷자락을 잡은 채 빠른 속도로 강희의 말을 정리하기 시작했다. 조서는 강희의 말이 끝남과 거의 동시에 완성됐다.

장정옥이 입김으로 조심스럽게 종이를 후후 불면서 먹물을 말리고는 두 손으로 들어 강희에게 올렸다. 강희가 만족스레 고개를 끄덕이더니 이광지를 향해 말했다.

"결자해지라고 했어. 자네가 직접 건청문에 가서 이 지의를 낭독하게. 그리고 지의를 전달하기에 앞서 윤잉을 먼저 짐에게 보내게."

"예, 폐하!"

이광지가 대답과 함께 돌아서 가려고 했다. 그때 강희가 다시 불러 세우더니 덧붙였다.

"또 짐의 구유口諭도 전하게. 여덟째 윤사는 생모가 신자고辛者庫(황궁 내에 있는 천민들의 감옥. 또는 천한 일을 하는 곳)의 천비賤妃 출신이다. 또 정무에 참여한 경험이 부족할 뿐만 아니라 별다른 치적도 없다. 그러므로 절대 태자가 될 수 없다. 또…… 아홉째 윤당, 열째 윤아는 여덟째에게 빌붙어 탈적奪嫡을 시도했다. 그 죄를 물어 종인부宗人府에 끌고 가 정죄定罪를 기다리도록 한다!"

"……"

그러나 이광지는 아무런 말이 없었다.

"왜 그러고 있는가?"

"예, 폐하!"

이광지가 넋 나간 듯 멍하니 서 있다 강희의 독촉에 소스라치듯 놀랐다. 이어 종종걸음으로 달려갔다. 강희가 그 모습을 보면서 길게 한숨을 내쉬었다. 뭔가 내키지 않은 것들이 많은 눈치였다. 장정옥과 마제 역시 강희의 태도를 보면서 또 다른 불안에 몸을 떨어야 했다. 여덟째를 수감시키면 또다시 한바탕 난리를 겪게 될 것이 틀림없다고 생각한 것이다.

31장
강희의 인내심

　윤잉은 태감 두 명을 따라 마고자도 입지 않은 채 붉은 천마^{天馬} 가죽을 안에 댄 두루마기 차림으로 건청문을 거쳐 상서방으로 들어갔다. 그에게 상서방은 아주 낯익은 곳이었다. 두 달 전까지만 해도 분명 그랬다. 그가 자주 드나들던 곳이었다. 그러나 불과 두 달 사이에 완전히 낯선 모습으로 다가왔다. 마치 다른 세상처럼 멀게만 느껴졌던 것이다. 사실 변한 것은 하나도 없었다. 달라진 것은 윤잉의 마음과 처지뿐이었다.

　윤잉은 책상 옆에 자리한 강희를 발견하고는 몸 둘 바를 몰라 했다. 그저 손만 열심히 비벼대고 있었다. 얼마 후 그는 쭈뼛거리며 다가가 무릎을 꿇은 채 인사를 올렸다.

　"죄 많은 아신 윤잉이 아바마마의 옥체만강을 기원합니다!"

　"일어나. 짐이 어제 읽으라던 《역경》^{易經}의 그 대목은 제대로 읽어

봤어?"

강희가 담담한 어조로 입을 열었다. 윤잉이 즉각 상체를 숙인 채 대답했다.

"괘상卦象 하나를 읽었습니다. '성인은 사람들의 마음을 감화시킴으로써 천하태평을 도모한다'라는 뜻을 전하고 있지 않나 싶었습니다. 또 '군자는 겸허함으로써 사람들에게 받아들여진다'는 내용도 퍽 마음에 와 닿았습니다."

강희가 미소를 머금으며 고개를 끄덕여 보였다. 순간 마제와 장정옥은 약속이나 한 듯 서로를 쳐다봤다. 말을 하지 않아도 부자간의 대화에서 이미 속 깊은 얘기가 꽤나 오갔다는 사실을 알 수 있었다. 부자간의 알력은 거의 다 지워지고 있는 것 같았다. 장정옥이 이제 윤잉의 얼굴을 어떻게 봐야하나 하는 걱정에 잠긴 얼굴을 한 마제의 손을 잡더니 조용히 말했다.

"둘째마마, 신들의 인사를 받으십시오!"

"나는 죄가 있는 몸인데 아바마마 앞에서 어찌 그대들의 인사를 받을 수 있겠소이까?"

윤잉이 차분한 어조로 말했다. 순간 윤잉의 눈언저리가 두드러지게 붉어졌다. 목숨 걸고 자신을 보위한 몇몇 소중한 자기편 사람들 중 하나가 바로 장정옥이라는 것을 알고 있었던 것이다. 그가 무릎을 꿇은 마제와 장정옥을 한 손에 한 명씩 잡아 일으켜 세우면서 눈물을 머금은 얼굴로 말했다.

"인사는 받은 걸로 할 테니 어서 일어나게!"

강희가 그 모습을 보면서 차를 한 모금 마셨다. 이어 미소 그득한 얼굴을 한 채 입을 열었다.

"역시 장정옥이 제대로 보고 판단하는 것 같아. 윤잉, 짐은 네가 요술에 걸려 자신도 모르는 사이에 많은 실수를 한 것은 이해할 수 있어. 하지만 곰곰이 생각해봐. 자고로 진정한 성인군자들 중에 그런 요법에 걸려든 사람이 누가 있는지 말이야? 깨지지 않은 달걀에 파리가 달려드는 것 봤어? 속된 표현이기는 하나 그것과 크게 다를 바 없어."

윤잉이 강희의 인자한 말에 황급히 대답했다.

"정말 지당하신 말씀이옵니다, 아바마마! 이 아들, 이제부터 문 닫아 걸고 자성의 시간을 가지겠습니다. 그동안 양성수덕養性修德에 관한 책을 많이 읽겠사옵니다."

"당장은 자네를 복위시켜 줄 수는 없네."

강희가 생각에 잠긴 얼굴을 한 채 느릿느릿 입을 열었다. 이어 다시 차분하게 몇 마디를 덧붙였다.

"그러나 정무에 너무 생소해지면 곤란하니 상주문 같은 것은 봐도 되겠어. 짐이 가장 걱정하는 것은 이번 일을 통해 자네 마음속에 원망과 보복 심리가 있지 않을까 하는 것이야. 한 예를 들어보자고. 눈앞에 있는 두 사람 중 마제는 자네를 천거하지 않았어. 또 조정에는 자네 아닌 다른 사람을 주인으로 섬기고 싶어 하는 사람들이 많아. 그러면 자네는 과연 앞으로 그들과 어떻게 지낼 것인가?"

윤잉이 강희의 질문에 그리 어렵지 않다는 듯 여유 있게 웃어 보였다. 그리고는 천천히 대답했다.

"아들이 가장 많이 생각하는 부분이기도 하옵니다. 어제 왕섬 스승, 주천보, 진가유가 물어와 대답하기도 했사옵니다. 결론부터 말씀드리자면 아들은 절대 보복 같은 것을 일삼지 않을 것이옵니다. 제가 저지른 죄는 영원히 용서받지 못해도 당연하다고 생각하옵니다. 그러니 남을 원망할 수도 없사옵니다. 모든 것이 전적으로 저의 부덕함 탓이옵니다. 신하들이 저를 천거하지 않은 것에는 타당한 이유가 있다고 생각하옵니다. 위로는 천심, 아래로는 민의, 그리고 대청에 충실하겠다는 진정한 신하된 뜻에서 그렇게 한 것이 아닌가 생각하옵니다. 왕섬 스승은 늘 천하위공天下爲公을 강조하셨사옵니다. 이 거대한 수레바퀴를 돌려나감에 있어 사적인 감정이 개입되어서는 안 된다고 하셨사옵니다. 아들이 실덕失德하지 않았더라면 장황자의 음모가 어찌 이뤄질 수 있었겠사옵니까? 또 백관들이 분분히 떠나는 사태가 어찌 일어날 수 있었겠사옵니까? 따라서 아들은 군신들뿐만 아니라 장황자 윤제도 깨끗하게 용서할 것이옵니다. 마제 대인이 증인이 되어도 좋사옵니다. 제가 만약 이 맹세를 어긴다면 천벌을 받아 마땅할 것이옵니다!"

윤잉은 통렬한 자책을 서슴지 않았다. 마제는 그런 그의 진지한 모습에 잔뜩 움츠러들었던 마음이 살짝 풀리면서 몰래 안도의 숨을 내쉬었다. 강희 역시 연신 머리를 끄덕였다.

반면 장정옥의 표정은 그리 밝아 보이지만은 않았다. 그는 윤잉의 평소 성격에 비춰볼 때 지나치게 '대범'해 보이는 것이 왠지 마냥 반가워할 일만은 아니라고 생각하고 있었다. 그러나 그렇다고 해서 감히 윤잉을 둘러싸고 있는 보이지 않는 창호지를 뚫고 들여다 볼 수도 없는 노릇이었다.

강희가 흐뭇한 듯 고개를 끄덕이며 말했다.

"그게 자네의 진심이기를 바랄 뿐이네. 짐은 이미 조령詔令을 내려 여덟째와 아홉째, 열째를 수감시키도록 했어. 징계 차원이 아니야. 그들의 지나친 야심을 꺾어버리고 주제파악을 하는 계기를 마련해줬을 뿐이지. 하지만 뒤집어 생각해보면 자네는 여덟째의 장점을 반드시 배워야 해. 그렇게 많은 사람들이 여덟째를 따른다는 것은 그 아이에게 뭔가 남다른 구석이 있다는 얘기라고. 성격이 둥글둥글할 뿐 아니라 아랫사람들에게 자애롭지. 또한 학문이나 식견 모두 황자들 중에서는 단연 첫손가락에 꼽히지. 셋째 역시 자신이 설 자리, 앉을 자리, 다리 뻗을 자리를 잘 아는 아주 똑똑한 학구파야. 넷째는 자네도 잘 알거야. 공정하고 충성심이 무엇보다 강해. 게다가 청렴하고 유능하잖아. 물론 일 자체에 너무 집착하는 단점이 있기는 해. 그 외에 열셋째와 열넷째는 협객 기질이 다분한 용감무쌍한 투사 성격을 지녔어. 백성들은 모두가 그 둘을 믿고 발 뻗고 잔다는 말들을 하잖아? ……아무튼 형제간에 마음이 일치하면 그 날카로움은 쇠라도 쪼갤 수 있다고 했어."

강희가 이상하게 평소와는 달리 황자들의 장점을 아주 장시간 동안 입에 올렸다. 아무래도 그럴 수밖에 없기는 했다. 혹시나 윤잉이 자신의 반대세력들을 향해 분풀이라도 하지 않을까 걱정하는 마음이 앞섰던 것이다.

윤잉이 뭔가를 대답하려고 할 때였다. 장오가가 부랴부랴 안으로 들어섰다. 강희가 놀란 듯 서둘러 물었다.

"무슨 일인가?"

"아뢰옵니다. 열셋째마마와 열넷째마마께서 대판 싸우고 있사옵니다. 이광지 어른께서는 말리다 못해 쓰러지셨사옵니다!"

장오가가 불안한 기색이 역력한 눈빛으로 강희와 윤잉을 번갈아 쳐다보았다.

쾅!

갑자기 강희가 탁자를 있는 힘껏 내리치면서 벌떡 일어났다. 온몸을 주체할 수 없을 정도로 떨고 있었다. 그러기를 얼마나 했을까, 강희가 마침내 냉소를 흘리면서 말했다.

"아주 잘들 하는군! 물 위에 떠 있는 바가지처럼 이 머리 눌러 버리면 저쪽 것이 올라오고! 짐을 따라나서게!"

강희가 말을 마치고는 횅하니 밖으로 나갔다. 그러나 건청문으로 바로 들어가지 않고 서쪽 월화문을 에돌아 영항永巷으로 나왔다. 이어 먼발치에서 구경하느라 까치발을 세운 채 고개를 한껏 쳐들고 있는 조신朝臣들 뒤에서 멈춰 섰다. 어쩔 수 없이 뒤따라 나서 쫓아가던 윤잉과 마제는 그 바람에 급히 발걸음을 멈추느라 강희와 부딪칠 뻔했다.

당사자인 윤상과 열넷째 윤제는 건청궁 시위들이 나서서 겨우 떼놓은 것 같았다. 그러나 서로 잡아먹을 듯 마주보면서 언제라도 다시 치고받을 기세로 씩씩거리고 있었다. 열넷째의 이마에서는 시퍼런 핏줄이 푸들거렸다. 마찬가지로 윤상의 입가에서도 피가 흘러내리고 있었다.

"그래봤자, 너는 넷째 형님 엉덩이나 핥고 다니는 똥개밖에 더 돼? 끽소리 못하고 있던 놈이 둘째 형님이 기지개를 켜니까 꼬리 쳐들고 뭘 어쩌겠다는 거야!"

"내가 아무리 못났다고 해도 너보다는 낫다! 넷째 형님과 동복형제만 아니었더라면 너는 벌써 나한테 죽었어. 넷째 형님을 모독한 것만 가지고도 얼마든지 너를 밟아버릴 수 있다고!"

"흥! 그러면 나는 나 죽었소! 하고 머리를 들이대고 가만히 있을 줄 알고?"

"그래 좋아! 그러면 내일 우리 둘이서만 서산西山에 가서 사내답게 일 대 일로 붙어보자!"

윤상과 열넷째는 서로 으르렁거리며 전의를 계속 불태우고 있었다. 그때였다. 가까운 곳에 있는 윤당과 윤아가 득달같이 윤진에게 따지고 드는 말이 강희의 귀에 들려왔다.

"태자가 아직 복위되지도 않았어요. 여덟째 형님을 따른 것이 무슨 죄가 된다고 애꿎은 우리를 괴롭히는 거예요? 우리는 능지처참에 처해져도 좋아요. 일단 폐하께 우리의 입장을 밝히려는 것뿐이라고요. 그런데 왜 못 가게 하는 거예요? 넷째 형님이 뭐 태자, 아니 황제라도 되는 거예요?"

윤당과 윤아의 말은 듣기에 거북할 만큼 과격했다. 침을 튕겨가며 들이대는 두 사람의 모습은 기세등등하기 짝이 없었다. 그러나 윤진은 둘의 거센 항의에도 무덤덤한 표정이었다.

"때가 때이니 만큼 나는 오늘 자네들과 싸우고 싶지 않아. 내 말은 폐하를 찾아가 입장을 밝히는 것은 좋으나 규정대로 수순을 밟으라는 얘기야! 명을 받들고 어지御旨를 읽어주러 온 이광지에게 무슨 잘못이 있다고 자네들이 가래침을 뱉고 그래? 부탁인데 그러지 좀 마. 요즘 폐하께서는 건강이 좋지 않으셔. 그러니까 억울한 일이 있더라도 좀 참아줘!"

윤진이 차분하게 나오자 여덟째 윤사가 수긍을 하며 고개를 숙였다. 안색이 하얗게 질린 채 한데 엉켜 붙어 입씨름을 벌이는 황자들을 말리면서 마치 애걸하듯 부탁했다.

"나 좀 살려줘. 너희들이 이렇게 막무가내로 나오면 그것은 나를 도와주는 게 아니라 해치는 거야. 나를 진짜 죽음으로 몰아넣고 싶어?"

극도로 인내심을 발휘하며 아들들의 등 뒤에서 오가는 대화를 듣기만 하고 있던 강희는 그제야 무슨 영문인지를 알 것 같았다. 그가 막 입을 열려고 할 때였다. 갑자기 옆에 있던 윤잉이 앞으로 나아가며 털썩 무릎을 꿇었다. 그리고는 두 손을 들어 읍을 했다.

"착한 아우들, 이러지 마! 모든 것은 나 때문에 일어난 일이야. 때문에 원흉은 나야. 폐하를 봐서라도 형제끼리는 더 이상 싸우지 말왔으면 해……."

윤잉이 무릎을 꿇자 황자들과 조신들은 이상한 생각이 들었는지 고개를 돌렸다. 그와 동시에 등 뒤에 서 있던 강희를 발견했다. 강희의 얼굴은 보기에도 무섭게 일그러져 있었다.

그들은 그야말로 기겁을 하고야 말았다. 까마귀가 떼를 이뤄 날아들 듯 일제히 무릎을 꿇었다. 삽시간에 넓디넓은 천가天街는 쥐죽은 듯한 나락으로 빠져 들어가고 말았다.

"이광지는 지의를 받고 조서를 읽어주러 왔을 뿐이야. 지금의 이 사달을 일으킨 주범이 도대체 누구야?"

강희가 경멸에 찬 눈빛으로 아들들을 둘러보았다.

"아신이옵니다!"

열넷째가 사람들이 놀라워하는 가운데 무릎걸음으로 약간 앞으로 나서면서 대답했다. 이어 더욱 큰 소리로 덧붙였다.

"아신이 아바마마를 뵙고자 했사옵니다. 그러나 이광지가 저를 막고는 못 가게 했사옵니다. 부자 사이를 이간질하는 이광지의 죄를 물어 주시옵소서! 또한, 넷째 형님이 열셋째 형님을 시켜 우격다짐으로 아신의 앞을 가로막은 죄도 함께 물어주셨으면 하옵니다!"

열넷째는 조금도 주저함이 없었다. 강희는 마치 전력을 다해 던지는 돌멩이 같은 열넷째의 말에 기가 막혔다. 잠시 할 말도 잃었다. 그가 한참 후에야 냉소를 터트리면서 말했다.

"그래? 저 친구들이 감히 열넷째 자네의 대가大駕를 저지했다는 말이지? 말도 안 되는 소리 아닌가! 그래 자네는 그토록 기를 써가면서 짐을 만나고자 하는 이유가 뭔가? 이제 내가 왔으니 여기 이 자리에서 말해보게."

열넷째는 서슬 푸른 칼날이 번득이는 것 같은 강희의 비아냥거림에도 조금도 기가 죽지 않았다. 오히려 고개를 번쩍 쳐들더니 당당하게 말했다.

"아바마마께서 편찮으시다는 것을 듣고 문안을 드리고 싶었사옵니다. 또 여덟째 형님이 도대체 무슨 죄를 지었기에 아홉째, 열째 형님마저 한데 엮인 채 곤욕을 치러야 하는지도 여쭙고 싶었사옵니다."

강희가 칼날같이 예리한 눈빛으로 열넷째를 오래도록 노려봤다. 그리고는 차가운 어조로 입을 열었다.

"효성만은 지극한 아이로구나! 여덟째가 무슨 죄를 지었는지는 이광지가 짐의 구유를 통해 전하지 않았던가?"

열넷째는 여전히 주눅 들지 않고 계속해서 도발적인 어조로 또박또박 대꾸했다.

"듣기는 들었습니다만 황당무계하다고 생각합니다. 새로운 태자는 백관들의 의사를 존중할 거라는 조서에 따라 움직인 백관들이 무슨 죄가 있사옵니까? 폐하의 명을 잘 들은 죄밖에 더 있사옵니까? 또 평소에 두루 존경받고 높은 위상이 반영돼 백관들에게 추대를 받은 여덟째 형님은 또 무슨 죄가 있사옵니까? 물론 일부 몰지각한 인간들이 공공연한 세력몰이에 나선 것은 잘못된 행위이옵니다. 하지만 우리를 들쑤시고 다닌 소인배는 따로 있사옵니다. 과연 어떤 소인배인지는 잘 모르겠사옵니다."

강희의 눈이 무섭게 번뜩였다.

"짐은 나라의 중대사를 처리함에 있어 신독愼獨을 전제로 한 독단을 해왔어. 결코 소인배의 작당에 놀아난 적은 없어. 너의 얘기를 들어보니까 짐을 아주 우습게 보는 것 같군. 누구 앞에서 짐을 몰아붙이려고 하는 거야. 말조심해!"

열넷째가 강희의 표독스러운 눈빛에 어느 정도 무너지는 모습을 보였다. 그러나 완전히 백기를 든 것은 아닌 듯했다. 창백해진 얼굴로 여전히 항변을 하고 나섰다.

"부당한 것을 보면 자기 목소리를 내는 것이 진정한 사내라고 했사옵니다. 아들은 여덟째 형님을 위해 억울함을 하소연하고 싶을 뿐이옵니다. 학식이 뛰어나고 인간성 좋은 것도 죄가 됩니까? 저희는 명조를 받든 죄밖에는 없사옵니다. 조령에 따라도 죽고, 따르지 않아도 죽음을 면치 못할 것이라면 폐하께서 아신들에게 목숨이나마 건질 수 있는 활로를 가르쳐 주시옵소서!"

열넷째가 꼿꼿하게 말하다 말고 갑자기 눈물을 글썽거렸다. 곧 두 눈에서 굵직한 눈물이 방울져 굴러 내렸다. 그러나 머리는 여전히 꼿꼿했다. 옆에 엎드려 있던 관리들 역시 모두 열넷째가 자신들의 입장을 대변한다고 생각하는지 덩달아 눈물을 흘렸다.

사실 열넷째의 말에는 반박할 여지가 거의 없었다. 그와 관리들이 항변할 만한 소지는 충분했다. 그러나 강희는 여기서 한 발자국도 물러나서는 안 된다는 판단하에 껄껄 웃으면서 말했다.

"참 안쓰럽게도 짐은 자네의 눈물 어린 하소연에 별로 감동을 받지 않았네. 어떻게 하지?"

"아들로서의 효도孝道와 신하로서의 충도忠道를 다했을 따름이옵니다. 집에 효심 있는 아들이 있으면 가세가 기울 리 없사옵니다. 또 나라에 충신이 있으면 그 나라는 망할 수 없다고 했사옵니다. 그러니 아들이 어찌 다른 사람에게 뒤처지게 효도와 충도를 소홀히 할 수 있겠사옵니까?"

열넷째는 여전히 물러서지 않았다. 그러나 이미 안색은 눈에 띄게 창백해지고 있었다.

"그래? 그러면 네 말을 듣지 않을 경우 우리 대청은 곧 망국의 길로 치닫겠구먼?"

"그렇게 안 된다는 보장은 없사옵니다!"

가만히 보고 있자니 열넷째의 말은 점점 지나쳤다. 여덟째 윤사가 잠자코 무릎을 꿇고 있다 말고 갑자기 고개를 들었다. 이어 열넷째를 바라보면서 떨리는 목소리로 말했다.

"열넷째, 제발 부탁이야. 그만 좀 해……. 그만 하라고! 여덟째 형이 지쳐 죽는 꼴을 보고 싶어서 그래?"

여덟째는 말을 마치자마자 힘없이 푹 쓰러졌다. 지나치게 긴장한 듯했다. 강희로서도 놀라지 않을 수 없었다. 화도 치밀었다. 급기야 두 다리가 위태롭게 떨리기 시작했다.

그러자 윤잉이 자기가 풀려나자마자 몽둥이를 휘둘러대는 열넷째를 바라보면서 아랫입술을 잘근잘근 씹었다.

"이봐, 열넷째! 과녁이 나야, 아니면 아바마마야? 내가 잘못한 것이 있다면 나중에 조용한 자리에서 제대로 사과할게. 그래도 안 되겠어?"

열넷째가 윤잉의 당부에도 불구하고 코웃음을 쳤다. 그러면서 윤잉의 말허리를 뭉텅 잘라버렸다.

"요순堯舜은 비행을 저질러서는 안 된다고 했습니다. 또 비행을 저질렀다면 그 사람은 결코 성현이 못된다고 했습니다. 그런 말도 못 들어 봤어요? 둘째 형님은 더 이상 태자도, 왕공도, 패륵도 아닙니다. 그런 만큼 이제 더 이상 우리한테 감 놔라 배 놔라 할 수 없습니다."

"이런 빌어먹을!"

강희가 마침내 인내의 한계를 넘지 못하고 말았다. 곧 습관처럼 허리춤을 더듬었다. 그러나 패도佩刀는 없었다. 그는 불똥이 튀는 눈빛으로 주위를 두리번거렸다. 그러더니 달려가서는 장오가의 보검을 와락 낚아챘다. 이어 앞을 막는 태감 하나를 걷어차 버리고 살의가 번득이는 눈빛으로 열넷째를 노려보면서 소리쳤다.

"아버지가 죽으라면 아들로서는 죽지 않을 수가 없어. 군주가 신하에게 죽음을 내려도 신하는 죽지 않을 수가 없는 법이야. 짐은 이제 작정을 하고 한번 극악한 군주, 무정한 아버지가 돼 볼 거야!"

자리에 있는 모두의 몸에 싸늘한 식은땀이 흘러내리며 분위기는 완전히 얼어붙었다. 일촉즉발의 상황에 금방이라도 열넷째의 몸에서 뿜어져 나온 피비린내를 맡은 것 같은 착각이 들었다.

그 위기일발의 찰나, 평소 겁이 많고 어질기로 소문난 다섯째 황자 윤기가 갑자기 달려 나가더니 강희를 와락 껴안은 채 울음을 터트렸다.

"아버님! 아버님……, 제발 용서하시옵소서. 열넷째 아우가 아직 너무 어려…… 철이 없사옵니다. 이러시면 아니 되옵니다, 아버님……!"

잠자코 현장을 지켜보면서 열넷째의 막무가내에 치를 떨던 윤진 역시 무릎걸음으로 허둥지둥 강희에게 다가갔다. 이어 그의 다른 쪽 다리를 붙잡고 애원했다.

"아바마마, 고정하시옵소서……. 이게 모두 제가 열넷째를 못 들어가게 한 것이 발단이 됐사옵니다. 아바마마의 휴식에 방해가 될까 걱정이 돼서 그랬으나 아바마마께서 이대로 열넷째를 죽이시면……, 결국에는 제가 동생을 죽인 것이 되옵니다……."

장정옥은 이 와중에도 더욱 기고만장한 모습으로 고개를 뒤로 젖힌 채 쓴웃음을 짓고 있는 열넷째를 바라보더니 갑자기 앞으로 성큼 걸어나왔다. 태자태보의 신분으로서 더 이상 가만히 있지 못하겠다는 의지의 표현인 듯했다. 그가 무섭게 고함을 질렀다.

"열넷째, 어서 사죄하고 물러가지 못해?"

열넷째가 신기하게도 장정옥의 말에 기가 죽더니 입을 다물고 반성하는 모습을 보였다. 누군가 끝 가는 데 없이 치닫는 자신을 말려주기를 기다린 듯 했다. 이어 분노에 떠는 강희를 힐끗 쳐다보더니 갑자기 크게 울음을 터트리더니 손으로 얼굴을 감싸고는 뛰어가 버렸다. 그러자 마제도 호통을 치면서 주위의 관리들을 돌려보냈다.

"아바마마!"

윤진이 윤잉에게 간신히 기대고 서 있는 강희에게 다가가서는 다른 쪽 팔을 부축했다. 그리고는 양심전으로 천천히 걸음을 옮기면서 조심스럽고도 간절한 어조로 입을 열었다.

"자꾸 화를 내시면 간을 다치게 되옵니다. 그러니 절대로 더 이상 화를 내지 마시옵소서. 아들이 간곡히 부탁드리오니 부디 여덟째, 아홉째, 열째를 용서해주셨으면 하옵니다……."

"그건 안 돼!"

"아바마마……."

윤진이 곧 울음을 터트릴 것 같은 표정으로 강희를 바라봤다. 이어 간청하는 듯한 어조로 덧붙였다.

"일생동안 영명하신 아바마마께오서 〈황대과사〉黃臺瓜辭라는 제목의 시도 읽어보지 않았사옵니까? '황대 밑에 오이를 심었더니 어느덧 주렁주렁 탐스럽게도 달렸구나. 하나 따고 두 개 따니 빈자리가 보이고 세 개 따고 네 개 따니 넝쿨만 앙상하구나……'라는 대목이 있사옵니다."

강희가 윤진의 말에 순간적으로 발걸음을 멈췄다. 들어본 적은 없었으나 문득 강희의 텅 빈 가슴에 메아리처럼 다가오는 그 무엇이 있었던 것이다. 그가 넋을 잃은 듯 한동안 멍해 있다가 물었다.

"어떤 책에 그런 내용이 나오는가?"

"《당서》唐書에 나와 있사옵니다……."

윤진 역시 원래는 〈황대과사〉를 알지 못했다. 바로 전날 오사도에게 들은 것이었다. 따라서 오히려 기억에 생생했다. 그가 설명을 이어갔다.

"그 옛날 측천무후가 태자인 이홍李弘을 죽이려 했사옵니다. 그때 공포에 떨던 이홍이 이 시를 지어 여황女皇을 감동시켰다는 후문이 있사옵니다."

"짐은……, 알겠어. 하나도 따지 않겠네……. 걱정하지 말게. 측천무후는 그럼에도 끝내 태자를 죽였잖아. 그건 아니야. 짐은 측천무후의 전철은 밟지 않을 거야. 절대, 절대로!"

강희가 처연한 기분에 휩싸였는지 길게 한숨을 토해내면서 갑자기 눈물을 흘렸다. 심신이 많이 허약해진 듯했다. 실제로 그는 발걸음을 떼어놓는 것조차 몹시 힘겨워했다. 결국 마제와 장정옥, 윤잉에 의해 업혀오다시피 해서 양심전으로 돌아왔다. 그 와중에도 윤잉은 얄미우리만치 강희를 잘 설득하는 윤진을 그다지 곱지 않은 시선으로 힐끔힐끔 쳐다보았다.

다사다난한 한 해가 저물고 어느덧 강희 48년 봄이 다가왔다. 북경성 안팎은 봄기운이 완연했다. 그러나 나무 한그루 없는 자금성은 여전히 화사한 봄 색깔과는 무관했다. 그저 담벼락 모퉁이의 미끌미끌한 이끼와 돌 틈 사이를 간신히 비집고 나온 작은 풀들만이 심궁深宮에 있는 사람들에게 봄이 잊지 않고 찾아왔다는 사실을 말해주고 있었다.

북경의 민간에는 오래 전부터 이른바 〈구구소한도〉九九消寒圖를 그리는 전통이 전해져오고 있었다. 어떤 사람은 가로 세로 아홉 개씩, 모두 81개의 네모를 그려놓고는 동지冬至부터 시작해 하루에 한 칸씩 그날의 날씨를 기록해 나가고는 했다. 사정이 조금 괜찮은 집들에서는 그 위에 81개의 매화를 그려 하루에 하나씩 색칠해 나가기도 했다.

그러나 황가皇家의 습관은 다소 특이했다. 양심전 후전後殿의 벽에 커다란 화선지를 붙여놓고 황제가 매일 붓을 들어 글씨를 한 자씩 써나갔던 것이다. 물론 추위가 끝난다는 81일 동안이었다. 이렇게 해서 마지막에 완성된 주필朱筆은 모두 아홉 글자였다.

亭前垂柳珍重待春風
버드나무 늘어진 정자 앞에서 나 진실로 봄바람을 기다리노라.

이덕전은 강희가 글자를 쓰는 내내 눈치 빠르게 시중을 들었다. 그러다 각각의 글귀를 완성하는 9일이 될 때마다 윤잉을 불러 한 시간씩 대화를 나눈다는 사실을 알게 됐다.

여덟 번째의 글자까지 써내려간 어느 날이었다. 마지막 '춘풍'春風의 '풍'자의 완성을 앞두고 강희가 붓을 내려놓으면서 지시를 내렸다.

"가서 윤잉을 불러오게."

"예, 폐하!"

강희는 그러다 갑자기 물러가는 이덕전을 불러 세웠다. 그리고는 소한도에 시선을 두면서 천천히 덧붙였다.

"왕섬도 조양문에 있는 윤잉의 자택에 있을 거야. 가서 오늘부터 윤잉은 육경궁으로 다시 돌아와 책을 읽으며 지내라는 짐의 지의를 전하게. 그리고 왕섬에게 내일 윤잉과 함께 짐에게 오라고 하게."

"예, 폐하……."

"그리고……."

강희가 다시 말을 이었다.

"셋째 황자에게 가서 《고금도서집성》古今圖書集成의 목록과 《홍범·오행》洪範·五行이라는 책을 가져오게. 넷째와 열셋째가 다시 호부를 맡아야 하니 두 사람에게 상서방에 가서 마제를 만나보라고 하고. 황하의 물이 넘치는 시기가 곧 닥치게 생겼어. 사람을 보내 황하를 시찰하도록 조치하고, 세금을 면해줘야 할 성省은 어디이며 조정의 보조를 받아야 할 곳은 어디인지도 잘 알아보라고 하게. 형부는 봄에는 별다른 일이 없을 테니 여덟째 황자에게 장정옥과 춘위春闈에 관해 논의해보라고 해. 누구를 시험관으로 파견하고 시험의 제목은 어떤 것으로 출제할 것인지 상주문을 만들어 올려 보내라고 하게."

이덕전은 태감들 중에서도 기억력이 비상하기로 정평이 나 있었다. 그럼에도 손가락을 꼽아가면서 강희의 말을 귀 기울여 경청했다. 그런 다음 마지막으로 다시 강희에게 들려줘 확인했다. 이어 강희가 별다른 반응을 보이지 않자 그제야 안심하고 물러갔다.

윤잉의 거처는 염친왕부와 가까웠다. 이덕전은 둘째 윤잉을 대내大內에 들여보내고는 장유長幼 순서에 따라 한 집씩 다니면서 지의를 전달했다. 윤잉을 데리러 갔다가 얼마든지 가까운 여덟째의 집에 먼저 들를 수도 있었으나 나중에라도 괜한 오해를 사지 않을까 두려웠던 것이다.

이덕전이 차례차례 돌고 염친왕부로 발걸음을 옮겼을 때는 오시午時가 다 된 시각이었다. 사실 이덕전을 포함한 태감들은 여덟째 황자에게 액운이 꼈다면서 그 집에 가는 것을 은근히 꺼리는 중이었다.

때문에 이덕전 역시 들어가서 지의만 전달하고는 얼른 나와야겠다고 생각했다.

그러나 그는 겉으로 보기에는 썰렁해보이던 여덟째의 집에 들어서는 순간 그 자리에 굳어져버리고 말았다. 대청 안에는 수없이 많은 사람들로 발 디딜 틈이 없었던 것이다. 그야말로 명절 분위기가 따로 없었다. 사실은 오늘이 정실부인인 복진의 생일잔치가 열리는 날이었던 것이다.

집 안은 어디나 할 것 없이 오색찬란한 불빛이 번쩍거렸다. 또 조정의 관리들이 보냈음직한 선물 꾸러미가 곳곳에 한 무더기씩 쌓여 있었다. 당연히 하인들은 홑옷 차림만으로도 땀을 뻘뻘 흘리면서 음식을 나르고 접대하느라 정신이 없었다.

여덟째는 그 와중에 윤당, 윤아, 열넷째와 함께 술을 마시고 있었다. 규서, 왕홍서, 아령아, 장덕명도 보였다. 이덕전이 지의를 전달하고 바로 물러서려고 하자 여덟째가 웃으면서 말했다.

"이봐 이덕전, 우리 집이 뭐 호랑이굴이라도 되는가? 겁이 나서 꼬리를 빳빳하게 세운 채 도망을 가게? 하주아는 나한테 와서 시중들고 싶다면서 간청을 하다시피 하고 갔는걸! 그러지 말고 폐하께서 하사하신 술이 있으니 두어 잔 마시고 가라고! 이런 기회가 자주 있는 것도 아니잖아?"

이덕전은 천천히 좌중을 살펴봤다. 저마다 얼굴이 벌겋게 상기된 채 술잔을 부딪치면서 떠들어대느라 여념이 없었다. 다만 아령아만은 마치 크게 앓고 난 사람처럼 안색이 파리한 채 멍하니 앉아 있었다.

이덕전이 웃으면서 여덟째에게 말했다.

"여덟째마마께서 그렇게 말씀하시니 소인이 몸 둘 바를 모르겠습니다. 제가 서둘러 자리를 뜨려는 것은 황명을 받은 만큼 감히 오래

지체할 수가 없어서입니다."

"그래 세상천지에 자네만큼 바쁜 사람이 어디에 있겠나!"

그때 한편에서 말없이 웃고만 있던 윤당이 이덕전에게 다가갔다. 그러더니 그를 다짜고짜 서화청으로 끌고 갔다. 이어 술을 따라주면서 말했다.

"어서 마셔! 마시지 않으면 열넷째에게 강제로 입을 벌리고 부어넣으라고 할 테니까!"

이덕전은 어쩔 수 없이 술을 받아마셨다. 그러자 윤당이 이덕전의 어깨를 다정하게 감싸 안은 채 물었다.

"듣자하니 둘째 형님이 육경궁으로 다시 돌아온다는 소문이 있더군. 그게 사실이야?"

이덕전이 솔직하게 대답했다.

"예, 소인이 방금 지의를 전하고 오는 길입니다."

윤당이 주변의 하인에게 안주를 더 가져오게 했다. 이어 이덕전 앞으로 밀어놓으면서 다시 물었다.

"폐하께서 다른 말씀은 하지 않으셨고? 둘째 형님에게 상주문 처리권을 주지는 않았는가?"

이덕전이 슬그머니 웃었다. 윤당이 궁금해하는 것이 무엇인지 잘 알 것 같았던 것이다.

"폐하께서는 그런 말씀은 하지 않으셨습니다. 소인도 감히 여쭈어보지는 못했습니다."

이덕전의 말이 채 끝나기도 전이었다. 거나하게 취한 열넷째가 비틀거리면서 갑자기 나타났다. 이어 이덕전을 노려보더니 웃음 띤 얼굴로 말했다.

"불알까지 싹둑 잘린 사람이 모가지까지 날아가지 않을까 걱정하는 거야? 아홉째마마가 물으시는데 모른다고 딱 잡아떼는 것을 보니!"

이덕전은 남의 치부를 드러내며 모욕을 주는 열넷째가 무척이나 미웠다. 그러나 화를 낼 수는 없는 일이었다. 그저 비굴한 웃음을 지어 보이면서 입을 열 수밖에 없었다.

"저는 맹세컨대 그런 배짱은 없습니다. 굳이 소인의 어리석은 생각이 듣고 싶으시다면 말씀드리죠. 소인이 보기에 태자마마의 복위는 기정사실화된 것 같습니다. 비록 지의는 아직까지 내리시지 않았으나 폐하께서는 강녕 직조사에서 공물로 올려 보낸 물건들을 둘째마마께 하사하셨습니다. 전에 태자마마 시절에 하사했던 물건과 똑같았습니다. 그런 것을 보면 추측할 수 있지 않겠습니까? 또 동지 때부터 지금까지 아흐레에 한 번 꼴로 둘째마마를 부르셨습니다. 두 분이 대화하는 분위기도 한결 부드러워진 것 같았습니다. 표정 역시 눈에 띄게 밝아진 것 같았습니다. 지난번 무단 대인을 부르신 자리에서도 폐하께서는 '지금 보니 괜히 자네를 놀라게 한 것 같네. 윤잉이 어쩌고저쩌고 하는 일은 다 한 차례 지나가는 폭풍우에 불과했네. 요즘 짐은 윤잉을 만나고 나면 속이 아주 시원해'라고 말씀하시는 것을 들었습니다. 낭심 군문께서도 원래의 주둔지로 복귀했을 뿐만 아니라 능보 군문 역시 열하로 돌아가 여전히 도통 자리에 있는 것으로 알고 있습니다. 어제 육경궁의 왕섬 어른은 하인들에게 태자의 이불을 다시 빨아 햇볕에 충분히 쬐이라고 지시하시는 것 같았습니다. 오늘도 폐하께서는 둘째마마를 부르셨습니다……."

좌중의 사람들은 숨을 죽인 채 이덕전의 입만 바라봤다. 그러다 가끔씩 자기네들끼리 눈길을 맞췄다. 더러는 평소에도 알고 있는 얘기였으나 이덕전의 입에서 일목요연하게 정리가 되어 나오자 기분이

묘한 모양이었다.

열넷째가 입을 쩝쩝 다시면서 뭐라고 물으려 할 때였다. 이덕전이 자리에서 일어서면서 아첨 어린 웃음을 짓고는 말했다.

"소인은 이제 더 이상 지체할 수 없습니다. 폐하께서 점심 휴식에 들어가실 텐데 옷 갈아입으시는 것을 시중들어야 합니다!"

"잠깐만!"

아홉째가 조심성이 많아 몸을 사리는 이덕전을 완전히 꿰차기는 글렀다고 생각했는지 웃는 듯 마는 듯한 얼굴로 말했다.

"하주아를 염친왕부에 태감 대장으로 보낸다는 것이 사실인가?"

이덕전이 별생각 없이 대답했다.

"내무부에서 어제 소식을 보내왔습니다. 아마 오늘내일 안으로 건너오지 않을까 싶습니다."

마침 그때 여덟째가 병풍 뒤에서 슬며시 모습을 드러냈다. 그러더니 자리에 앉아 길게 한숨을 내쉬었다.

"태감이 넘쳐서 걱정이야. 그런데 또 태감을 보내다니! 이덕전 자네는 안마 기술이 뛰어나 폐하께 점수를 따고 있는 모양이지? 양심전의 대장 신분으로 하주아를 곁에 두고 부리고 싶다고 폐하께 말해보면 안될까?"

이덕전은 하주아가 윤잉에게 밉보여 황궁에서 쫓겨나는 처지라는 사실을 모르지 않았다. 때문에 윤사가 시키는 대로 말해봤자 허사라는 점을 너무나 잘 알았다. 하지만 덕망 높고 권세 높은 염친왕을 노엽게 해서는 안 될 일이었다. 그가 두려움에 떨며 어쩔 수 없이 대답했다.

"소인이 최선을 다해보겠습니다. 하지만……."

"이덕전 어른에게 황금 쉰 냥을 갖다 드려라!"

여덟째가 때를 놓칠세라 명령을 내렸다. 그리고는 덧붙였다.

"나는 자네의 충성심을 사는 거야. 성사 여부에 대해서는 개의치 않겠어."

32장
태자의 복위

　윤잉은 음력 3월 9일 폐위당한 지 반 년 만에 다시 태자로 돌아왔다. 폐위당할 당시 그랬던 것처럼 강희는 건청궁에 있었다. 장정옥이 제천문을 작성해 태묘太廟와 사직社稷에 고하는 글을 발표했다. 이어 태자의 의관衣冠을 받쳐 들고 강희를 찾아갔다.

　이튿날 강희는 셋째 황자 윤지, 넷째 황자 윤진, 다섯째 황자 윤기, 일곱째 황자 윤우, 여덟째 황자 윤사, 아홉째 황자 윤당, 열째 황자 윤아, 열두째 황자 윤도, 열셋째 황자 윤상, 열넷째 황자 윤제를 육경궁으로 불렀다. 그리고는 태자에게 이궤육고二跪六叩의 대례를 올리도록 했다. 이렇게 복위 의식은 간단하게 끝났다. 대청 제국을 떠들썩하게 했던 풍파 역시 일단락되었다.

　이어 육경궁에서는 연회를 베풀었다. 복벽復辟(다시 복위하는 것을 이름)이 된 태자 윤잉은 연회석마다 찾아다니면서 일일이 술을 권했다.

참석자들은 저마다 밝은 표정을 지은 채 진심으로 태자의 복위를 축하하는 듯했다. 물론 속으로는 무대 위에 뛰어올라가 피터지게 싸울 상대로만 생각하면서 이를 가는 자들도 적지 않았다.

연회가 끝나자 언제나 그랬듯이 여덟째의 무리가 가장 먼저 일어나 말을 타고 흙먼지를 날리면서 떠났다. 반면 셋째, 다섯째, 일곱째, 열두째와 열일곱째 윤례胤禮등은 따로 송학산방松鶴山房에 모여 시간가는 줄 모르고 시를 짓고 문장을 논했다.

그러나 태자의 복위에 맞춰 누구보다 기뻐해야 할 윤진은 웬지 다소 우울해 보였다. 그가 말 위에 올라탄 채 심드렁한 표정으로 윤상에게 말을 걸었다.

"우리 집에 가서 잠깐 앉았다 가게."

윤상이 대답했다.

"그동안 제가 늘 형님 댁에 갔었으니, 오늘은 저희 집에 가시는 것이 어때요?"

"말이 되는 소리를 해라! 도처에 첩자들이 득실거리는데 거기를 왜 가? 말만 패륙부지, 네 집은 온갖 잡동사니들이 널려있는 저잣거리와 별로 다를 바가 없잖아. 게다가 요즘에는 불여우 같은 여자가 둘씩이나 더 있으니, 어디 겁이 나서 얼씬거리기나 하겠어?"

윤진이 웃으면서 말했다.

윤상은 윤진의 말에 그만 피식 웃고 말았다. 그의 말이 사실이었던 것이다. 빚이 많으면 무덤덤하고 이가 많으면 가려운 줄 모른다고 윤상은 더 이상 개의치 않는다는 얼굴로 말했다.

"그러면 옹화궁雍和宮 쪽으로 갑시다. 그런데 아란과 교 언니도 같은 배를 탄 것 같지는 않아요. 은연중에 서로를 경계하는 눈치도 보이고 말이에요. 하지만 그것들이 아무리 귀신불처럼 눈을 밝히고 다녀봤자 국물도 없다는 것을 느끼게 되는 날이 있을 거예요."

윤상이 말을 마치고는 묵묵히 앞을 내다봤다. 이어 한숨을 지으면서 말을 이었다.

"무엇이나 마음먹기에 달렸다는 말을 요즘 실감하면서 살아요. 한때는 모든 위험을 감수하고서라도 아란을 복진으로 맞아들이고 싶었죠. 그런데 불여우 같은 짓을 하기 위해 저에게 박혀 있다는 생각을 하니까 그 여자에게 더 이상 감동이 느껴지지 않아요. 오히려 주는 것 없이 괜히 미워지고 그래요."

윤진은 묵묵히 윤상의 말을 듣고 있었다. 얼굴에 웃음기라고는 보이지 않았다. 한참 후에 그가 입을 열었다.

"이 세상에서 가장 가엾고 가증스러운 것도 사람이고, 가장 두려운 존재도 사람이라는 것을 명심해!"

윤진과 윤상이 대화를 나누는 사이 어느덧 말은 정안문定安門을 지나고 있었다. 저 멀리 옹화궁이 보였다. 두 사람은 묵묵히 말에서 내려 서화원西花園으로 향했다. 그곳에서는 오사도가 둘을 기다리고 있을 터였다.

두 사람이 막 뜰로 들어섰을 때였다. 북쪽에 있는 마구간에서 말이 울부짖는 소리가 심상찮게 들려왔다. 놀란 윤상과 윤진이 고개를 돌렸다.

강아지와 송아지가 무엇에 정신이 팔렸는지 좋아라고 웃으면서 마구간 안쪽을 쳐다보고 있는 모습이 보였다. 곧이어 숨에 차 헐떡이는 고복의 목소리도 들려왔다.

"어르신, 오랜만입니다! 주인의 부름을 받고 가는 중이라 말에서 내릴 시간은 없고 아쉽지만 다음 기회에……."

정말 이상한 일이었다. 고복은 마치 사람에게 하듯 말에게 말을 걸고 있었다. 윤진과 윤상은 어리둥절한 표정을 한 채 서로를 마주볼 뿐이었다. 그때 자지러진 말의 울부짖음이 다시 귀청을 때렸다. 고통을 참기 어려워 마구 도망가는 것처럼 발자국 소리가 어지럽게 들렸다.

윤진이 물었다.

"이게 무슨 소리야?"

강아지와 송아지가 그제야 두 사람을 발견하고는 달려와 인사를 하면서 아뢰었다.

"고 어른께서 말을 길들이는 것이 하도 재미가 있어서 구경을 하고 있었습니다."

아이들의 말이 채 끝나기도 전에 고복의 목소리가 다시 들려왔다.

"왕 어른, 모처럼 만났으니 차라도 한 잔 해야 하는데 시간이 통 없어서 말에서 내리지 못하겠습……."

고복의 말이 끝나자마자 영락없이 말의 애처로운 울부짖음이 이어졌다. 참다못한 윤상이 소리를 버럭 질렀다.

"고복, 뭐하는 거야? 이리로 와봐!"

"넷째마마, 열셋째마마……."

땀범벅이 된 고복이 윤상의 질책에 먼지를 한껏 뒤집어 쓴 채 마구간에서 기어 나왔다. 그리고는 흙먼지 가득한 얼굴에 어색한 웃음을 지으면서 몸 둘 바를 몰라 했다. 그 모습을 본 윤진이 미간을 찌푸리면서 혼을 냈다.

"들어가 거울을 좀 봐. 사람의 몰골이 왜 이런가!"

겁에 질린 고복이 황급히 허리를 굽실거렸다. 이어 말했다.

"실은 소인은 지금 말을 길들이고 있던 중이었습니다……. 잡털이 많아 보기에는 흉한 것이 등허리만큼은 쓸 만하더니 요즘 들어 부쩍 말썽입니다. 저는 길에서 별로 얼굴 보고 싶지 않은 사람을 만날 때면 습관처럼 '바빠서 말에서 내릴 시간이 없네요'라고 말하고는 했습니다. 그런데 이 머저리 같은 것이 언제부터인지 이런 비슷한 말만 떨어지면 그 자리에서 길길이 뛰고 주저앉아버려 사람을 난처하게 만들고는 합니다."

윤상은 강아지가 곤충이나 동물을 길들이는 재주가 유난히 뛰어나다는 사실을 잘 알고 있었다. 당연히 고복이 훈련에 필요한 조언을 강아지로부터 받았을 것이라고 추측하지 않을 수 없었다. 이번에도 고복이 강아지에게 속아 넘어간 것이 분명했다. 윤상은 아이들의 악의 없는 장난에 픽 웃어버릴 수밖에 없었다. 윤진도 겉으로는 강아지와 송아지를 혼내는 척했지만 웃어넘기고 말았다.

"넷째마마."

풍만정에는 오사도 혼자 앉아 있었다. 윤상과 공수로 인사를 나눈 후 안락의자에 다시 자리한 오사도의 얼굴은 석양에 물들어 그런지 다소 우울해 보였다. 그가 천천히 입을 열었다.

"만약 폐하께서 다시 열셋째마마에게 호부에 들어가라고 하신다면 어떻게 하실 겁니까?"

윤진은 최근에 깎은 반질반질한 머리를 만지면서 말이 없었다. 반면 윤상은 웃으면서 말했다.

"이제는 큰일도 거의 끝났어. 주변도 점차 안정을 되찾아가니 가라면 가야지 뭐. 전처럼 내가 앞장서고 넷째 형님과 태자마마께서 뒤에서 팍팍 밀어주신다면……, 어려울 것이 없을 것 같아!"

그러자 오사도가 가볍게 기침을 하면서 입을 열었다.

"그건 대외적인 선전용입니다. 저는 넷째마마의 솔직한 생각을 듣고 싶습니다."

열 손가락을 깍지 낀 윤진이 천천히 대답했다.

"나는 아직 뾰족한 수가 떠오르는 게 없어. 태자 폐위에서부터 복위까지의 반 년 동안 속이 다 타서 숯검정이 됐어. 또 호부도 그 옛날의 호부가 아닌 것 같고 말이야. 시세륜도 우명당도 없는 상황에서 열셋째 혼자서 안간힘을 써봤자 뭐가 달라지겠어! 게다가 폐하께서는 두 번씩이나 부르셨어도 국채 환수 작업에 대해서는 일언반구도 없으셨고……. 여덟째가 잘하고 있는 형부의 일이나 관심 가지고 도와주라고 하시더군. 그래서 나는 요즘 솔직히 좀 짜증이 나."

그러자 윤상이 웃음 머금은 어조로 물었다.

"넷째 형님도 참! 그것 때문에 우울해 하셨어요? 이번에 우리 실력을 한번 떠들썩하게 보여줬는데, 우울하면 여덟째 형님 쪽이 우울했지 우리가 왜 우울해요?"

오사도가 윤진과 윤상의 대화를 듣더니 생각에 잠긴 채 말했다.

"이번에 크게 밑진 사람은 장황자마마밖에 없을지도 모릅니다. 셋째마마는 자신이 부족하다는 사실을 인정하고 제때에 물러났어요. 관전하는 태세로 완전히 돌아섰죠. 그 바람에 큰 실수는 없었습니다. 또 여덟째마마는 실보다 득이 더 많은데 우울할 것이 뭐가 있겠습니까? 열셋째마마께서는 이번에 국면을 멋지게 반전시킨 것이 넷째마마와 열셋째마마께서 힘을 썼기 때문이라고 생각하십니까? 그렇게 생각하신다면 그건 오해하시는 겁니다."

오사도의 목소리는 저 멀리 하늘 끝에서 들려오는 것처럼 낮고 희미하게 들렸다. 그러나 뜻은 분명했다. 윤진과 윤상은 흠칫 몸을 떨었다. 한참 후 윤상이 입을 열었다.

"탈적奪嫡의 꿈에 부풀어 있다가 말이 뒤집히는 바람에 거꾸로 엎어져 먼지 속에 파묻혔을 텐데, 여덟째 형님이 우울하지 않다고? 나

같으면 그냥 자살이라도 했을 거야!"

윤상이 오사도의 말에 반박을 했다. 그러다 갑자기 말을 길들이느라 진짜로 먼지 속에 파묻혔던 고복을 떠올리고는 껄껄 웃었다. 윤진이 갑자기 웃음을 터트리는 윤상을 바라보면서 말했다.

"웃을 일이 아니야. 여덟째도 이번에 친왕으로 봉해지면서 위치가 나하고 같아졌어. 아홉째, 열넷째도 패륵이 됐고 말이야. 아쉬울 것이 없는 사람들이라고! 물론 아령아가 극약을 먹고 자살하겠다고 소동을 부릴 정도로 꿈이 좌절된 것이 사실이기는 하나 점점 원기를 회복해가고 있어. 지금도 여덟째의 집에 모여 무언가를 논의하고 있을지 몰라!"

"바로 그겁니다. 타격은 있었으나 그들은 어느새 정신을 차렸습니다. 여덟째마마는 지금 친왕親王일 뿐만 아니라 자신의 관부를 설치하고 깃발을 세울 수 있는 권리도 가지게 됐습니다. 이처럼 힘과 세력이 커졌기 때문에 더욱 자신만만하게 태자마마와의 대결에 나설 것입니다."

오사도의 얼굴에 한 줄기 화색이 돌았다. 윤진의 말에 고무된 것이 분명했다. 윤진이 그런 그를 바라보면서 담담하게 말했다.

"오 선생, 그래도 너무 겁주지는 마. 태자 형님이 이제 겨우 복위했는데, 더 이상 전 같은 이변이야 있으려고?"

그럼에도 오사도가 걱정이 다분한 표정을 한 채 창밖을 내다보면서 말했다.

"물론 그런 이변이 다시 일어나서는 안 되겠습니다. 그러나 제가 보기에는 태자마마의 보좌가 전보다 더 많이 기울어져 보입니다."

윤진과 윤상은 마치 약속이나 한 듯 깜짝 놀랐다. 태자가 복위하자마자 오사도가 엉뚱한 말을 한다고 생각한 것이다. 그러나 오사도는 두 사람의 반응에는 아랑곳하지 않은 채 덧붙였다.

"폐하께서 태자마마를 복위시키신 것은 어쩔 수 없는 선택이었습니다. 태자를 폐위시킬 당시 폐하께서는 태자의 빈자리가 이토록 큰 대란을 몰고 올 줄 미처 모르셨습니다. 여덟째의 세력이 조정을 뒤흔들 정도로 무지막지하게 커져 있다는 사실에 폐하께서는 충격을 받았을 겁니다. 때문에 궁변宮變을 미연에 방지하기 위한 고육지책苦肉之策으로 폐하께서는 태자마마를 복위시킬 수밖에 없었습니다. 태자마마를 복위시킴으로써 여덟째, 셋째, 넷째 마마를 눌러버리고 황자들의 기를 꺾어 놓으려는 계산을 하고 있는 겁니다."

윤진이 놀란 나머지 자리에서 벌떡 일어서면서 물었다.

"나까지 누른다고? 왜? 그게 무슨 뜻이야?"

오사도가 고개를 들어 윤진을 바라보더니 야릇한 웃음을 지으면서 대답했다.

"넷째마마께서는 본인을 태자당이라고 생각하십니까? 태자당이 아니라면 넷째마마 역시 셋째와 여덟째 마마와 마찬가지로 폐하께서 경계하시는 상대가 아니겠습니까?"

윤진의 얼굴 근육이 오사도의 말 한마디에 스르르 풀렸다. 오사도에게 따끔한 지적을 받고서야 비로소 자신이 몇 날 며칠 동안 우울했던 이유를 알 것 같았던 것이다. 사실 냉정하게 자신에게 물었을 때 태자를 보위하고 나선 것은 결과적으로 자신을 보위하기 위한 것이라고 해도 좋았다. 솔직히 태자의 복위를 기도하는 마음은 눈곱만큼도 없지 않았던가. 그는 자신에게 그 사실들을 고백하지 않을 수 없었다.

물론 그는 자신 안에 잠자고 있는 그런 생각을 감히 드러내지 못하고 번번이 덮어 감췄다. 그런데 오사도는 그것을 모조리 꿰뚫어보고 있었던 것이다. 한참 후에 윤진이 무너지듯 자리에 주저앉으며 말했다.

"그래 맞아. 나는 황제의 아들이자 친왕이지. 사직의 간성干城일 뿐 어느 당도 아니야!"

오사도가 윤진의 말에 한숨을 내쉬었다.

"진정한 태자당은 이미 와해되고 없습니다. 왕섬, 진가유, 주천보 등은 모두 폐하께서 태자마마의 파당을 결성하는 것을 막기 위해 심어둔 사람들입니다. 물론 책임을 다하지 못한 죄를 묻기는 했으나 저마다 보기 드문 정인正人이라는 사실도 인정을 받았습니다. 그 때문에 큰 죄는 면할 수 있었습니다. 태자마마는 복위되기는 했으나 또다시 결당結黨을 하려고 할 겁니다. 결당을 하지 않으면 여덟째의 등쌀에 견딜 수가 없기 때문입니다. 감히 실력으로 저지를 할 수도 없는 상황이죠. 당연히 결당의 움직임이 보이면 폐하께서는 다시 태자마마를 의심하실 텐데……, 두 분께서는 이른바 '신태자당'에 가입하실 의향이 있으신지요?"

오사도의 질문에 윤진이 생각해볼 여지도 없다는 듯 단호하게 대답했다.

"나는 이제 넌더리가 나서 싫어. 태자마마가 반은 군주라면 나는 대충 신하의 예를 다하면 돼. 또 나중에 등극을 한다면 그때 가서 일인자에게 보내야 하는 기본적인 충성과 예의를 갖추면 될 것이고 말이야."

윤상 역시 좋아라고 했다.

"맞습니다! 저도 그렇게 생각합니다. 넷째 형님은 그 어디에도 예속당하지 않는 소신파 고신孤臣이 되겠다고 하셨습니다. 그러면 저는 넷째 형님의 '고신당'孤臣黨에 가입할 겁니다."

오사도는 윤진이 가장 싫어하는 글자가 '당'黨이라는 사실을 모르지 않았다. 아니나 다를까, 역시 윤진의 표정은 그리 밝지 않았다. 오사도가 그런 윤진을 바라보더니 웃으면서 말했다.

"열셋째마마, 그런 생각은 일찌감치 버리는 것이 좋을 듯합니다. 붕당이라는 것은 나라를 해치고 근간을 좀먹는 악성을 지니고 있습니다. '고신'일지라도 당과는 무관해야 합니다. 군자라면 여기저기에 마음 맞는 지기가 많이 있겠으나 사사로운 이익을 위해 결당하지는 않아야 합니다. 그것이 넷째마마의 본심입니다. 저는 지금까지 열셋째마마를 '넷째당'이라고 생각해본 적은 없습니다. 열셋째마마께서 호기롭고 용감한 협객의 기질을 타고 나지 않으셨다면 넷째마마께서는 '태자당'이라는 오명을 뒤집어쓰면서까지 열셋째마마와 손을 잡지 않았을 겁니다. 또 일편단심 조정을 위해 일하는 자세가 없었더라도 그랬을 거고요."

오사도의 따끔한 한마디에 윤상이 얼굴을 붉혔다.

"내가 실언을 한 것 같네. 오 선생 말씀이 지당해!"

윤진 역시 한숨을 내쉬었다.

"오 선생은 정말 내 마음을 훤히 들여다보고 있는 것 같군. 내가 만약 결당을 하고 싶으면 왜 힘깨나 쓰는 사람들을 휘하에 품지 않았겠어? 내가 경륜으로 보나 인맥으로 보나 인심을 농락하려면 여덟째보다 적어도 열배는 더 잘 할 수 있을 거야!"

윤진의 말은 다소 과장이 없지는 않았다. 그러나 크게 틀린 말도 아니었다. 실제로 그는 주변에서 '당'이라는 개념조차 가지지 못하게 할 정도로 행동을 조심했다. 친하게 왕래하는 조정 관리도 거의 없었다. 따라서 그의 힘은 오로지 그 자신의 인격과 권위 위에 이룩된 것이라고 할 수 있었다. 물론 윤상은 달랐다. 호루라기만 살짝 불어도 한바탕 난리를 치며 와자지껄하게 몰려올 만큼 따르는 하품下品의 관리들이 많았다. 당연히 두 사람은 평소 자신들의 그런 성향을 '정밀 분석'할 심적 여유가 없었다.

그러나 오사도는 자신의 예리한 눈으로 둘을 늘 그런 식으로 '해부' 해왔던 것이다. 한참이나 침묵을 지키던 오사도가 물었다.

"열셋째마마, 어제 염친왕부의 서무관이 넷째마마 댁으로 열셋째 마마를 찾으러 왔었습니다. 그를 잠시 붙잡아 놓고 몇 가지 물어보다 보니 열셋째마마께서 형부의 옥안獄案 기록문서를 가지고 계신다면서 그걸 가지러 왔다던데요?"

"어디 형부뿐이겠어? 호부의 기록문서도 내 손 안에 있는 걸! 내 수유 없이는 그 어떤 황자도 문서함을 열 수가 없지!"

윤상이 당연하다는 듯 대답했다. 그러자 윤진이 깜짝 놀라며 물었다.

"호부는 자네가 독자적으로 업무를 보니 그렇다고 할 수 있어. 그러나 형부는 여덟째가 주인인데 관리들이 자네 말에 꼼짝을 못한다니, 그게 무슨 말인가?"

윤상이 즉각 대답했다.

"여덟째 형님은 업무에는 문외한인 걸요. 도대체 아는 것이 없어요. 위에서 뭐가 필요하다 그러면 저한테 와서 물어요. 그럼 제가 항목별로 정리해 둔 문서들을 찾아내 넘겨주거든요? 그러면 보고 나서는 그대로 도로 돌려주죠. 넷째 형님도 아시겠지만 제 인맥이 제법 넓잖아요? 아랫것들 꽉 붙들어 매는 데는 여덟째 형님보다 제가 한 수 위죠. 나에게 배신을 했다가는 어떻게 되는 줄 잘 알 수 있도록 길을 들여놓았거든요."

윤상이 말을 마치고는 어깨를 으쓱! 하면서 웃었다. 오사도가 눈 깜짝하지 않고 윤상을 지켜보더니 천천히 입을 열었다.

"그것들은 다 용도가 폐기된 문서들입니다. 그걸 굳이 움켜쥐고 있는 이유가 뭡니까?"

그러자 윤상이 껄껄 웃으면서 말했다.

"오 선생이 뭘 묻고 싶어 하는지는 모르겠어. 그러나 용도 폐기된 문서라도 내 손에 오면 유용한 각종 증거가 되지."

"지금 무슨 얘기가 오가는 거지? 난 점점 더 오리무중인 걸?"

윤진이 물었다. 윤상은 시원스러운 그답게 바로 대답했다.

"어렵게 생각하시니까 그렇죠. 알아듣게 말해서, 지금이라도 내가 성질이 나면 돌풍을 일으킨다는 얘기가 되겠죠. 여덟째 형님을 안절부절못하게끔 만들어버릴 수도 있다 이거예요!"

오사도가 윤상의 말에 갑자기 몸을 그쪽으로 기울였다. 그러면서 고양이의 그것 같은 눈빛을 한 채 나지막한 목소리로 말했다.

"역시 열셋째마마께서는 대단하십니다. 낚고자 하는 대어가 누구인지 알 수는 없을까요?"

"임백안이야!"

"그게……?"

"임백안이 형부를 등에 업은 채 대타로 내세운 가짜 사형수 사건을 조작한 것만 해도 무려 서른일곱 건이야. 다시 말하면 그건 서른일곱 명이나 되는 무고한 사람들이 돈에 매수당한 형부 관리들에 의해 아까운 목숨을 잃었다는 명확한 증거가 되기도 하지. 그러니 여덟째 형님이 기록문서에 촉각을 곤두세우지 않고 배기겠어?"

순간 윤진은 깜짝 놀랐다. 마냥 히히대면서 진지함과는 거리가 멀고 속이 없어 보이던 윤상이 이런 치밀한 계산을 하고 있었다는 것이 놀라웠던 것이다. 아니 두려울 정도였다.

윤진이 뭐라고 입을 열어 말하려 할 때였다. 갑자기 송아지가 십삼패륵부의 집사인 가평을 데리고 들어섰다.

"무슨 일 있나?"

윤상이 물었다.

"자고 아가씨가 열셋째마마를 모시고 오라고 했습니다. 염친왕부의 신임 태감인 하주아가 댁에서 기다리고 있습니다."

가평이 격식을 차린 채 인사를 올리면서 아뢰었다.

"무슨 일로 왔다는 얘기는 없던가?"

"잘은 모르겠습니다. 그러나 수유를 써달라는 것 같았습니다……."

"가서 난교暖轎를 대기시켜 놓고 기다려. 오늘은 몸에 열이 좀 있는 것 같아 말을 타기가 힘들어서 말이야."

가평이 물러가자 윤상이 크게 기지개를 켜면서 웃음 띤 얼굴로 말했다.

"아무튼 양반은 못 되는 인간이야. 금방 사람을 보낸 것 봐요. 흥, 자기가 급하지 나는 급할 것이 없어! 수유가 뭐 그리 쉽게 써지는 줄 아나?"

윤진이 눈빛을 반짝이며 다그치듯 물었다.

"그래, 이제 어떻게 할 건데?"

오사도 역시 이빨 사이로 짜내듯 말했다.

"열셋째마마, 단 한마디로 승부를 거는 겁니다. 바로 시간끌기입니다!"

윤상은 오사도의 말이 끝나자마자 바로 느릿느릿 밖으로 걸어 나갔다. 오사도가 그 뒷모습을 보면서 탄복을 했다.

"역시 열셋째마마는 둘도 없는 국사國士이십니다. 전에 열셋째마마가 형부에 들어갈 때 제가 사고만 치지 말고 적당히 따라가 주라고 조언을 했던 적이 있습니다. 그런데 이렇게 멋지게 해낼 줄은 진짜 몰랐습니다."

윤진은 오사도의 칭찬에도 불구하고 다소 불안한 듯 굳어진 얼굴을 펴지 못했다. 그리고는 방 안을 천천히 거닐더니 한참 후에야 입을 열었다.

"이 일은 아무래도 문제가 크게 번질 가능성을 배제할 수가 없어. 태자마마에게 몰래 보고하는 것이 어떨까?"

오사도가 대답했다.

"열셋째마마께서 여태까지 심혈을 기울이신 작품입니다. 그런데 넷째마마께서는 그것을 다른 사람에게 고스란히 갖다 바치겠다는 겁니까?"

"강아지 어디 있나? 들어와 봐!"

윤진이 오사도의 말에는 대답을 하지 않고 갑자기 밖을 향해 소리를 질렀다. 그러자 독수리를 길들이느라 여념이 없던 강아지가 대답이 떨어지기 무섭게 달려들어왔다.

"넷째마마, 부르셨습니까?"

윤진이 그런 강아지를 보더니 빙긋 웃으며 말했다.

"폐하께서 나에게 하사하신 두 자루의 조총이 있어. 그중 보석이 박혀 있는 것을 꺼내다 십삼패륵부에 보내. 전에 열셋째가 욕심을 냈었거든. 또 왜도(倭刀) 한 자루 있는 것도 가져다 줘. 잠깐! 혹 다른 사람에게 발각이 되면 열셋째마마가 깜빡하고 우리 집에 두고 간 것을 가져왔다고 말해, 알았지?"

"예, 알겠습니다!"

윤상은 자신의 집에 윤당도 와 있다는 사실에 적지 않게 놀랐다.

그래도 아무런 내색을 하지 않고 서재에 들어갔다.

"가평 이 자식, 죽으려고 환장했구먼. 하주아만 왔다더니! 아홉째 형님도 와 계시는 걸 알리지도 않고! 미리 알았더라면 넷째 형님하고 같이 와서 술이라도 한잔 할 텐데!"

윤당이 웃으면서 말했다.

"내가 와 보니 글쎄, 하주아가 먼저 와 있지 뭔가. 여기에서 이렇게 만날 줄은 몰랐지."

윤상은 윤당이 거짓말을 하고 있다는 것을 알고도 모른 척했다. 물론 곤란한 면이 없지 않았다. 하주아만 온 것이라면 적당히 데리고 놀면서 시간을 때우다 돌려보내면 됐겠지만 아홉째에게는 그 방법이 통할 리 없었기 때문이다. 윤상이 그렇게 생각하고는 입을 열었다.

"아홉째 형님, 넷째 형님 댁에 그 몸이 성하지 않은 오사도라는 사람 있죠. 전에는 넷째 형님이 뭐 하러 그런 병신을 집에 두고 밥만 축내게 하나 생각했거든요? 그런데 오늘 보니까 제 생각이 짧고 유치했더라고요. 넷째 형님을 위해 노랫말을 만들었는데, 아주 대단하더라고요? 게다가 넷째 형님의 소첩小妾 연年씨가 노래를 굉장히 간드러지게 부르는데, 완전히 금상첨화가 따로 없었어요. 제 간장이 사르르 녹아 반쪽밖에 남지 않았을 정도였다니까요? 무뚝뚝한 넷째 형님에게 그런 여복이 있을 줄은 몰랐어요. 역시 여자는 무조건 나긋나긋하고 봐야 한다니까요."

윤당과 하주아는 들어오자마자 혼자서 북 치고 장구 치는 윤상을 바라보다 재빨리 시선을 마주쳤다. 윤당은 하주아만 보내서는 윤상을 당해낼 수 없을 것 같다는 생각에 뒤쫓아 온 터였다. 그래도 자기를 보면 윤상이 찾아와줘서 반갑다든지 오랜만이라는 얘기라도 해 줄 줄 알았다. 최소한 어떻게 왔는지에 대해서는 물어봐 줄 것으로 생각했다. 그러나 완전히 오산이었다. 윤상은 엉뚱하게 노랫말 얘기나 하느라 신이 나 있었다.

윤당으로서는 속이 탈 수밖에 없었다. 그러나 그런 생각은 꾹꾹 눌러 감춘 채 애써 입을 열었다.

"그럼! 열셋째와 열넷째는 영악함이 주체할 수 없이 겉으로 흐르고 넷째 형님은 안으로 꽉 찬 사람이지! 여자 역시 빗자루처럼 뻣뻣하면 아무 짝에도 쓸모가 없어. 그러게 여우하고는 살아도 곰하고는 못 산다잖아!"

"정말 그래요!"

윤상은 윤당이 맞장구를 쳐주자 잘 됐다는 듯 더욱 흥이 도도해졌다. 곧바로 자고를 시켜서 손난로 두 개를 가져오게 했다. 그리고는 윤당 품에 하나 던져주고 자기도 하나를 껴안은 채 쓸데없는 얘기를 장황하게 늘어놓을 준비를 단단히 했다.

"저는 오늘 넷째 형님의 집에 가기 전까지는 여자에 대해 아주 우물 안 개구리였지 뭐예요! 연씨는 외모부터가 한 마을, 아니 한 나라를 망하게 할 정도로 빼어나더라고요. 또 그에 못지않게 글재주까지 비상하더군요. 어떤 시제를 던져줘도 즉석에서 즉흥시를 줄줄 읊어대더라고요. 내가 아주 반해버리고 말았지 뭐예요! 넷째 형님 여자만 아니었더라면 그냥……."

윤상이 홀로 떠드는 사이 시간은 속절없이 흘러만 갔다. 윤당과 하주아는 점점 더 초조해져서 안색이 흙빛이 되었다. 윤당이 안 되겠다고 생각했는지 회중시계를 꺼내서 시간을 재보면서 윤상이 차를 마시는 틈을 타 때를 놓칠세라 말했다.

"듣고 보니 자네가 완전히 반할 만도 하네. 그런데 우리가 오늘 온 이유……."

"오늘은 못 가요. 하주아도 모처럼 왔는데 하룻밤 묵고 가셔야죠! 제가 어젯밤에 《금루잡기》金縷雜記라는 책을 읽었는데요. 기가 막힌 구절들이 많더라고요. 형도 아시다시피 우리 집에는 극단이 없어요. 그래서 베껴서 아란과 교 언니에게 곡을 붙여보라고 했죠. 오늘 마침 잘 오셨어요. 그러게 역시 사람은 무조건 발이 넓고 크고 봐야 한다니까!"

윤상이 속으로 코웃음을 치면서 윤당의 말을 잘랐다. 그리고는 자고에게 지시했다.

"주안상 좀 간단하게 봐 와! 그리고 아란과 교 언니에게 연습한 거 선보일 준비를 하라 이르고!"

자고는 윤상과 함께 한 시간이 가장 오랜 시녀였다. 윤상이 정식 결혼을 해서 복진을 들이지 않은 탓에 사실상 십삼패륵부의 안살림을 도맡고 있었다. 입이 무겁고 심지가 깊을 뿐 아니라 충성스러운 여자였다.

자고가 내내 윤상의 옆에서 시중을 들다 지시에 따라 밖으로 나가자 윤당이 소리 없이 한숨을 내쉬었다. 그리고는 웃는 얼굴로 입을 열었다.

"열셋째 아우는 데면데면하기만 한 줄 알았어. 그런데 이렇게 다정한 면이 있었군. 정말 몰랐어. 하지만 공교롭게도 오늘 나와 하주아는 공적인 일이 있어서 온 것이기 때문에……!"

"공적인 일에는 지장이 되지 않게 할 테니 걱정하지 마세요."

윤상이 마치 얼빠진 사람처럼 히히 웃으면서 말했다. 그리고는 술상이 들어오자 바로 윤당을 상석에 끌어다 앉힌 다음 잔에 찰랑찰랑 넘치게 술을 따라주고는 다시 입을 열었다.

"다 먹고 살자고 하는 것 아니에요? 여덟째 형님도 이해하실 거예요. 워낙 너그러우신 분 아닙니까? 인생은 짧고 술에 취해 노래 부르는 시간은 더욱 짧나니, 오늘 이 순간만큼은 마음껏 즐깁시다. 차갑기가 돌덩이 같은 송광평宋廣平도 매화꽃을 노래하면서 질펀하게 취해 돌아갈 때가 있었죠, 아마? '세상의 걱정은 앞장서서 걱정하고, 세상의 즐거움은 남보다 늦게 즐긴다'先憂後樂는 말로 유명한 범문정範文正 역시 때가 되니까 〈벽운천〉碧雲天이라는 시를 읊었어요. 그리고는 '애수에 젖은 가슴에 술이 들어가니 그리움에 눈물이 용솟음치누나!'라는 유명한 구절을 남겼죠. 그러니 우리 평범한 사람들도 지나치게 근엄할 필요는 없을 것 같아요. 저는 아홉째 형님을 비롯해 셋째, 넷째, 여덟째 형님처럼 매일 똑같은 얼굴을 하고 있는 딱딱한 사람들을 보면 숨이 막혀요. 마치 공맹孔孟의 도는 혼자서 모조리 터득한 것처럼 말이에요……."

윤상이 일부러 이 얘기 저 얘기 꺼내가며 한참이나 의도적으로 사자후를 토하고 있을 때 아란과 교 언니가 들어섰다. 대여섯 명의 어린 시녀들도 거문고와 비파 등 여러 가지 악기들을 살포시 껴안은 채 그녀들의 뒤를 따라 들어왔다.

윤상이 기다렸다는 듯 손뼉을 쳤다. 그러자 미묘한 선율과 함께 한족 복장 차림의 여자들이 미끄러지듯 걸어 나와 춤을 추기 시작했다. 부드럽게 휘감기는 초록색 긴 치마를 입은 여자들이었다. 아란이 먼저 노래를 부르기 시작했다.

> 깊은 산골짜기의 저 물소리 내 안의 수심愁心을 일으키는데,
> 가시나무 흔들리는 소리에 경풍驚風이 이는구나!
> 왕손王孫이시여! 기왕 돌아갈 거면 일찍 떠나세요,
> 햇볕이 기승을 부려 고달프기 전에……

이어 교 언니의 청아한 목소리가 잔잔하고 애수에 찬 분위기로 울려퍼지기 시작했다.

안개가 몇 겹이냐,
산길이 막막하구나.
깊은 산속에서 달을 보며 시름에 잠겨 있으니,
외로운 나그네의 떠남은 고달프기만 하네.
옷섶에 가득한 꽃이슬 보면서 시름을 잊으매,
저녁 북과 아침의 종을 두드리는 이는 누구인가?
청매靑梅는 봄이 가는 뜻을 아는지,
왕손은 아직도 취기가 가시지 않았구나…….

"어때요? 가사가 기가 막히지 않나요?"
거나하게 취한 윤상이 크게 박수를 치면서 웃었다.
"그렇군!"
마음은 잿밥에만 있는 윤당이 대충 호응하는 척했다. 그리고는 어색한 웃음을 지어보였다. 이어 윤상이 억지로 술을 권하고 나서자 황급히 하주아에게 눈짓을 하면서 몸을 일으켰다.
"시간을 내서 나도 언제 한번 《금루잡기》를 읽어야겠어. 너무 좋네! 그런데 오늘은 더 이상 앉아 있을 시간이 없을 것 같아 아쉽구나. 여덟째 형님이 지금쯤은 예부나 호부에서 기다리고 계실 텐데 어서 가봐야지."
윤상이 히히 웃으면서 말했다.
"《금루잡기》는 이미 절판됐어요. 오사도한테 한 권 있는데 빌려다 드릴게요. 그런데 여덟째 형님은 무슨 일로 예부에 가신 거죠?"

윤당이 윤상의 질문에는 답을 하지 않은 채 하주아에게 시선을 줬다. 그러자 하주아가 황급히 대답했다.

"이번에 태자마마의 일로 심려가 크셨던 탓에 폐하께서 원기를 많이 잃으신 것 같았습니다. 그래서 겸사겸사 강남 순행을 준비하시는 것 같습니다."

윤상이 하주아의 말을 듣고는 바로 음악을 멈추라고 손짓하고는 입을 열었다.

"그렇구나. 폐하께서는 어디 가서 푹 좀 쉬시는 것이 좋지. 그런데 내 정신 좀 봐! 형님이 무슨 일이 있어서 오셨을 텐데 여태 묻지도 않고……. 혹시 여덟째 형님이 폐하의 남순 준비를 도와달라고 하셨어요?"

"그런 것은 아니고……."

윤당이 말을 얼버무렸다. 그는 짐짓 모르는 척하면서 사람을 비참할 정도로 데리고 노는 구제불능의 '태자당'을 발로 짓이겨 죽이고 싶었다. 특히 윤상에 대한 감정은 더욱 좋지 않았다. 그러나 애써 웃음을 지어보였다.

"형부와 호부의 기록문서가 이 년째 봉인돼 있잖아. 기록을 찾아봐야 할 일이 있어서 말이야. 그런데 관리들이 하나같이 자네 수유가 없이는 곤란하다고 하더군."

윤상이 대수롭지 않은 표정을 지었다. 이어 스스로 술을 따라 마시면서 대답했다.

"오, 그거요? 여태 그것 때문에 앉아 계셨어요? 뭘 그리 어렵게 말씀하세요? 아홉째 형님이 필요한 문서가 있으면 어려워하지 말고 저한테 말씀하세요. 제가 원하시는 것은 뭐든지……, 하나씩……, 찾아서 올려 보낼 테니까요. 기록문서를 봉인한 것은…… 태자마마의 뜻에…… 윽! 따른 것이기 때문에……."

윤상이 술을 이기지 못한 듯 어느새 탁자에 몸을 맡기고 말았다. 이어 전혀 알아듣지 못할 말로 한참을 중얼거렸다.

"가자."

윤당이 무섭게 일그러진 얼굴로 하주아를 향해 말했다. 그리고는 표독스런 눈빛을 한 채 좌중을 둘러보고는 횡하니 나가버렸다.

33장
정 귀인 쟁탈전

강희는 태자를 폐위시키고 심적인 갈등과 번뇌를 거듭했으나 복위 시켜 놓은 다음에는 서서히 마음의 안정을 찾아갔다. 원기 회복을 위해 미리 승덕의 피서산장에 들렀다가 여섯 번째 강남 순유에 나서 기로 결정했다. 그는 앞서 몇 번 남순에 나섰을 때는 황하의 치수 및 조운 현장을 시찰한 바 있었다. 또 민풍民風과 이정吏情을 살펴보고 원로 유생들도 격려했다.

그렇게 몇 가지 국정에 역점을 두다보니 정작 홀가분하게 여행다운 여행을 즐길 수는 없었다. 그래서 이번 여섯 번째는 모든 것을 접어 두고 오로지 휴식만을 위해 남순을 결정했다.

그는 승덕에서 돌아온 이후에 가슴이 답답하고 머리가 어지러운 증세를 종종 느꼈다. 그것이 심상치 않게 빈도가 잦았다. 어떨 때는 대신들을 접견하는 자리에서도 그랬다. 불과 한 시간 정도만 정무를 얘기하고 나면 금세 머리가 저절로 흔들렸다. 손도 떨리고는 했다.

강희는 몹시 당혹스럽고 불안했다. 젊은 날에 쌓아둔 튼튼한 체력이 뒷받침되지 않았더라면 이미 자리를 깔고 드러누웠을 것이라는 생각이 들었다.

4월 17일, 강희는 마침내 북경을 떠나 남쪽으로 향할 날을 맞이했다. 그러나 모든 의식은 극도로 간소화하고자 했다. 장정옥만 데리고 몰래 빠져나가려고 했다. 또 마제는 그대로 북경에 남겨두기로 했다. 태자를 보필하여 군국軍國에 관한 업무를 보도록 한 것이다.

그런데 태자는 장정옥마저 자신의 곁에 뒀으면 하는 생각을 드러냈다. 강희가 그를 향해 입을 열었다.

"북경에 쓸 만한 사람이 그리도 없는가? 왜 굳이 장정옥을 붙들어 매 두려고 그래? 넷째와 여덟째한테 도와달라고 하면 흔쾌히 나설 텐데 말이야. 셋째도 괜찮고. 스스로 판단하기 어려운 일은 짐에게 보고를 올려. 짐의 지의에 따르도록 하라고. 짐의 곁에 조서를 작성할 사람도 없으면 자네인들 속이 편하겠나?"

태자는 가타부타 말이 없었다.

그를 비롯한 황자들은 강희가 북경을 떠나자 모두들 너무나도 홀가분한 모양이었다. 약속이나 한 듯 환호성이라도 외치고 싶어 하는 눈치였다. 사실 그럴 수밖에 없는 것이 무엇보다 매일 창춘원에 문안을 갈 필요가 없었다. 또 만날 때마다 귀 따갑게 이어지는 가법에 대한 훈시도 듣지 않을 수 있었다. 정무에 대한 지적은 말할 필요조차 없었다. 모두들 하나같이 날아갈 듯 기뻐했다.

그러나 윤진은 여전히 마음이 무거웠다. 다시 복위된 윤잉을 시중들기가 갈수록 힘들었던 것이다. 더구나 전에는 다져지지 않는 무른 흙 같이 세워놓기 바쁘게 무너져 내리던 윤잉이 완전히 돌변했다. 자신의 주장만 지나치게 내세울 뿐만 아니라 측근들의 말은 한쪽 귀로 듣고 흘려보내기 일쑤였다. 극과 극이라는 말이 어울릴 정도의 돌변이었다. 특히 여덟째 등이 올린 건의사항에 대해서는 자세히 쳐다보지도 않고 줄을 죽죽 그어버렸다. 윤진의 옹친왕부에서 보낸 서류 역시 눈을 게슴츠레 뜬 채 비호의적으로 대하는 것이 다반사였다.

특히 마제에 대한 무시는 거의 극에 달했다. 한번은 관리를 발탁하는 일 때문에 의견 조율에 실패한 적이 있었다. 그러자 윤잉은 많은 사람들 앞에서 마제를 두 시간 동안이나 무릎을 꿇고 있게 하는 모욕을 줬다. 명색이 재상인 상서방 대신에게 그런 굴욕을 준 것은 개국 이래 처음이었다. 마제로서는 지난번 태자를 추천하라고 했을 때 윤사 편을 든 것 때문에 악의적인 보복을 당하는 것이라고 받아들이지 않을 수 없었다. 급기야 분하고 창피하고 두려운 마음에 아예 병을 핑계 삼아 집안에 들어앉고 말았다.

왕섬이 참다못한 나머지 "태자라면 천하를 포용하는 도량이 있어야 한다"며 여러 번 주의를 줬으나 그때뿐이었다. 겉으로는 받아들이는 듯해도 돌아서면 여전했다.

"이대로 나가다가는 어떻게 되는지를 모른다는 말이야? 이래 가지고 뭐가 잘 되겠어?"

윤진이 육경궁에서 나오면서 화를 주체할 수 없는지 씩씩거렸다. 이재민들을 구제하는 문제로 윤잉과 입씨름을 벌이다 크게 면박을 당한 때문이었다. 그는 무슨 정신으로 집에 돌아왔는지 모를 정도로 계속 화를 가라앉히지 못했다. 급기야 풍만정에 앉아 연신 한숨을 내쉬었다.

"저 형님이 대권을 잡는 날에는 이 나라가 어떤 꼴이 될지 모르겠네. 따지고 보면 자신을 천거하지 않은 사람이 거의 대부분 아닌가.

그 사람들을 전부 배척하고 일을 해낼 수 있을 거라고 생각하나?"

오사도는 윤진이 씩씩대는데도 불구하고 흰 마고자만 걸친 채 의자에 비스듬히 누워 부채를 부치면서 생각에 잠겨 있었다. 그러다 갑자기 피식 웃으면서 말했다.

"넷째마마, 또 한 방 얻어맞으신 겁니까?"

윤진이 화를 주체할 수 없는 듯 겉옷을 홱 벗어던졌다. 그러더니 냉소를 터트렸다.

"웃기지도 않아. 강소江蘇성 순무인 임풍林風은 여덟째가 천거한 인물이었어. 그런데 이번에 수재를 가장 심하게 입은 곳이 묘하게도 그곳이야. 문제는 구제 양곡을 반이나 줄여 버렸다는 사실이지. 도대체 그곳 관리가 밉보인 것이 백성들과 무슨 상관이 있다는 말이야? 백성들이 무슨 자기 화풀이 상대인 줄 알아? 진짜 밴댕이보다 못한 소갈머리야!"

오사도가 뜨거운 차를 입김으로 후후 불면서 웃었다.

"태자마마가 저럴 것이라는 것은 제가 일찍이 점쳤던 적이 있습니다. 여덟째마마는 아프다고 두문불출하면서 이미 저만치 도망가 버리지 않았습니까? 그런데 넷째마마께서는 자꾸만 다가가서 심기를 건드리니 그 화가 어디로 가겠습니까?"

"나 역시 엄연한 친왕이야. 아무리 태자마마라도 나의 의견을 무턱대고 무시할 수는 없어!"

윤진이 내쏘듯 말했다. 그 말에 오사도가 대꾸했다.

"태자마마가 가장 신경을 쓰는 부분이 바로 그 '친왕'親王이라는 두 글자입니다. 같은 황자라도 열셋째마마에게는 너그럽게 대해주시지 않습니까."

두 사람이 얘기를 주고받고 있을 때였다. 송아지가 윤상을 모시고 들어왔다. 윤상이 자리에 앉기를 기다렸다가 윤진이 웃으면서 말했다.

"너도 양반은 못 되는군."

윤상이 악의 없이 윤진을 향해 눈을 부라렸다.

"뒤에서 다른 사람 흉보는 것은 군자의 도리가 아니죠!"

오사도가 윤진과 윤상의 정겨운 대화에 빙그레 웃었다. 그리고는 윤진이 태자에게 면박을 당하고 돌아온 사실을 들려줬다.

"그러게 넷째 형님은 왜 굳이 기를 쓰고 찾아가서 오물통을 뒤집어쓰고 오는 거예요? 자기가 급해서 부를 때까지 가만히 있어야 한다고요."

윤상이 흥분한 어조로 타박을 했다. 윤진이 당했다는 말에 자기가 횡액을 당한 듯 화가 나는 모양이었다.

"저를 보세요. 매일 육부의 똘마니들하고 어울려 다니면서 지패紙牌놀이나 하고 메뚜기 싸움 붙이기나 하잖아요. 이렇게 골빈 놈처럼 돌아다니니 태자마마가 더 잘해주시잖아요. 아주 부담스러울 정도로 선물도 마련해보낸다니까요? 어제 낮에는 사람을 시켜 복숭아 한 짝을 보내왔더군요. 그래 제가 '대자大字로 뻗어 있으니 복숭아가 저절로 입안에 굴러들어오는구나' 하면서 흥타령을 다 불렀다는 거 아니예요. 그랬더니 저녁에는 집에 와 술이나 한잔하자면서 부르더군요! 어때요, 저 이만하면 잘 나가는 것 같지 않아요?"

윤진과 오사도는 놀란 나머지 멍한 표정으로 윤상을 바라봤다. 그러나 뭐라고 대꾸해야 할지 모르는 모양이었다.

순간 윤상의 얼굴에 웃음기가 순식간에 사라졌다. 그가 연못 안의 물고기들이 노니는 모습을 오래도록 바라보더니 한참 후에야 냉소를 흘리면서 입을 열었다.

"아무리 사람의 의중을 알아맞히는 데는 귀신같은 오 선생이라고는 하나 이번에는 모를 걸? 태사마마가 나를 불러 무슨 부탁을 했는지! 어디 한번 알아맞혀 보겠나?"

오사도가 윤상의 질문에 부채를 부치면서 고개를 저었다.

"저도 알고 보면 한낱 범부凡夫에 지나지 않습니다. 당연히 제가 점칠 수 없는 일도 많겠죠."

"이건 밖으로 새나가면 큰일이 나는 일이에요. 태자마마가 나에게 사람 하나를 영원히 제거해버리라고 부탁하더군요. 성공하면 군왕郡王으로 봉해준다고 하면서!"

갑자기 윤상의 얼굴이 벌겋게 달아올랐다. 눈빛이 무섭게 변했다. 윤진은 그런 윤상의 모습은 처음 보는 터라 바짝 긴장하지 않을 수 없었다. 오사도 역시 그랬다.

그러나 오사도는 역시 달랐다. 잠시 생각하더니 뭔가를 깨우친 듯 말했다.

"저는 누군지 알 것 같습니다."

윤진이 다그쳐 물었다.

"누구? 여덟째?"

"바로 정춘화입니다! 열셋째마마, 맞죠?"

오사도의 이마에 갑자기 푸른 혈관이 선명하게 드러났다. 윤상이 무겁게 머리를 끄덕였다.

그러자 윤진이 할 말을 잃은 듯 천천히 난간 쪽으로 걸어갔다. 그리고는 섬뜩한 표정을 한 채 푸른 연못의 물을 내려다봤다. 뭔가 깊이 생각하는 모습이었다. 그가 한참 후 탄식을 하며 입을 열었다.

"간통이라는 것은 둘이서 마음이 맞아야 이뤄지는 거야. 그런데 자기의 잘못을 덮느라 남의 목숨을 빼앗으려 들다니……. 도저히 믿어지지가 않는구먼. 태자마마가 저렇게 비열한 인간인 줄은 정말 몰랐어. 태자마마가 대권을 잡으면 살아남을 사람이 몇 명 없을 거라던 열넷째의 말이 황당하게만 들리지는 않는구나!"

"넷째마마께서 혹시 간과하고 계시는 부분이 있을지 몰라서 드리는 말씀입니다만……."

오사도가 말을 하다 말고 길게 한숨을 내쉬었다. 갑자기 빗속을 뚫고 도망치듯 김옥택의 집을 빠져나오던 그때를 떠올리는 듯했다. 얼마 후 그가 다시 입을 열었다.

"정춘화가 살아있는 한 그것은 태자마마의 영원한 굴레일 수밖에 없습니다. 또 여덟째마마가 태자마마를 공격하는 날카로운 창이 될수도 있고요. 제가 진작 거기까지 생각이 미쳤어야 했는데……!"

윤진이 동의한다는 듯 머리를 끄덕였다. 그리고는 이를 악물었다.

"열셋째, 신자고辛者庫 완의국浣衣局(빨래와 수선 등을 통해 옷을 관리하는 곳)의 책임자가 자네 문하이지?"

"예."

"그 사람을 시켜 처리해! 그렇게 되면 앞으로 태자마마는 우리 손에서 놀 수밖에 없다고!"

윤진의 눈빛이 섬뜩하게 빛났다. 윤상이 대답했다.

"저도 그런 생각이 들더라고요. 그래서 그렇게 대답했어요."

그러나 오사도는 윤진과 윤상과는 달리 연신 고개를 저었다. 윤상이 그 모습을 보고는 웃으면서 말했다.

"천하의 오사도 선생도 무서워하는 것이 있나 보네? 지레 겁을 먹고 쩔쩔매는 것을 보니."

오사도가 밉지 않은 윤상의 비아냥에 껄껄 웃으면서 대답했다.

"두 분 용자봉손龍子鳳孫께서는 착각을 하고 계십니다. 솔직히 세 가지 측면에서 볼 때 이 일은 절대로 받아들여서는 안 됩니다. 정말이지 간곡하게 부탁드리고 싶습니다!"

윤진과 윤상은 오사도의 말에 어정쩡한 반응을 보였다. 하지만 오사도는 그런 두 사람을 무시하고 계속 말을 이었다.

"첫 번째 측면에서 봅시다. 이런 일은 눈에 보이지 않는 음덕을 상하게 합니다. 나아가 하늘을 노엽게 만드는 극히 부당한 행위입니다. 두 분 마마의 신변에 치명타를 입힐 것입니다. 떳떳한 심성을 잃게 될 우려도 있습니다. 두 번째 측면에서도 마찬가지입니다. 만약 두 분이 진정 태자마마를 옭아매려면 정춘화가 살아있어야 합니다. 죽은 사람은 말을 할 수가 없습니다. 이 부분에 있어서는 넷째마마와 여덟째마마의 이익이 일치합니다."

오사도는 손가락을 하나씩 꼽아가며 말을 이었다.

"세 번째 측면으로 넘어가겠습니다. 태자마마가 대권과 인연이 없다면 그분을 위해 굳이 이런 위험까지 감수하실 것은 없지 않겠습니까? 반대로 태자마마가 대권을 잡는다면 두 분은 제 이의 정춘화가 될 수 있습니다. 토사구팽을 당하지 말라는 법이 없다고요. 그 어떤 경우에도 이롭지 못한 일을 왜 하려고 그러십니까?"

오사도의 말은 빈틈이 하나도 없었다. 윤진과 윤상은 반박할 여지를 찾지 못했다.

"이렇게 하는 게 좋을 것 같군. 윤상, 네가 무슨 수를 쓰든 그 여자를 빼내 와. 태자마마에게는 갑자기 급사했다고 알리고. 일단 그 여자를 어디에든 숨겨놓고 보자고."

윤진이 한참 후에 냉정한 어조로 말했다.

"지금으로서는 그게 최선의 방법인 것 같습니다. 그러나 절대 비밀에 붙여야 합니다. 만에 하나 탄로가 나는 날에는 태자마마는 말할 것도 없고 폐하께서도 그냥 두지 않으실 겁니다."

오사도도 윤진의 제안에 찬성했다. 그러자 윤상이 자리에서 일어나면서 말했다.

"걱정하지 마세요! 이 일은 저에게 맡겨요. 쥐도 새도 모르게 할 자신이 있으니까요. 완의국의 우두머리인 문보생文寶生은 내가 주무르고 있잖아요. 그런데 그럴싸하게 하려면 우선 동제당桐濟堂에 가서 약부터 구해놓아야겠는데요?"

윤상의 말에 윤진이 웃음을 지으며 동의했다.

"그렇게 해! 나는 태자마마를 한 번 더 만나야겠어. 오늘 창춘원에 간다는 것 같던데, 아무래도 구제양곡 문제는 피 터지게 싸우는 한이 있더라도 짚고 넘어가야겠어. 정 양보를 하지 않으면 아예 폐하께 상주문을 띄워버릴 거야. 누가 이기나 보게 말이야!"

윤진이 창춘원에 도착했을 때는 미시未時가 다 된 시각이었다. 낮잠에서 막 깨어난 태감들이 나른한 기지개를 켜면서 매미잡기에 나서는 광경이 보였다.

웬일인지 윤잉은 서재에 없었다. 윤진은 바로 당직 태감을 불러 물었다.

"태자마마는 어디 계시는가?"

"넷째마마께 아룁니다. 태자마마께서는 정자에서 더위를 식히고 계십니다. 피곤하시다면서 어느 누구도 들여보내지 말라고 하셨습니다, 넷째마마……."

태감이 아첨어린 웃음을 지어내면서 대답했다.

"나까지도?"

윤진이 약간 화가 난 눈빛을 한 채 말했다. 태감이 그 눈빛에 주눅이 들어버렸는지 당초 하려던 말을 꼴깍 삼키면서 황급히 다시 입을 열었다.

"당연히 넷째마마는 예외입니다. 하지만 태자마마께서 심기가 많이 불편하신 듯하니 각별히 조심하시기 바랍니다. 소인이 귀띔해 드렸다는 말씀도 하시지 않았으면 합니다."

윤진이 무슨 말인지 알겠다는 듯 머리를 끄덕였다. 이어 정자 쪽으로 발길을 돌렸다. 멀리 한 무리의 태감들에게 둘러싸인 윤잉의 모습이 보였다. 뭔가를 열심히 들여다보고 있는 것이 예사롭지 않았다.

윤진은 천천히 앞으로 다가갔다. 그리고는 눈앞의 광경에 바로 혀를 찼다. 윤잉은 사람이 다가오는 줄도 모른 채 메뚜기 싸움을 구경하고 있었던 것이다. 온 신경을 메뚜기들에게 곤두세우고 있는 모습이었다. 윤진은 그런 태자를 보면서 어처구니가 없어 우습기도 하고 화가 나기도 했다. 그러나 뭐라고 하는지 조금 지켜보기로 결정을 내렸다.

"이놈은 덩치가 너무 작아서 안 되겠군!"

윤잉이 걱정 어린 목소리로 말했다.

"와, 내가 이겼다!"

태감 한 명이 윤잉의 말이 떨어지기 무섭게 좋아라고 하면서 펄쩍 펄쩍 뛰었다.

"웃기지마, 한 판 더 남았잖아."

또 다른 태감이 땀범벅이 된 얼굴을 무섭게 일그러뜨리면서 사납게 소리를 내질렀다. 그러자 윤잉이 말했다.

"다 합해서 오판 삼승인가? 그렇지? 정말 기대 되는군. 스무 냥 상금의 임자가 누가 될지 말이야."

윤잉이 신나게 떠들면서 돌아서서는 부채를 잡으려고 했다. 당연히 그 순간 바로 등 뒤에 서 있던 윤진을 발견했다. 그는 순간 흠칫 놀랐으나 이내 웃으면서 말했다.

"넷째, 언제 왔는가?"

열 몇 명의 태감들은 그제야 윤진이 아까부터 자기들을 지켜보고 있었다는 사실을 눈치 채고는 저마다 메뚜기 통을 껴안은 채 슬금슬금 뒷걸음쳤다. 태자보다 윤진을 더 무서워하는 듯했다.

"온 지는 한참 됐어요."

윤진이 윤잉에게 인사를 하고는 바위에 털썩 걸터앉았다. 이어 태감들을 향해 야단을 쳤다.

"뭣들 하는 거야, 벌건 대낮에! 그렇게도 할 일들이 없는가? 태자마마한테 쫓아와 메뚜기 싸움에 내기나 걸고 있다니! 폐하께서 북경에 계셨어도 이렇게 할 수 있었겠어?"

윤잉은 윤진의 호통에 크게 기분이 상한 듯했다. 인상을 구기면서 손사래를 쳤다. 그러자 태감들이 황급히 자리에서 물러났다. 그가 냉차 한 잔을 마신 다음 천천히 입을 열었다.

"무슨 일이 있는가?"

윤진은 별로 중요하지 않다고 생각되는 일부터 머리에 떠올렸다. 그리고는 차근차근 말하기 시작했다.

"전문경이 회음淮陰현에서 소유지의 다소多少에 따라 토지세를 내는 정책을 시험 삼아 실시해 본 바 있습니다. 결과가 대단히 고무적인 것으로 나타났다고 합니다. 그래서 최근 조정에 상소해 전국적으로 범위를 넓혀가는 것이 어떨까 하는 상주문을 보내왔습니다. 제가 보기에도 참 바람직한 것 같습니다. 그런데 태자마마의 뜻은 어떠신지요?"

"나는 또 무슨 큰일이라도 일어난 줄 알았네. 더워 죽겠는데 고작 그런 일 때문에 이 먼 길을 쫓아왔다는 말인가?"

윤잉은 갈수록 자신과 엇나가는 윤진이 얄밉고 괘씸하다는 표정을 지은 채 말했다. 얼굴은 웃고 있었으나 마음은 전혀 그렇지 않은 것이 확실했다.

윤진은 대놓고 공무에 무관심한 윤잉에게 화가 치밀지 않을 수 없었다. 웬만하면 참고 싶었으나 비아냥거리는 말투가 너무나 얄미웠던 것이다. 그가 싸늘한 어조로 말했다.

"아무리 작고 하찮은 일일지라도 메뚜기 싸움 붙이는 것보다야 중요하지 않겠어요?"

윤잉의 얼굴이 바로 벌겋게 달아올랐다. 칼끝을 바짝 들이대는 윤진에게 달리 항변할 말이 없다는 것을 알기는 하는 듯했다. 한참 후에 태자의 체면을 다소 만회하려는 듯 윤잉이 냉소를 흘리면서 말했다.

"지금 술도 안 마시고 맨 정신에 하는 얘기야? 내 앞에서 그런 식으로 얘기하는 것이 맞아? 내가 아침에 면박을 줬다고 화풀이하러 왔나보군. 넷째, 내가 지금까지 쭉 쌓아온 정분을 생각해 권고하는데, 오냐오냐 해준다고 너무 기어오르려고 하지 마. 크게 다치는 수가 있다고! 여덟째 무리를 본받았다가는 자네나 나나 득 될 것이 없을 거야."

윤진이 무표정한 얼굴을 한 채 상체를 조금 숙이면서 말했다.

"태자마마! 이런 식으로 태자마마께 대드는 것이 잘못이라는 것은 잘 알고 있습니다. 하지만 제가 본분을 지켜가면서 법에 따라 일을 하는데 군이 누구한테 기어오르고 말고 할 것이 뭐가 있습니까? 지금 국고에 남아 있는 돈은 달랑 천만 냥이 고작입니다. 책망 아랍포탄이 몇 번씩이나 객이객 몽고를 괴롭혀도 조정에서 방치할 수밖에 없는 이유가 뭘까요? 바로 돈이 없어서 혼을 내주지 못하는 겁니다.

전문경의 말대로 토지 소유의 다소에 따라 토지세를 받는다면 남보다 많이 가진 자가 그만큼 더 내면 될 것이고 전혀 문제될 것이 없습니다. 또 없는 자는 적어도 착취에 가까운 불평등으로 인해 굶어죽는 지경에까지 이르지는 않을 것 아닙니까? 자그마한 회음현에서만 한 해에 토지세를 이만 냥 정도 더 거둬들였다고 합니다. 그러니 전국적으로 확대시켜보는 것도 괜찮지 않겠습니까? 수재를 입은 이재민들에게 구제양곡도 보내줄 수 없어 민란이라도 일어나면 어떻게 하겠다는 겁니까? 태자마마, 그래 이 모든 것이 메뚜기 싸움 붙이는 일보다 작은 일이라는 말입니까?"

"내 말은 그게 아니야. 일은 되도록 적게 만드는 것이 좋다 이거지."

윤잉이 약간 기가 죽은 어조로 대답했다. 윤진이 작정을 하고 덤비면 당해낼 도리가 없다고 생각한 듯했다. 하기야 구구절절 맞는 말이라 달리 항변할 핑계거리가 없기도 했다. 더구나 '냉면왕'의 성질을 건드려 강희한테까지 떠들썩하게 얘기가 들어가면 공연히 머리만 아플 뿐 득이 될 것은 없었다.

그러나 윤잉이 무턱대고 윤진의 말을 귀담아 듣지 않은 것에는 그 나름대로의 이유가 있었다. 대외적으로 자신과 같은 당으로 알려진 윤진의 의견마저 좌절시킬 정도로 자신의 힘이 막강할 뿐만 아니라 개혁 의지가 강경하다는 사실을 '팔황자당'에 보여주기 위한 속셈이었던 것이다. 그 사실을 모르고 윤진이 한 치의 양보도 없이 따지고 드니 윤잉으로서는 달리 설득할 도리가 있을 턱이 없었다. 물론 자신의 그런 속셈은 어떻게 해서든 윤진에게는 숨겨야 했다. 그가 얼굴을 길게 늘어뜨리면서 말했다.

"국고의 사정이 여의치 않은 것은 이전부터 자네와 열셋째가 더 잘 알고 있는 사실 아닌가? 이재민을 구제해야 하는 것은 당연한 일이야. 그러나 한꺼번에 조정에서 이백만 냥을 지출한다는 것은 조금 무리다 이거지. 내 생각은 이래. 각 현에서도 출혈을 조금씩 감수해 조정의 부담을 덜어주면 안 되겠느냐는 거지. 그게 뭐 그리 잘못된 생각인가? 전문경이라는 작자는 내가 두어 번 봤어. 정말 밥맛없는 인간이야. 자기 치적에 유리한 일이라면 윗사람도 몰라보고 까불어대. 그런가 하면 인정머리가 하나도 없어. 지난번에는 상주문을 올려왔는데 백성들과 마찬가지로 지방 유지들에게도 세금을 징수해야 한다나? 명나라의 제도나 가법家法에도 그런 몰인정한 경우는 없지 않았나? 그래도 안휘성의 명청한 자식들은 하루에도 몇 번이나 그자를 '탁이'卓異(3년 만에 한 번씩 뽑는 뛰어난 지방관)에 추천하는 상주문을 보내서 도대道臺로 승진시키라고도 하고. 그런 것을 보면 그자가 뭔가 수작을 부리는 것이 틀림없어. 진짜 웃기지 않은가? 손바닥만 한 회음현에서 일 년에 이만 냥씩이나 세금을 더 거둬들이다니! 그게 사실이라면 그곳 백성들은 아마 흡혈귀한테 시달리느라 죽을 지경이었을 테지. 그런 망할 자식이 설치고 다니도록 앞으로 내가 가만 놔두나 보라고!"

두 사람 사이의 대화는 점점 재미없는 쪽으로 흘러가고 있었다. 윤진으로서는 서로의 극명한 의견 차이를 다시 한 번 확인하는 것에서 물러설 수밖에 없었다. 윤잉의 말을 듣다 보니 전문경에게 빗대 자신에 대한 불만을 토로하고 있음을 알아차렸던 것이다. 그는 태자를 제쳐두고 강희에게 직접 상소한 것이 이토록 그의 질시와 의심을 자아낼 줄은 미처 몰랐다. 더 이상 변명을 해봤자 굴욕을 자처하는 것밖에는 안 된다는 생각이 들었다.

그가 평온한 목소리로 입을 열었다.

"태자마마, 보아하니 제가 정말 별것 아닌 것을 가지고 긁어 부스

럼을 만들고 다니는 것 같습니다. 달리 지시사항이 없으시면 저는 그만 일어나겠습니다. 호부에도 다녀와야 하거든요."

윤진이 말을 마치고는 바로 길게 읍을 했다. 그리고는 횡하니 물러갔다. 곧바로 뒤통수에서 윤잉의 고함소리가 들려왔다.

"내 메뚜기 통 가져와. 계속하자고! 에잇, 재수 없어!"

당초 호부에 가기로 했던 윤상은 창춘원 서북쪽에 자리 잡은 신자고 완의국으로 향했다. 정춘화를 찾아보고자 한 것이다.

죄를 지은 태감과 궁녀들을 교화, 처벌하는 전문기관인 '신자고'辛者庫는 황궁의 감옥 비슷한 곳이었으나 명나라 때의 냉궁冷宮과는 많이 달랐다. 청나라 개국 이후 황실 주변 사람들은 신자고에 수용되지는 않았다.

예컨대 순치 황제 때 폐위당한 황후의 경우는 수안궁壽安宮 뒤에 있는 작은 정원에 감금됐을 뿐이었다. 호칭도 '정비'靜妃로 불렸다. 또 강희 때도 몇몇 비빈들이 쫓겨나기는 했으나 정순문貞順門 안에 있는 피폐한 궁전에 갇혀 지내는 것이 전부였다. 노비들과 함께 과중한 육체노동을 한 적은 없었다.

반면 정춘화는 달랐다. 태자에게 꼬리를 쳐서 폐위되게 하고도 철면피하게 살아있다는 죄가 더해져 신자고에 수용되고 말았다. 그러나 완의국의 책임자인 문보생은 그녀가 무슨 죄를 지었는지 알지 못했다. 그저 아홉째와 열넷째가 "잘 챙겨주라"고 한 당부를 통해 그녀가 곧 황궁으로 복귀할 수도 있지 않을까 하는 생각을 하고 있었다. 당연히 감히 정춘화를 괴롭힐 생각은 하지 않고 있었다. 오히려 제법 깍듯하게 대해줬다고 해도 좋았다.

그러던 차에 자신의 원래 주인인 윤상이 찾아오자 반가워 어쩔 줄을 몰랐다. 그러면서도 나름 상당히 긴장하는 듯했다. 그는 곧 윤상을 완의국의 의사낭議事堂으로 안내하고는 깍듯하게 예를 갖췄다. 그리고 차를 따라 올리면서 아부어린 웃음을 지어 보였다.

"열셋째마마, 이곳에는 어쩐 일이십니까? 무슨 분부가 계시면 소인을 부르시면 횡하니 달려갈 텐데, 굳이 이 더운 날씨에 여기까지 직접 왕림하시다니요!"

"입술에 침이나 바르고 말해, 이 사람아!"

윤상이 밉지 않게 문보생에게 면박을 줬다. 이어 차를 한 모금 마셨다. 그리고 다소 놀라워하면서 입을 열었다.

"이게 무슨 차인가? 처음 마셔보는 맛인데?"

문보생이 황급히 대답했다.

"집사람이 어젯밤에 오면서 가져온 조화황근차棗花黃芹茶라고 하는데요, 처음 마시는 사람들은 거부감을 느낄 수도 있다고 합니다. 입에 맞지 않으시면 다른 걸로 바꿔드릴까요?"

윤상이 문보생의 말을 듣더니 한 모금을 더 마셨다. 이어 잠깐 맛을 음미하더니 입을 열었다.

"아니야, 너무 좋아! 향이 기가 막히는군! 여분이 많으면 나하고 넷째마마에게도 조금씩……. 알았지?"

"예, 예! 많고말고요!"

문보생은 급하면 고향 사투리가 튀어나오고는 하는 버릇이 있었다. 열셋째의 부탁에도 그랬다. 보덕寶德 지방의 말로 연신 대답을 했다. 물론 그는 윤상이 찾아온 이유가 못내 궁금했다. 그러나 윤상은 그런 문보생의 생각은 아는지 모르는지 정춘화의 일에 대해서는 일절 입에 올리지 않았다. 그저 다리를 꼬고 의자에 앉은 채 입을 열었다.

"자네 아버지도 북경에 오셨잖아. 아버지를 모셔오면서 자네가 나에게 일자리 하나 만들어줬으면 했었지. 그런데 내가 보기에 이제 일하기보다는 쉬어야 하는 나이가 아닌가 싶어서 말이야. 기침을 아주 심하게 하는 것 같던데?"

문보생이 윤상의 말에 한숨을 지으면서 고개를 떨구었다.

"늙은 아버지까지 일터로 내몰아야만 하는 소인의 속도 말이 아닙니다. 그동안은 고향에 손바닥만 한 땅이 있어 겨우 먹고 살았죠. 그러나 그것마저 남의 손에 들어가고 나니 영 살 길이 막막합니다. 그래서 이렇게 찾아오신 것 아닙니까? 저 같은 것도 아들이라고 믿고 말입니다. 열셋째마마께서도 아시다시피 소인의 다섯 냥 밖에 안 되는 월 녹봉으로는 자식새끼 먹여 살리기도 힘든 실정입니다. 오죽하면 평생 뼈 빠지게 고생한 아버지를 다시 일터로…… 열셋째마마께서 먹고 살만한 일자리 하나만 소개를 해주시면……, 그 은혜는 죽을 때까지 잊지 않겠습니다……"

윤상이 말했다.

"은혜라고 할 것까지는 없지. 내가 내 밑의 사람들 하나도 챙기지 못하는 무능한 패륵은 아니니까 그런 걱정은 하지 말게. 우리 창고에 한가한 자리 하나 만들어주도록 하지."

"감사합니다! 정말 이 은혜를 어떻게 갚아야 할지 모르겠습니다, 열셋째마마!"

"월 녹봉은 열 냥으로……. 우리 집의 집사 가평과 똑같이 주겠네."

"실로 성은이 망극합니다!"

문보생은 감격하다 못해 극존대까지 하면서 윤상의 배려에 감사를 표했다. 윤상의 배려는 그것뿐만이 아니었다.

"분거糞車 골목에 있는 그 사합원四合院(북경 지역의 전통 가옥)도 자네한테 상으로 주겠네!"

"예? 열셋째마마, 그건……! 소인의 일가가 소가 되고 말이 돼서라도 이 은혜를 어떻게 보답할지……."

"정춘화는 어디 있는가? 내가 좀 만나 봐야겠는데!"

엎드려 눈물과 콧물을 연신 흘리면서 머리를 조아리던 문보생은 너무나 갑작스런 질문에 고개를 번쩍 쳐들었다. 그리고는 뭔가 잘못 들었나 싶어 윤상을 멍하니 바라봤다. 그러자 윤상이 싱긋 웃으면서 말했다.

"왜, 안 되는가? 일어나."

"안 되다니요! 그게 무슨 말씀입니까? 다른 사람은 몰라도 열셋째 마마께 안 될 것이 어디 있습니까?"

문보생이 자리에서 일어서면서 덧붙였다.

"얼마 전에도 아홉째, 열넷째 마마께서 정 귀인을 잘 부탁하신다면서 다녀가셨습니다. 그런데 지금 열셋째마마께서도 정 귀인을 만나셔야겠다고 하시니 소인이 잠깐 놀랐을 뿐입니다. 정 귀인은 이제 곧 궁으로 돌아가는 겁니까?"

윤상이 문보생의 질문은 듣는 둥 마는 둥했다.

"그건 자네가 알 바 아니네. 나를 데려다 주고 자네는 밖에서 기다리게. 아직 자네한테 할 말이 남아 있으니."

문보생이 곧 윤상을 데리고 빨래를 가득 널어놓은 마당을 가로질렀다. 이어 성냥갑처럼 작고 나지막한 단층집 앞으로 다가갔다. 그리고는 안을 기웃거렸다. 그러나 정춘화는 보이지 않았다. 그가 고개를 갸웃거리면서 주변을 향해 물었다.

"정씨는?"

문보생의 물음에 빨래를 개고 있던 몇몇 궁녀들이 약속이나 한 듯 동시에 대답했다. 어지간히 고자질이 하고 싶었던 모양이었다.

"육경궁 태자마마의 월동복을 빨아 햇볕에 말리라는 말씀이 계신 후에 바로 몸이 안 좋다면서 방에 들어갔습니다."

궁녀들은 말을 마치자마자 문보생의 뒤에 서 있는 말쑥한 젊은이를 힐끔힐끔 쳐다봤다. 그러면서 자기네들끼리 뭐라 귀엣말을 했다. 이어 갑자기 서로 밀치면서 깔깔대고 웃었다.

윤상은 자신도 모르게 피식 웃음이 터져 나왔다. 이어 문보생을 따라 천천히 북쪽 끝 방으로 향했다.

문은 반쯤 열려 있었다. 문보생이 문을 밀고 들어섰다. 정춘화는 찻잔에 숟가락을 넣은 채 열심히 휘젓고 있었다. 문보생이 그 모습을 보고는 웃으면서 말했다.

"아프다고 하기에 걱정이 돼서 와 봤더니 멀쩡하군. 열셋째마마께서 오셨네!"

문보생은 말을 마침과 동시에 윤상을 들여보내고 바로 물러갔다.

정춘화의 손에서 숟가락이 스르르 미끄러져 떨어졌다. 그녀가 멍하니 윤상을 뚫어지게 쳐다보는가 싶더니 한참 후에야 비로소 정신을 차리고 자리를 권했다.

자리에 앉은 윤상은 말없이 정춘화를 뜯어봤다. 수십 명도 더 되는 강희의 비빈들 가운데 한 사람으로, 명절 때 가끔씩 얼굴을 본 적이 있는 여자였다. 그렇지만 어깨를 스친 적도 없었고, 또 가까이에서 말을 걸어본 적도 없었다. 그저 각자의 위치에서 얼굴을 본 것이 고작일 뿐이었다.

윤상은 가까이에서 바라본 정춘화가 그다지 뛰어난 미인은 아니라고 생각했다. 화장을 하지 않은 탓인지 얼굴도 많이 창백해 보였다. 눈가에는 엷은 주름이 보이기까지 했다. 그러나 가지런한 눈썹과 입가의 깊은 보조개를 보니 웃을 때만큼은 꽤나 매력적이었을 것이라는 생각이 들었다.

윤상은 황실의 비빈이 어쩌다 이런 지경에까지 이르렀을까 생각하면서 자신도 모르게 한숨을 내쉬었다. 이어 천천히 입을 열었다.

"태자마마께서 복위되셨다는 소식은 들었는가?"

정춘화는 처음에는 윤상의 거침없이 뜯어보는 눈빛에 몸 둘 바를 몰라 했다. 그러다 고대하던 말을 듣고는 무거운 짐을 내려놓은 듯 후련한 한숨을 내쉬었다. 그리고는 조용히 입을 열었다.

"오늘에야 문보생에게 들었사옵니다. 열셋째마마께서도 아시다시피이곳은 워낙 바깥소식은 접하기 어려운 곳이라……."

정춘화의 말에 윤상이 고개를 끄덕였다.

"태자마마께서 아직 그대를 많이 걱정하셔서 나를 보내셨어. 뭐 필요한 것은 없는가?"

정춘화가 고개를 번쩍 쳐들었다. 윤상은 순간적으로 반짝이는 그녀의 눈빛을 보고 그녀의 매력이 이런 것이었나 하는 생각이 들었다.

얼마 후 그녀가 눈을 크게 뜨고 몸을 가늘게 떨면서 윤상을 바라보는가 싶더니 다시 고개를 푹 숙인 채 중얼거렸다.

"……정녕 사실이옵니까? 저 같은 여자가 무슨 걱정할 가치가 있다고……. 소녀는 아무것도 필요 없사옵니다……. 아무것도……."

"태자마마의 말씀이, 있는 동안 부디 몸조심하라고 신신당부 하셨네. 지옥의 고통을 모르고서는 천당의 즐거움을 모른다는 말과 함께……."

윤상이 미리 생각해둔 말을 입에 올렸다. 동시에 들었던 찻잔을 다시 내려놓으면서 덧붙였다.

"어떤 어려움이 있더라도 꿋꿋이 버텨나가야 한다고 했어. 언젠가는 다시 만나 회포를 풀 그날이 반드시 오리라고 믿는다면서……. 그런데 안색이 왜 그리 창백하지? 어디 아프기라도 한 거야?"

윤상이 말을 마치고는 찻잔을 집으려고 했다. 그러자 정춘화가 갑자기 기겁을 하면서 소리를 질렀다.

"열셋째마마, 안 됩니다. 그 차는 마시지 마세요!"

윤상이 공포에 질린 정춘화와 찻잔을 번갈아 쳐다보고는 물었다.

"왜 그러는가? 이걸 마시면 안 된다니?"

정춘화가 대답 대신 윤상의 찻잔을 자신의 앞에 가져갔다. 윤상은 그제야 자신이 얼떨결에 정춘화의 찻잔을 집어 들었다는 것을 알게 됐다. 그가 머쓱한 어조로 입을 열었다.

"그까짓 찻잔 좀 바뀐 것을 가지고 뭘 그래. 나는 또 백주에 무슨 귀신이라도 본 줄 알았지. 그런데……"

윤상은 순간적으로 뇌리를 치면서 다가오는 그 어떤 섬뜩한 기운을 느꼈다. 동시에 눈을 휘둥그렇게 뜬 채 말을 잇지 못했다. 그리고는 일순 불길한 예감에 사로잡혀 고함을 질렀다.

"자네, 지금 스스로 목숨을 끊으려고 했던 건가? 찻잔에 약을 탔던 거군! 그렇지?"

윤상의 불호령에 정춘화가 갑자기 스르르 주저앉았다. 얼굴을 가린 손가락 사이로 눈물이 주르륵 흘렀다. 곧이어 넋두리하듯 떨리는 목소리로 입을 열었다.

"저는……, 저는 어차피 살아있으면 사람들에게 부담만 되는 존재이옵니다. 태어날 때부터 그랬고 쭉…… 그래 왔사옵니다. 그분과 그 일이 있고 나서는……, 당장 죽고 싶었사옵니다. 하지만 그분이 억울한 누명을 쓰게 될 것 같아 두려워 여태 질긴 목숨을 이어가고 있었사옵니다. 제가…… 나쁜 년이옵니다. 진작 지옥에 떨어져야 했는데……"

윤상은 전혀 예기치 못했던 정춘화의 자살 결심에 충격을 받은 듯했다. 모골이 송연해지는 것 같았다. 급기야 사리에서 펄쩍 뛰어오르듯 일어나면서 말했다.

"못난 짓 하지 마! 그럴수록 살아야 해. 죽을 수 있는 용기로 살아가야 한다고. 내가 구해줄게. 평생을 마음 편하게 살 수 있도록 내가 도와줄게. 반드시 살아있어야 해. 이건 명령이야!"

윤상은 당황한 김에 두서없이 고함을 질렀으나 약하게 '권고'를 해봤자 받아들여질 것 같지 않다는 생각을 했다. 결국 목소리를 부드럽게 한 채 다시 천천히 말을 이었다.

"태자마마가 복위됐다고는 하지만 전 같지가 않아. 발밑이 많이 흔들릴 거야. 이럴 때 지켜봐 줘야지……. 지금껏 버텨왔으니 태자마마가 등극한 다음에 죽어도 늦지는 않잖아?"

정춘화는 사시나무 떨 듯 떨고 있었다. 한껏 움츠린 채 곧 쓰러질 것만 같은 나약한 모습도 보였다. 윤상 역시 그녀가 자신이 대답하기 곤란한 다른 무엇인가를 물어오지 않을까 두려웠는지 황급히 밖으로 나와버렸다.

밖에서 내내 지키고 서 있던 문보생은 창백한 안색이 되어 밖으로 나온 윤상을 보자 걱정이 되는 모양이었다. 그가 은근한 어조로 물었다.

"얘기 잘 끝나셨습니까? 안색이 많이 안 좋으십니다. 더위에 지치신 것이옵니까?"

윤상은 무의식적으로 문보생이 손에 받쳐 들고 있던 냉차를 꿀꺽꿀꺽 목으로 들이부었다. 이어 애써 가슴을 누른 다음 그의 어깨를 툭 치면서 말했다.

"여기 앉아. 할 말이 있어."

문보생이 주섬주섬 안주머니에서 약봉지 하나를 꺼내는 윤상을 어정쩡한 시선으로 바라보면서 물었다.

"약 드시게요?"

윤상이 말없이 약봉지를 문보생의 손에 쥐어주었다. 그리고는 소름 끼치는 분위기를 자아내면서 말했다.

"내가 정씨를 구해내고자 해. 그런데 자네 보기에는 그게 가능하겠는가?"

"안 됩니다! 그건 절대 안 됩니다! 그것은 소인에게 죽으라는 것과 마찬가지입니다."

문보생이 펄쩍 뛰었다. 그래도 윤상은 약봉지를 가리키면서 이를 악문 채 말했다.

"이 약은 복용하면 열두 시간 동안은 죽은 사람과 똑같이 되는 거야. 정씨에게 이걸 먹여. 그런 다음 의식을 잃으면 지체하지 말고 급사했노라고 위에다 보고해. 이런 날씨라면 사체가 부패할 것을 우려해 서둘러 화장하려고 할 거야. 뒷일은 내가 다 준비해 놓을 테니 걱정하지 말고. 알았지?"

"열셋째마마, 그게……."

"일이 성공하면 은자 오천 냥과 땅 50 경頃(1경은 약 1만 제곱미터)을 상으로 줄게. 평생 물 쓰듯 쓰고 다녀도 다 쓰지 못할 재산을 주겠다는 얘기야!"

문보생은 눈이 휘둥그레졌다. 그리고는 어느새 약을 집어 안주머니에 집어넣고 있었다.

"소인이 열셋째마마의 명령에 따르기 싫어서가 아니라 방금은 너무 놀라 그랬사옵니다. 그런데 도대체 왜 그러시는 겁니까?"

"자네는 천의天意에 따르는 것일 뿐이라고만 생각하게. 많이 알아서 좋을 것은 하나도 없을 테니 말이야."

윤상이 차갑게 못을 박았다. 그리고는 말을 끝내기가 무섭게 바로 성큼성큼 자리를 떴다.

34장

천명天命

여덟째 윤사의 비선秘線은 그물처럼 궁중 어느 곳이든 빈틈없이 촘촘하게 깔려 있었다. 윤진과 윤잉이 정자에서 불쾌한 만남을 가진 뒤고작 네 시간 만에 그 소식은 따끈따끈함을 유지한 채 염친왕부에전달됐다. 아홉째 윤당은 정보를 전해 듣고는 이제 현재와 같은 시국에서는 윤진이 절대 홀로서기를 할 수가 없다는 쪽으로 생각을 정리했다. 또 그를 비롯한 여덟째의 측근 대부분이 태자와의 관계가 매끄럽지 못하다는 것은 곧 윤진이 여덟째의 문을 두드릴 전조라고 지레생각하기도 했다. 때문에 윤당은 몇 번에 걸친 은밀한 모의 후에 윤진과 특별한 관계에 있는 열넷째를 옹화궁으로 보내 그의 진정한 속내를 탐문하도록 하자 주장했다.

그러나 윤사는 "조금만 더 지켜보자"는 입장을 고수하고 있었다. 눈덩이처럼 불어나는 세력 때문에 강희의 심기를 불편하게 만들었던 그의 입장에서는 윤진을 자신의 세력하에 두는 것이 그다지 달갑지 않았던 것이다. 게다가 그는 윤진을 끌어당기려다 오히려 자신의 배가 뒤집히는 참변을 당할 수도 있다고 판단했다. 그것은 결코 있어서는 안 될 일이었다. 그뿐만이 아니었다. 윤진이 자신보다 나이가 더 많은 친왕인데다 성격 역시 차갑고 거만하다는 것도 그에게는 적지 않은 부담이었다. 등나무 휘듯 휘어서 자신이 원하는 대로 모양을 만들기에는 너무 부담스러운 존재였던 것이다. 이처럼 윤사는 잠시 주춤거리면서 혹 전개될지 모를 '태자당'의 살육전을 끝까지 팔짱을 낀 채 지켜보기로 했다.

그러나 그로부터 2개월이 흘렀어도 태자와 윤진 사이에 더 이상의 알력은 없었다. 아니 오히려 윤진의 주장대로 모든 것이 흘러갔다. 우선 무호蕪湖에 있는 70만 석의 잡곡을 전격적으로 산동성 이재민들에게 보내주는 조치가 취해졌다. 전문경은 진급해 강서성의 도대 자리에 앉게 됐다. 물론 두 가지 조치는 모두 윤진이 태자와 벌이던 승강이와 협상을 그만두고는 외유 중에 있는 강희에게 직접 상소해 이뤄낸 성과이기는 했다. 그렇다고 태자가 그에 대해 발끈한 채 나서지도 않았다. 그 역시 자신의 유모 남편인 황문옥黃文玉을 비롯해 문하의 정호丁浩, 아륭포阿隆布, 아제雅齊 등을 장군 또는 포정사로 진급시켜줄 것을 강희에게 상주해 허락을 받기도 했다. 이처럼 외견적으로 볼 때 윤잉과 윤진은 당분간 서로의 길을 가면서 충돌을 피하고 있는 것 같았다.

그 와중에도 추석은 하루하루 다가오고 있었다. 윤진과 윤상은 태자에게 인사하기 위해 밖으로 나올 때를 제외하고는 거의 호부에서 두문불출하고 있었다. 윤사는 갈수록 상황이 이상하게 돌아가는 것을 느끼고 꺼림칙한 마음이 들지 않을 수 없었다. 그래서 승덕과 육경궁에 자신의 병이 이제는 완쾌되었으니 형부에 돌아가 일하고 싶다는 표表를 올렸다. 더불어 열넷째를 병부에 데리고 가 열셋째와 함께 일하게 하고 싶다는 뜻도 피력했다. 그후 6~7일이 지났다. 육경궁은 강희가 승덕에서 보내온 주비朱批의 유지諭旨를 받았다.

상주한 내용을 읽고 대단히 마음의 위로를 느낀다. 아직은 건강이 여의치 않을 텐데 너무 피곤하게 일하는 것은 금물이다. 열셋째가 윤진을 도와 호부와 형부의 일을 보고 있으니 자네도 협조해 도와주는 것은 좋은 일인 것 같다. 그리고 병부는 윤상이 더 이상 관여하지 못하게 하고 열넷째와 함께 일을 하도록 하라. 짐이 남순하는 동안 모든 세부적인 업무는 태자에게 허락을 받고 움직이도록 하라. 군국대사軍國大事는 즉시 짐에게 상주해 지의에 따르도록 하는 것이 좋겠다.

윤사는 지의를 받고 난 다음 바로 열넷째 윤제를 자신의 집으로 불렀다.

"저도 방금 육경궁에서 전해준 폐하의 지의를 받았습니다."

금룡金龍의 관복 차림 그대로인 열넷째가 자리에 앉으면서 말했다. 어디를 보나 윤상을 닮은 구석이 많은 그였다. 그러나 옷차림에 유난히 신경 쓰는 것만은 같은 어머니에게서 난 형제인 윤진을 꼭 닮은 것 같았다. 그래서일까, 조관朝冠에 달린 보석 동주가 바르르 떨면서 눈부신 빛을 발했다. 곧 그가 웃으면서 말했다.

"노인네가 이제는 건강도 여의치 않고 하니 큰일만 움켜쥐고 자질구레한 일은 우리한테 넘기시는 거군요. 전 병부 다루기가 그리 만만치 않을 것 같아서 여덟째 형님한테 자문을 구하러 오려던 중이었어요."

윤사는 구릿빛 비단 장포長袍를 입은 채 명품 부채인 상비죽선湘妃竹扇을 만지작거리고 있었나. 몇 개월 동안 두문불출하면서 책이나 읽고 몸을 챙긴 덕분인지 혈색이 이전보다 훨씬 좋아보였다. 또 풍류와 우아한 멋이 돋보였다. 그가 열넷째의 말을 듣고 한참 생각하더니 입을 열었다.

"병부에는 네 개의 사司가 있어. 그리고 이들의 특징을 말해주는 네 마디 구호도 있어. 아마 모를 거야? 우선 무선사武選司가 있지. 무관과 병사를 뽑는 일과 무과武科에 관한 일을 맡는 조직이야. 무선무선武選武選, 다은다원多恩多怨(은혜도 원한도 많음)이라는 구호로 설명할 수 있어. 다음은 직방사職方司. 각 성省의 지도 및 무관의 서훈, 상벌 등을 관장하는 조직이지. 이곳은 최궁최망最窮最忙(가난하고 제일 바쁨)으로 표현돼. 그리고 거가사車駕司. 이곳은 거가거가車駕車駕, 불상불하不上不下(위도 아래도 아님)라는 말만 보면 어떤 업무를 하는 곳인지 알 수 있어. 마지막으로 무고사武庫司(무기창고를 관장하는 조직)가 있고, 그곳은 무고무고武庫武庫, 우한우부又閑又富(한가하고 부유함)라는 구호로 불리지. 사실 이들 중 거가사가 제일 별 볼 일이 없어. 관건은 무선사야. 꼭 틀어쥐어야 돼. 다시 말하면 무고武庫를 잘 정리해 장악한 다음 직방사에서 일하는 관리들에게 푼돈도 챙겨주고 다독여 가면서 일하면 된다고. 그렇지 않으면 자네는 병부에서 뿌리를 내릴 수 없어. 나는 북경에 술직하기 위해 오는 순무들을 만날 때면 반드시 현지 기영旗營의 군기軍紀에 대해 물어봐. 병관兵官이기는 하나 학문은 결코 문관文官에 비해 뒤지지 않는다는 사실을 보여주겠다는 것이지. 솔직히 지방의 순무들은 병사들에게 돌아가야 할 군량미나 군비 등을 사기 쳐서 빼돌리는 경우가 많아. 그건 그렇고 앞으로 사달을 일으켜 잇속을 챙기려 하는 못된 놈들은 가차 없이 엄벌에 처하라고! 또 상벌이 분명하고 준엄해야 해. 군사 훈련 잘 시키는 이들에게는 직방사를 통해 공개석상에서 상을 내리라고. 어깨 두드려 주는 것은 더욱 잊지 말고!"

열넷째는 군무軍務에도 제법 일가견이 있는 윤사에 대해 은근히 탄복하지 않을 수 없었다. 웃으면서 솔직하게 자신의 생각을 말했다.

"형님, 정말 대단하시네요. 이제 보니 공자 앞에서 문자 쓰지 말라는 말도 다 옛말이네요. 군사문제를 도맡아온 저보다 속속들이 알고 계시니 말이에요!"

"짬을 내서 책도 많이 읽으라고. 책속에 배울 것이 얼마나 많은데. 넷째 형님은 매일 이경二更 때까지 책을 읽는다고 하잖아. 또 그리고도 사경四更에 다시 일어나 책을 집어 든다고 하더군. 그러니 넷째 형님이 하는 일에는 흠 잡을 데가 별로 없잖아? 너무 차갑고 인정머리 없게 타고 난 것만 빼면 나머지는 다 따라 배워야 할 장점이 아니겠어?"

윤사는 윤제 앞이라 평소처럼 겸손한 척 할 필요가 없는지 편하게 계속 말을 늘어놓았다. 바로 그때 윤당과 윤아가 앞서거니 뒤서거니 하면서 들어섰다. 늘 그렇듯 윤아의 목소리가 앞섰다.

"열넷째 너, 여덟째 형님 덕분에 천하의 병마대원수가 된 기분이 어떠냐? 너무 좋아 며칠 동안 한숨도 못 잤겠지? 너 오늘 진짜 잘 걸렸어. 한 턱 내지 않으면 보내주지 않을 거야!"

"아홉째 형님, 열째 형님!"

열넷째가 웃으면서 자리에서 일어났다. 이어 전혀 격식에 구애받지 않은 채 공수를 하면서 다시 입을 열었다.

"잘 오셨어요. 어떻게 보면 군정軍政이 민정民政보다 간단하고 쉽다는 여덟째 형님의 말씀을 듣고 공감하고 있는 중이었어요. 연갱요만

보더라도 빨간 정자頂子를 어떻게 땄어요? 악종기岳鍾麒하고 사천성 일대에서 도적떼 팔천여 명의 목을 벤 공로를 인정받은 것 아니겠어요? 저는 그 친구들이 죽인 사람이 전부 도적이라고는 보지 않아요. 그 얘기는 무식하게 머리만 베면 두당 얼마씩 쳐줬다는 말밖에 더 돼요? 이번 기회에 한번 떠들썩하게 들쑤셔 놓아야겠어요."

윤사가 너무나 자신만만한 열넷째의 말을 듣더니 정색을 한 채 말했다.

"그건 안 돼. 네가 연갱요를 들쑤셔봤자 넷째 형님하고 우리 사이의 관계만 악화될 뿐 득이 될 것은 없어. 그보다는 연갱요의 병영에 사람을 보내 적당히 견제하는 것이 오히려 나을지 몰라. 폐하께서 염려하시는 것은 다른 게 아니야. 우리가 형제간에 물고 뜯고 하면서 조정의 업무를 마비시키는 거지. 우리는 이제 폐하의 의중을 헤아려야 해. 그런 의미에서 연갱요를 다치게 할 필요는 없다는 거야. 우리 문하들 중에는 무법천지로 나가는 막무가내들이 꽤나 많아. 그것들은 색출해서 엄벌에 처해도 돼! 태자마마처럼 치사하게 정적만 괴롭히지는 말아야 한다고. 또 사사로운 감정은 접어두고 공적인 입장에서 공정하게 잘 해나가야 해. 네가 잘해야 너를 밀어주고 따르는 우리도 체면이 설 것이 아니냐."

윤당 역시 윤사의 말에 웃으면서 호응했다.

"나도 네가 조금 불안하기는 해. 하필이면 제멋대로 사는 열셋째를 닮아서 말이야. 게다가 한술 더 떠서 악랄하기까지 하니 말이지. 이걸 어쩌면 좋은가 말이야?"

윤당의 말이 끝나자마자 윤아마저 끼어들려는 움직임을 보였다. 그러자 열넷째가 웃으면서 황급히 말했다.

"알았어요, 알았어! 형님들 말씀 정말 명심할게요. 공정하게! 폐하를 위해 열심히 일만 하면 되잖아요!"

열넷째가 말을 마치고는 부채를 부치면서 다시 입을 열었다.

"그런데 태자 형님은 갈수록 엉망인 것 같아요. 우리 집 아랫것 하나가 내무부에서 들어왔는데요. 그자의 말에 의하면 윤상이 완의국에 왔다 간 지 이틀 만에 정춘화가 급사를 했다는 거예요. 때문에 자살이나 독살의 가능성도 배제할 수는 없다고 봐요. 듣자니 넷째 형님과 열셋째 형님이 무슨 바람이 불었는지 형부의 수사기록을 다 뒤져 총 백사십칠 명에 이르는 탐관오리들의 명단을 작성했다고 하네요. 또 그걸 육경궁에 올려 보냈다고 해요. 어디 그뿐인가요. 태자도 가로세로로 줄을 쭉쭉 그어가면서 보태고 빼고 했다고 해요. 여덟째 형님, 그쪽의 우리 사람들 말에 의하면 우리 편은 웬만하면 다 집어넣고 자기 문하들은 갖은 이유를 들어 빼버렸다고 하더라고요!"

윤사가 열넷째의 말에 냉소를 흘리면서 말했다.

"어디 마음대로 해보라고 해! 내가 보기에 아바마마께서는 일부러 한 발 물러서신 것 같아. 태자마마 쪽의 진면모를 정확히 파악하시려고 말이야. 상주하는 것마다 다 들어주시는 것을 보면 태자의 그 작당은 이미 위험수위에 이르렀다고 볼 수 있어! 얼마 전에 조신朝臣들이 태자로 천거한 사람은 나야. 그러나 그 조신들도 사실은 폐하께서 키워 오신 사람들이잖아. 그들은 나를 천거한 죄밖에는 없는 사람들이야. 폐하를 향한 충성도 여전해. 그런 충신들을 태자는 다 쳐내버리지 못해 안달인 것이지. 요즘 무슨 소문이 나돌고 있는지 알아? '폐하를 따르면 당장 살아가는 것이 고달프고 태자를 따르면 앞날이 걱정이다'라는 소리가 들리고 있다고. 두고 봐, 갈수록 점입가경일걸, 아마?"

윤당이 윤사의 말을 듣고는 깊은 생각에 잠겨 있더니 불쑥 입을 열었다.

"그런데 태자 형님은 그렇다 치고, 도대체 넷째 형님은 정체를 알수가 없는 사람 아니에요? 태자마마와는 떨어질 듯하면서도 붙어 있고, 우리와도 불가근불가원의 태도를 견지하고 있으니 말이에요. 아무리 생각해봐도 뭔가 꿍꿍이속이 있는 것 같아요."

윤아도 웃으면서 말했다.

"그래봤자 네 맛도 내 맛도 아닌 것이 무슨 굵은 똥이나 싸겠어요? 태자마마가 정신없이 돌아가고 정국이 변화무쌍하니까 한 발 물러서 있는 것이겠죠!"

"열째 형님 말이 조금 듣기에는 거북스러우나 일리는 있는 것 같네요. 나라도 그렇게 했을 것 같네요, 솔직히. 아무려나 넷째 형님은 정말 고단수예요. 정춘화가 의문사를 당한 것은 내가 보기에는 넷째 형님과 깊은 관련이 있는 것이 분명해요. 짖지 않는 강아지가 사람을 문다고 했어요. 우리가 방심하고 아무 대비도 하지 않으면 안될 것 같아요!"

열넷째가 진지한 어조로 상황을 분석했다. 모두들 고개를 끄덕였다. 얼마 후 좌중 황자들의 입에 윤상이 기록문서를 내놓지 않고 있는 것이 화제에 올랐다. 그들은 다시 긴장하기 시작했다. 하기야 그럴 수밖에 없었다. 그 문서들에 의해 이미 100여 명의 관리들을 처벌했는데 그중 여덟째와 관련된 것이 없다는 확실한 보장이 없었기 때문이다. 윤당은 자신이 윤상을 만나러 갔을 때 그가 보여준 행동을 떠올리면서 더욱 석연찮은 생각이 드는 듯 연신 머리를 가로저었다.

"아홉째! 기록문서는 더 이상 관심을 가지지 마. 열셋째 그 친구가 얼마나 영악하다고. 우리가 자꾸 달라고 그러면 냄새를 맡고 선수를 칠 수도 있어."

윤사가 한참 침착하게 생각하고 나더니 윤당에게 말했다. 윤당 역시 동의한다는 듯 머리를 끄덕이면서 말했다.

"그래서 제가 특별히 가평한테 부탁했죠. 교 언니를 통해 열셋째의 행동을 면밀히 감시하라고 말이죠! 임백안한테도 언질을 줘야겠어요. 아란 그년이 다른 생각 품지 못하도록 감시 잘하라고 말이에요."

윤사가 윤당의 말에 머리를 끄덕여 보였다. 그리고 뭔가 생각하더니 다시 말했다.

"나는 어쩐지 임백안이 불안해. 임백안에게 사고가 나면 그것은 곧 우리에겐 죽음이야. 그렇다고 당장 그 친구가 없어도 안 되겠고. 그러니 일단 임백안을 강하江夏 쪽으로 피신시키는 것이 급선무인 듯해. 임백안이 가지고 있는 조정 백관들 기록문서도 운하의 부두 근처에 있는 만영호萬永號 전당포에 잘 숨겨놓도록 해야겠어. 아무튼 지금은 운무가 뒤덮여 있는 상황이야. 한 치 앞을 내다볼 수 없는 실정이라고. 각별히 조심해야 해!"

윤아는 윤사와 윤당 두 사람의 대화가 도대체 뭘 의미하는지 도저히 종잡을 수가 없었다. 그러나 열넷째 윤제는 분명히 알고 있었다. 임백안은 강희 22년부터 이부의 관리로 있으면서 이른바 '백관당'百官檔(모든 관리들에 관한 문서)이라는 것을 만들었다. 그것은 바로 조정의 문무 관리들의 치명적인 약점을 한두 가지씩 기록으로 남겨 놓은 자료였다. 때문에 이미 퇴직해 아무런 관직도 없는 임백안에게 약점을 잡힌 관리들이 한 둘이 아니었다. 실제로 그들은 임백안이 퇴직한 후임에도 불구하고 그를 하늘처럼 떠받들었다. 임백안은 자연히 북경에서 변함없는 입지를 자랑하게 됐다. 한마디로 임백안의 노예가 돼 끌려 다니는 관리들이 있는 한 그는 비구름을 몰고 다니는 값비싼 존재임에 틀림없었다. 그럼에도 열넷째는 윤사와 윤당의 주장에 별로 반응을 보이지 않았다. 그에 대한 자신의 입장도 일절 밝히지 않았다. 자신까지 그렇게 아우성을 떨 것까지는 없다고 생각한 듯했다.

모두 147명에 이르는 탐관오리들에 대한 처벌조항이 옹친왕부에 도착했다. 윤진은 자신의 의견은 전혀 반영되지 않은 채 태자의 마음대로만 작성된 명단을 보자 화가 치밀어 도저히 잠자코 있을 수가 없었다. 즉각 오사도를 찾아 상의해야겠다고 결정했다. 오사도는 윤상과 풍만정에서 바둑을 두고 있었다. 옆에서는 문각과 성음이 팔짱을 낀 채 관전을 하고 있었다. 윤진이 그 모습을 보고는 물었다.

"언제 왔어, 열셋째?"

"조금 됐어요. 이번에도 무승부네. 제가 올 때 형님은 주천보하고 얘기 중이시더라고요. 그래서 그냥 이리로 왔어요. 여태 무슨 얘기를 하신 거예요?"

윤상이 웃음 띤 얼굴을 한 채 바둑판을 한편으로 밀어놓으면서 말했다. 윤진이 즉각 대답했다.

"주천보는 내가 태자에게 천거했잖아. 그런데 근묵자흑近墨者黑이라는 말처럼 갈수록 닮아가는 것 같아. 나도 성질이 많이 죽었지. 이전 같았으면 벌써 내쫓았을 거야! 이것들이 작성했다는 범관들의 명단 꼴을 좀 봐! 완전히 사적인 분풀이를 하려고 단단히 작정을 한 것 같잖아!"

윤상이 윤진의 손에서 명단을 건네받아 한번 보고는 오사도에게 넘겨줬다. 그는 한참 후 한숨을 지으면서 입을 열었다.

"조정이 몸살을 앓게 되는 것은 이제부터라더니……. 오 선생 말이 틀림없어요! 강신영姜宸英이라는 사람이 있었어요. 폐하께서도 굉장히 아끼시는 원로 명사名士라고 할 수 있죠. 그런데 그 사람을 은전 한

냥 때문에 관직을 박탈한다는 거예요! 육롱기陸隴其도 그렇죠. 이미 세상을 떠난 우성룡于成龍과 곽수郭琇의 뒤를 잇는 보기 드문 청백리 아닙니까? 그런데 관할 경내에서 패륜 사건이 생겼다고 관직을 박탈했어요. 어떻게 그럴 수가 있어요? 계속 이대로 가다가는 저는 아마 서시西市에 끌려갈 거예요. 그리고는 몸이 갈기갈기 찢어지고 말겠죠? 여기 앉아 계세요. 제가 가서 한바탕 따지고 올게요!"

윤상이 말을 마치더니 휭하는 소리와 함께 문어귀로 향했다.

"잠깐만요! 그것은 장작을 지고 불속으로 뛰어드는 겁니다."

오사도가 황급히 윤상을 불러 세웠다. 그러자 윤상이 발걸음을 뚝 멈추고는 한참 후 돌아서면서 물었다.

"그게 무슨 말인가?"

문각이 오사도 대신 웃으면서 대답을 했다.

"어렵게 생각하실 것 없습니다. 혹시라도 태자마마께서 열셋째마마의 권유를 받아들여 보복행위를 중단한다면 그것은 '겸허하게 간언을 수렴'하는 바른 자세로 비춰질 것입니다. 그것이 과연 우리에게 좋겠습니까? 또한 태자마마의 행동이 위험수위를 넘을 때까지 지속돼 결국에는 자멸의 길로 들어서기를 바라마지 않던 여덟째마마 입장에서는 열셋째마마를 눈엣가시처럼 생각할 수밖에 없게 되겠죠. 잘 생각해보십시오. 득이 될 것이 뭐가 있나요?"

오사도가 문각이 말을 마치자마자 자못 심각한 표정을 지은 채 말했다.

"또 태자마마께서 열셋째마마의 뜻을 순순히 받아들일 것이라는 보장도 없습니다. 열셋째마마께서 움켜쥐고 있는 태자마마의 그 '약점'은 증거가 빈약합니다. 뿐만 아니라 누워서 침 뱉는 격이 될 수도 있습니다. 태자마마에게 한 방 얻어맞을 수도 있고요!"

윤상이 어리병병한 표정을 한 채 머리를 끄덕였다. 이어 천천히 자리로 돌아왔다. 윤진이 내내 미간을 찌푸리고 있다가 드디어 탄식조로 말했다.

"아쉬울 것이 없는 셋째 형님과 일곱째가 부러워. 우리는 지금 이러지도 못하고 저러지도 못한 채 가운데 끼어 있어. 참 괴롭기 그지없네. 어쩌다 이런 주인을 만나 이 생고생을 하는지 모르겠어."

윤진의 목소리는 어느덧 젖어 들어가고 있었다. 오사도는 그런 윤진의 입장을 충분히 이해했다.

'넷째마마는 종횡무진 거침없어 보이는 강인한 인상이 압도적이기는 하나 사실 외로움을 느끼는 거야. 아무리 비가 새는 처마 같은 태자마마의 그늘이라도 그곳을 떠나려니 어쩔 수 없이 파고드는 텅 빈 외로움을 주체할 수가 없는 것이겠지. 게다가 태자마마는 재위 중이고 팔황자당의 세력은 수풀처럼 펼쳐져 있어. 어느 쪽으로 줄을 서야 할지 결정하기 어렵겠지. 그뿐이 아니야. 홀로서기에는 다소 버겁고 두려움도 느낄 거야. 자신감 부재라고 해도 좋지.'

오사도가 한참 동안 자신의 생각을 정리한 다음 웃음 띤 얼굴로 말했다.

"걱정하지 마십시오, 넷째마마. 맹자는 이렇게 말했습니다. '하늘이 장차 어떤 사람에게 대임을 맡기려면 반드시 먼저 육신을 수고롭게 한다. 또 배를 곯게 한다. 몸도 궁핍하게 만든다. 이렇게 해서 그 능하지 못한 것을 더하여 준다'라고 말입니다. 그날 정자에서 태자마마에게 강력하게 반발하며 간언을 하신 이후로 얼마나 많은 인물들이 옹화궁을 찾아왔습니까? 옹화궁이 어디 붙어있는지도 모를 것 같던 동씨 일가의 융과다마저 넷째마마의 서화 작품에 매료된 지 오래됐다면서 찾아오지 않았습니까? 여덟째마마께서 휴식을 중단하고 업무 복귀를 서두른 것이나 열넷째마마께서 병부의 정리정돈에 돌입한 것도 다 정자 사건의 여진이 몰고 온 결과라고 생각합니다."

"후유!"

"걱정하지 마십시오! 태자마마께서 계속 이런 식으로 나가신다면 다시 폐위당하는 것은 거의 시간문제입니다."

문각 역시 한마디 하는 것을 잊지 않았다.

"태자마마는 폐하의 성명聖明함과는 너무 어울리지 않습니다. 그것이 정말 안타깝습니다. 폐하께서 태자마마를 복위시킨 것은 파죽지세로 몰려오는 여덟째마마의 세력에 일종의 압박감을 느끼셨기 때문이라고 볼 수 있습니다. 때문에 넷째마마께서도 전처럼 무기력하게 태자마마의 입김에 불려 다니시면 안 됩니다. 그러면 폐하의 기대에 절대 부응하지 못할 것입니다!"

윤진이 문각의 말에 고개를 번쩍 쳐들었다. 이어 마치 낯선 사람을 대하듯 문각과 오사도를 바라보더니 한참 후에야 입을 열었다.

"나는 그런 말은 듣고 싶지 않아. 감히 들을 용기도 없고! 태자가 덕을 잃어서 잘못되더라도 누군가 덕망 높은 황자가 뒤를 이을 거야. 나하고 무슨 상관이 있다고 그래? 자네들 지금 나를 불의不義한 사람으로 몰아가려고 하는 건가?"

"넷째 형님, 어느 누가 형님에게 불의하다고 할 수 있단 말입니까? 오 선생이나 문각 모두 형님에게 모반을 일삼으라고 종용하고 있는 것이 아닙니다. 또 탈적을 충동질한 것도 아니에요! 지금 폐하께서는 검불같이 헝클어진 난정亂政 속에 몸담고 있으면서 기력이 갈수록 소진해 가고 있습니다. 또 태자마마는 능력이 한계에 다다랐습니다. 반면 여덟째 형님의 세력은 도처에서 호시탐탐 기회를 노리고 있습니다. 그러니 이제는 우리가 과연 어디로 가야 할지 한 번쯤은 생각해봐야 할 때가 된 것 아니겠어요? 시퍼런 칼에 난도질당해 밥상 위의 고깃덩어리가 되어 올라가고 나서야 살아남겠다고 발버둥을 치시겠어요?"

윤상이 무슨 소리냐는 듯 펄쩍 뛰면서 말했다. 그러자 오사도는 태자의 세력으로 남을 것인지 독립을 해야 할지 갈등하는 윤진의 속내를 잘 알 것 같아 미소를 흘리면서 말했다.

"천명天命에 관련된 일이니 만큼 넷째마마께서 고민이 깊으신 것은 당연합니다. 그러나 천명이라는 것이 무엇입니까? 별을 관측하고 팔괘八卦를 보는 겁니다. 글자를 뜯어 점을 본다든지 하는 것에 대해서는 저도 조금 알고 있습니다. 물론 이것은 어디까지나 예측일 뿐입니다. 지나치게 의존하는 것은 금물이죠! 넷째마마께서 지금 무슨 생각을 하고 계신지 말씀해주실 수만 있다면 제가 재미삼아 한번 풀어봐 드리겠습니다."

윤상이 고개를 숙인 채 굳은 얼굴로 묵묵히 앉아 있는 윤진을 보면서 입을 열었다.

"사실 넷째 형님은 장덕명 그자식이 백기白氣니 어쩌니 운운하면서 염친왕을 잔뜩 치켜세웠던 그날의 생각을 떨쳐버릴 수가 없으신가 봅니다. 셋째 형님이 일찌감치 두 손 털고 나앉은 것도 실은 그 때문이라고 할 수 있죠."

윤상이 말을 마치고는 여덟째의 집에서 장덕명이 황자들의 관상을 봐줬던 경위를 자세하게 들려줬다. 오사도가 잠자코 듣고만 있다 갑자기 크게 웃음을 터트리며 말했다.

"넷째마마, 진작 말씀하시지 그러셨습니까! 그런 수준 낮은 기술은 별것 아닙니다. 솔직히 저는 열일곱 살 때 이미 통달했습니다. 허풍이라고 생각하실지 몰라도 결코 거짓이 아닙니다. 그리고 장덕명이 정말로 그렇게 신통하다면 자기 수제자가 장황자, 셋째 황자마마를 등에 업고 다니다가 폐하의 진노를 사서 목이 달아날 것을 왜 예견하지 못했겠습니까?"

"그렇지만 그자식이 아무래도 좀 신통한 구석은 있는 것 같아. 많은 사람들이 찾아가봤다고 하는데 정말 기가 막히게 잘 들어맞더라는 거야. 여덟째 형님의 집에서 뿐만 아니라 다른 사람들에게도 관상을 봐줬다고 해. 어디 그것뿐이겠어? 그렇게 많은 사람들 중에서 단번에 여덟째 형님을 짚어내고는 머리 위에 떠있다는 백기白氣를 보고 정확하게 알아맞혔다고 하잖아!"

윤상이 오사도의 말에 약간 반발을 하면서 말했다. 오사도 역시 지지 않겠다는 듯 웃음 띤 얼굴로 말했다.

"그래요? 머리 위에 백기가 감돈다? 그 옛날에 형가荊軻라는 자객이 있었습니다. 진시황을 암살하기 위해 진秦나라로 떠난 그 형가 말이에요. 그때 연燕나라의 태자인 단丹은 그를 역수易水에서 전송하게 됐어요. 형가는 비감해지지 않을 수 없었어요. 그래서 길을 떠나기 직전에 고개를 쳐들어 하늘을 바라보고는 '바람소리 쓸쓸하고 역수는 차갑구나. 장사壯士 한 번 떠나면 다시는 돌아오지 않으리니'라고 노래를 불렀답니다. 그런데 그 당시 흰 무지개가 태양을 관통하는 기이한 현상이 나타났습니다. 때문에 사서四書 등에서 처음으로 '백기'白氣라는 말을 쓰게 됐습니다. 오행五行의 이치로 볼 때 백기는 서방西方의 금기金氣입니다. 칼을 든 병사들을 위험한 경지에 이르게 한다고 해서 대단히 상서롭지 않게 보고 있습니다. 그러니 왕王자 위에 백白을 얹은 글자인 황皇은 길할 수가 없는 거죠. 또 명나라 때의 연왕燕王 주체朱棣의 예도 한 번 들어봅시다. 그가 난을 평정하기 위해 기병起兵했을 때였습니다. 어느 날 밤에 눈 녹은 물에 모자가 젖는 상서롭지 못한 꿈을 꿨다고 합니다. 당연히 그는 전장에 나가기를 망설였습니다. 그러자 부하 장수인 주전周顚이 그의 남하南下 의지를 굳혀주기 위해 위로의 말을 했다고 합니다. '왕王 위에 백白 자를 얹으면 황皇자이니 크게 길할 조짐입니다. 천재일우의 기회를 놓치지 마십시오'라고 말입니다. 장덕명 그자는 아마 여러 황자마마들께서 이런 역사에 그다지 밝지 않은 취약점을 노리고 허튼소리를 한 것 같습니다."

오사도의 말을 듣던 윤상의 눈빛이 어느새 차분해지고 있었다. 오사도의 말을 굳게 믿는 눈치였다. 한참 후 윤상이 오사도에게 조용히 물었다.

"그런데 말이야. 아름다울 미美자를 뜯으면 '팔왕대八王大'가 되니 어쩌니 하는 말은 일리가 있어 보이던데?"

오사도가 잽싸게 말을 받았다.

"말이 나왔으니 계속 해보겠습니다. 미美자가 '팔왕대'八王大 세 부분으로 나뉠 수 있다는 것은 맞습니다. 그러나 순서를 바꿔놓으면 '왕팔대'王八大(왕팔은 거북이를 뜻하는 단어로서 중국에서는 최고의 욕으로 통함)', '대왕팔'大王八로도 볼 수 있지 않겠습니까?"

좌중의 사람들은 오사도의 말이 끝나기도 전에 바로 폭소를 터트리고 말았다. 윤진 역시 푸우 하고 찻물을 내뿜으며 웃었다. 그리고 흥미롭다는 듯 물었다.

"그럼 그 가佳자는 오 선생 식으로 하면 어떤 식으로 풀이할 수 있겠는가?"

"가자에 대해 말씀을 드릴 것 같으면……, 사람 인人 변에 상서로운 옥 규圭가 됩니다. 해석하면 재상이 주사奏事하는 것을 뜻합니다. 옛날에는 재상들이 조정에 들어갈 때 상주上奏하고자 하는 내용을

잊어버리지 않기 위해 규편圭片에 내용을 적었다고 합니다. 그리고
는 가슴께에 받치고 있었습니다. 경의와 성의를 다했다는 얘기입니
다. 그런데 규圭를 손에 든 사람이 황제가 된다고요? 그게 무슨 어불
성설입니까? 여덟째마마는 장덕명의 말도 안 되는 요언에 놀아났다
고 할 수 있습니다."

좌중의 사람들은 오사도의 정밀한 분석에 속이 뻥 뚫리는 시원함
을 느꼈다. 특히 윤상은 호탕하게 웃으면서 입을 열었다.

"정말 십 년 묵은 체증이 쑥 내려가는 것 같네! 송아지, 가서 술
한 병 가져와라! 그런데 오 선생, 이런 재주를 썩혀뒀다 어디에 쓰려
고 여태 드러내지 않았어? 말이 나온 김에 재미삼아 내 관상도 한
번 봐줘!"

오사도가 윤상의 말에 웃으면서 말했다.

"군왕과 재상은 명命을 만드는 사람들입니다. 반면 황자는 군왕과
재상 사이에 있습니다. 관상 같은 것을 봐서는 안 됩니다. 하지만 재
미로 봐드리는 것은 무방할 것 같습니다. 열셋째마마께서는 미간에
영기英氣가 뚜렷합니다. 눈썹도 두드러져 있습니다. 또 눈이 부리부리
하고 가슴이 넓습니다. 그뿐 아닙니다. 귀신이 쉰다는 음陰의 절기인
시월 초하루 생이기 때문에 살기殺氣가 주를 이루고 있습니다. 열셋째
마마께서 병서를 즐겨 읽으시는 것도 아마 이 때문이 아닌가 싶습니
다. 하지만 열셋째마마는 부드럽기가 연지 같은 심성과 자상하고 어
진 마음이 있습니다. 때문에 군사軍事를 좋아하고 병사兵事에 일가견
이 있음에도 절대 병사들을 이끌 수 있는 기회는 도래하지 않을 겁
니다. 팔자에 없으면 절대 강요할 수 없지 않겠습니까."

"그러면 나는 몇 살까지 살 수 있을까?"

"구십 하고 둘에 세상을 떠날 겁니다."

사실 오사도가 본 윤상의 관상은 그다지 좋지 않았다. 절대 장수할 명이 아니었다. 그러나 괜히 나쁜 얘기를 할 필요가 없었다. 윤상이 오사도의 말에 기분이 좋은지 즐거운 어조로 말했다.

"부귀를 가지고 황자로 살면서 아쉬운 것 없이 구십둘까지 산다는 것은 대단히 만족스러운 일이 아닐 수 없지! 내친김에 넷째 형님도 한번 봐주는 것이 어떨까?"

"넷째마마는……, 글쎄요……. 사실 저는 처음부터 넷째마마를 눈여겨봤습니다. 잘은 모르겠으나 호랑이 행보에 용의 뒷덜미가 예사롭지 않아 보였습니다. 게다가 기가 안으로 충만해 가슴 속에 산천山川을 품고 계십니다. 한마디로 하늘의 부름에 응하셔야 할 것 같습니다. 폐하께서는 인仁으로 천하를 양육하시나 넷째마마께서는 의義로 천하를 다스리실 것이라는 예측을 조심스럽게 해봅니다."

오사도가 술을 마신 탓에 홍조가 핀 얼굴에 웃음을 머금은 채 말했다. 윤진을 비롯한 좌중의 사람들은 오사도의 말이 뜻하는 바를 모르지 않았다. 특히 당사자인 윤진은 더욱 그랬다. 그러나 애써 태연한 척하려 했다. 그럼에도 한편으로는 불안한 기분이 드는 것을 어찌하지 못했다.

"송나라 말기부터 원나라 초까지 살았던 어떤 점쟁이가 있었는데요……, 그가 수수께끼 같은 노래를 만들었습니다. 그 노래를 잘 들어보면 넷째마마가 황제가 된다는 예언이 아닌가 싶습니다. 또 황자들 간의 당쟁이 예사롭지 않다는 것도 예언하고 있습니다. 정말 신기하고 놀라운 일이 아닐 수 없습니다."

윤진이 오사도의 말에 고개를 숙이고 곰곰이 뭔가를 생각하는 것 같았다. 아마도 안개가 짙게 끼어 자욱하고 흐릿하기만 하던 자신의 가슴에 서서히 솟아나는 신성한 책임감 같은 것을 느끼는 듯했다.

한참 후에 그가 깊이를 알 수 없는 새카만 눈동자를 반짝이면서 말했다.

"정말로 정해진 그 운명 같은 것이 있다면 나 역시 그것을 받아들이지 못할 이유는 없지 않은가!"

"하늘이 내리는 것을 받지 않으면 오히려 벌을 받는다고 했습니다. 천명天命은 어느 한 사람만을 총애하는 것이 아닙니다."

오사도가 마침내 지팡이 소리를 내면서 자리에서 일어섰다. 그 소리가 마치 깊이를 알 수 없는 땅속에서부터 들려오는 것 같았다. 또 동굴 속에서 울리는 것 같기도 했다. 잠시 후 그가 다시 천천히 입을 열었다

"천명을 아는 것과 천명에 따르는 것은 서로 다른 것입니다. 천명이 무언지 알면서도 그것에 따를 수 없다면 천명이 바뀌는 수밖에 없지요. 음양이 바뀌는 것이 예나 지금이나 번복되는 이유가 바로 여기에 있는 겁니다. 제가 천명이니 뭐니 운운하기를 싫어하는 것도 바로 이 때문입니다. 우리는 속세 사람입니다. 그저 주어진 일에서 최선을 다할 수밖에는 없습니다. 천명만 기대하고서 최선을 다하지 않는다면 그것은 정말로 어리석은 일이 아닐 수 없습니다. 안 그렇습니까, 넷째마마?"

윤진이 오사도의 말에 대답 없이 머리를 무겁게 끄덕여 보였다. 이어 고개를 돌려 윤상에게 말했다.

"내가 나아갈 길은 험난한 가시밭길임에는 틀림없는 것 같아. 열셋째 너에게 나를 따르라고 강요할 수는 없어. 네가 다른 길을 택하더라도 형은 너를 절대로 원망하지 않을 거야."

윤진의 말에 의자 손잡이를 잡은 윤상의 손이 갑자기 불끈거리는 듯했다. 한참 후 그가 단호하고 짤막하게 대답했다.

"싫어요!"

"그러면 좋아! 우리는 생사를 같이 하기 위해 태어났다고 생각하자. 살아도 죽어도 함께 하는 거야! 나 윤진은 예리한 필봉筆鋒과 날카로운 설봉舌鋒, 서슬 퍼런 검봉劍鋒 세 가지를 구비하고 있어. 그래서 이제부터 작은 일이라도 내 의지대로 밀고 나가 볼 거야! 오 선생은 연갱요에게 서찰을 보내 폐하께서 남순 중이시니 올해 술직은 남경에서 하라고 해. 북경으로 올 필요가 절대로 없다고 말이야. 또 그곳에서 어가御駕를 모시고 있다가 북경으로 오라는 나의 서한이 있을 때 비로소 북경으로 움직이라고 해!"

윤진이 단호하게 말했다. 그 목소리가 소름 끼칠 정도로 차가웠다.

35장

불타는 강하진

연갱요는 성도成都의 제독아문에서 옹친왕 윤진의 서찰을 받았다. 내용을 읽어보고는 어리둥절해지고 말았다. 그는 강희가 남순하는 기간에는 모든 세무細務를 태자에게 보고하라는 조정의 지의를 받은 바 있었다. 그런데 윤진은 남순 중에 있는 강희를 먼저 만나고 어가를 호위하고 있으라고 하지 않는가. 그는 그 이유가 궁금하기 그지없었다.

또 서찰에 담긴 '500명의 심복 친병들을 데리고 와도 괜찮다'는 내용도 몹시 이상했다. 강희를 배알하는데 신하의 입장에서 그토록 많은 병사를 거느리고 가는 것은 아무래도 곤란하지 않은가 싶었던 것이다. 더구나 병부에서 그런 사실을 안다면 뭐라고 할지 알 수 없었다. 그는 열넷째가 어떻게 생각할지에 대해 한참 더 생각을 하면서 고민을 거듭했다.

얼마 후 머리를 싸맨 채 고민하던 연갱요는 생각을 정리했다. 윤진의 명령에도 따르고 다른 사람들에게 오해의 소지도 만들지 않는 선에서 움직이기로 한 것이다.

그는 우선 자신의 중군中軍 병사들의 복장을 전부 편복 차림으로 바꿨다. 또한 군함軍艦 대신 상선商船으로 움직이기로 했다. 그런 다음 사람들의 이목을 피해 병사들을 여러 갈래로 나눴다. 낮에는 움직이고 밤에는 조용히 역관을 찾아 머물기로 했다. 선두는 참장參將인 악종기가 서기로 했다. 원래 그에게 있어 술직은 별로 긴장할 것 없는 의례적인 임무였다. 그러나 이번 술직은 그렇지 않았다. 너무나도 까다롭고 어려운 술직이었다.

그가 악종기와 함께 온갖 고생을 하면서 남경에 도착한 것은 8월 하순이었다. 기러기 떼가 남으로 움직이고 호수의 물이 더없이 푸른 반면 나뭇잎은 누렇게 말라가는 완연한 가을이었다. 두 사람은 배에서 내려 육지로 올라갔다. 그러자 미리 기다리고 있던 대탁이 반색을 하면서 다가왔다.

"연 어른, 오시느라 수고 많았습니다. 오늘은 아우가 여독을 풀어드릴 겸 한 턱 내겠습니다. 그런데……, 이 분은 누구시죠?"

"오! 이 사람이 누구냐고?"

연갱요가 고개를 돌려 악종기를 바라봤다. 이어 웃는 얼굴로 말했다.

"악종기라는 사람이야. 자字는 동미東美이고. 예전에 사천성 제독을 하시던 악승룡岳升龍 어른의 셋째 도련님이지. 전에는 순정부順定府 동지同知로 있었어. 내가 처음 사천四川에 갔을 때 도움을 많이 줬던 친구야. 진정한 의리파라고 할 수 있어……."

대탁은 연갱요가 술직을 하러 오면서 다른 사람과 동행했다는 사실이 약간 의아했다. 그러나 그런대로 맞장구를 쳤다.

"처음 뵙겠습니다! 외람되나 어느 기旗 소속인지 여쭤 봐도 될까요?"

악종기는 대탁이 자신의 내력을 궁금하게 여기는 것이 분명하다고 생각했는지 황급히 대답했다.

"저는 한군漢軍 녹영綠營 출신입니다. 연 군문께서 잘 봐주신 덕분에 작년에 넷째마마의 문하에 들어갔습니다. 그쪽은 대탁 어른이시죠? 군문께서 대단한 문장 실력과 지모를 가지신 분이라고 늘 칭찬을 하시더군요. 정말 부럽습니다!"

대탁이 악종기 역시 윤진의 문하라는 말에 다소 안심을 한 듯 웃으면서 말했다.

"아이고, 받아들이기 어려울 정도의 과찬이십니다!"

대탁은 말을 마치자마자 연갱요와 악종기를 데리고 강 언덕에 있는 찻집으로 안내했다. 미리 웃돈을 얹어주면서 예약까지 해놓은 것은 역시 효과가 있었다. 다른 손님들은 아무도 보이지 않았던 것이다. 술과 음식은 대탁이 집에서 만들어 하인들에게 가져오게 한 덕분에 정갈했다. 또 맛깔스럽기도 했다.

연갱요는 복건福建성 복주福州에 있어야 할 대탁이 남경에 와 있다는 사실이 궁금해서 어떻게 된 건지 몇 번이나 묻고 싶었다. 그러나 대놓고 묻기는 조금 그랬다. 대탁이 자신들을 경계하는 마음이 깊어질 수 있다는 생각이 들었던 것이다. 그가 얼마 후 웃음을 지으면서 말했다.

"이보게, 대탁! 넷째마마께서는 동미를 좋게 보셨어. 그래서 이부에 언질을 넣어서까지 나에게 보내주셨지. 우리는 넷째마마의 서찰마저 같이 볼 정도로 정말 가까운 사이야. 할 말이 있으면 편하게 해도 돼."

대탁은 다시 악종기를 힐끔 쳐다봤다. 호랑이 눈에 제비턱을 한 그는 두 눈에 힘이 넘쳐 보였다. 자줏빛 얼굴에는 긴 칼자국이 검붉은 빛을 내고 있었다. 땅딸막한 몸매에서는 용맹한 기질도 엿보였다.

"두 분이 그토록 가까운 사이라면 저도 크게 경계할 것은 없겠군요! 저도 두 분과 마찬가지로 술직을 위해 남경에 오게 된 거예요. 물론 그건 핑계에 지나지 않죠. 사실은 넷째마마의 밀유密諭를 받고 온 셈이라고 해야겠죠!"

연갱요와 악종기는 본주本主의 밀유가 있다는 말에 화들짝 놀라 황급히 자리에서 일어섰다. 그러자 대탁이 주위를 두리번거리면서 살피고는 덧붙였다.

"앉으십시오. 넷째마마께서는 두 분께서 북경에 올라오실 때 육로를 택하라고 명령하셨습니다. 그러면서 강하江夏진에 들러 임백안을 붙잡아오라고 하셨습니다."

대탁의 말에 연갱요가 적이 안심을 했다.

"고작 그것 때문에 나보고 몰래 병사들을 데려오라고 하셨는가? 넷째마마께서도 어떨 때 보면 너무 소심하시더라고. 그런 일은 서찰을 보내 안휘성 순무에게 처리하라고 하면 좀 잘하겠나? 별것 아닌 것을 가지고 크게 서두르는 것을 보면 열셋째마마의 주장인 것 같기도 하군!"

"말씀대로 안휘성 순무의 선에서 끝날 수 있는 일이었다면 왜 군이 연 군문에게 이 고생을 시키셨겠습니까? 임백안은 서찰이 안경安慶에 도착하기도 전에 이미 냄새를 맡고 어디론가 도망을 가버리고 없는걸요?"

대탁이 차갑게 말했다. 그리고는 강하진의 상황에 대해 자세히 들려줬다. 연갱요는 그제야 사건의 중요성을 깨달은 듯했다. 뭐라고 말하기 위해 입을 열려고 했다. 그러나 악종기가 그보다 앞서 선수를 쳤다.

"대 선생, 넷째마마께서 내리신 임무는 솔직히 아무것도 아닙니다. 그까짓 것 마음만 먹으면 식은 죽 먹기처럼 할 수 있어요. 그러나 우리는 흠차가 아닙니다. 게다가 사천성 관내에서 일하는 신분이고요. 병사를 거느리고 남의 동네에 와서 얼쩡거리기에는 명분이 좀 약합니다. 그렇게 생각하지 않으세요? 지방관들이 기분 나쁘게 생각하거나 안휘성 순무가 간섭을 하려고 들면 어떻게 하겠어요? 결코 만만한 일이 아닌 것 같네요."

연갱요가 볼을 두어 번 움찔거리면서 눈에 살기를 내뿜더니 바로 웃음 띤 어조로 말했다.

"이보게 대탁 아우, 넷째마마의 서찰을 한번 보여줬으면 하는데……."

"읽어보고 바로 태워버리라는 지시에 따라 태워버렸습니다."

대탁은 연갱요가 행동개시를 앞두고 만일에 대비해 증거를 확보하고자 한다는 사실을 모르지 않았다. 그래서 여유있게 웃으면서 말했다.

"하지만 열셋째마마께서 연 군문께 보내신 형부의 관방은 있습니다."

대탁이 말을 마치고는 바로 장화 속에서 종이 한 장을 꺼내 건네줬다. 적힌 내용은 짤막했다.

십삼황자 패륵 윤상 영유: 임백안이 안휘성 강하진에 은신하고 있다는 첩보를 받았다. 사천 제독 연갱요는 남경에서 술직을 마치고 북경으로 오는 길에 강하에 들러 임백안을 체포하라. 그런 다음 북경으로 연행하기 바란다. 착오가 있어서는 절대 안 될 일이다!

끝부분에는 정확한 날짜가 적혀 있지 않았다. 아마도 연갱요에게 적어 넣으라고 비워놓은 듯했다. 연갱요의 입가에 갑자기 알 듯 말 듯 한 미소가 스쳤다. 그가 곧 입을 열었다.

"작전이 아주 기가 막히는데? 특히 '북경으로 오는 길에 들르라'는 이 부분이 교묘하군!"

"이 일은 속전속결에 승부를 걸어야 합니다. 병사들을 먼저 몇 갈래로 나눠 보내놓고 우리는 폐하를 뵙자마자 뒤쫓아 가는 것이 좋을 듯합니다."

악종기의 말이었다. 연갱요 역시 종잇장을 소매 속에 집어넣더니 한참 생각한 다음 입을 열었다.

"병사들은 오늘밤 중으로 움직여야겠어. 조금 무리가 되더라도 강행군을 해서 강하에 잠입하도록 해야지. 그곳의 각 주요 도로를 봉쇄하고 임백안의 퇴로를 차단해 버리라고! 전부 장사꾼 차림으로 변장시켜 겉으로는 여유를 부리면서도 속으로는 발걸음을 빨리 하라고 전하게."

연갱요가 말을 마치고는 갑자기 소름끼치는 표정을 지었다.

"나를 하루 이틀 따라다닌 것도 아니니 명령을 어기면 어떻게 되는지 구태여 입 아프게 강조할 필요는 없겠지?"

대탁은 연갱요와 알고 지낸 지가 10년도 더 된 사이였다. 때문에 연갱요가 조금 거만한 면은 있으나 그런대로 괜찮은 사람이라는 생각을 하고 있었다. 그러나 오늘처럼 연갱요가 험악한 표정을 짓는 것은 처음 보는 모습이었다. 그가 잠시 놀라는 기색을 보이더니 바로 대답했다.

"아주 치밀하게 전략을 짜시는 것 같네요. 그러면 저녁에 이런 내용으로 넷째마마께 서찰을 보내야겠군요. 그러면 제 임무는 끝이에요."

대탁을 비롯한 세 사람은 잠시 얘기를 더 나누다가 곧 각자의 역관으로 발길을 돌렸다.

연갱요와 악종기는 이후 본격적으로 바쁘게 돌아갔다. 자리에 엉덩이를 붙일 새도 없이 서둘러야했다. 먼저 병사 500명을 몇 무리로 나누어 장사꾼으로 변장시킨 다음 강하진으로 보냈다. 둘은 병사들을 다 보낸 다음에야 양강兩江 총독의 아문을 찾았다. 이어 총독인 부영傅英에게 자신들 대신 강희에게 배알을 청해줄 것을 부탁했다. 그리고는 다시 역관으로 돌아와 지의를 기다렸다.

하지만 두 사람은 이날 안으로 배알이 이뤄지기는 힘들 것이라는 판단을 내렸다. 밖에 나가 한 바퀴 돌아보고 역관으로 돌아온 것도 그래서였다. 그런데 역관에 돌아오자 연갱요의 수행원 한 명이 안절부절못하면서 문 앞에서 부산스럽게 서성이는 모습이 눈에 들어왔다.

연갱요가 고개를 갸웃한 채 물었다.

"오줌 마려운 강아지처럼 왜 그래?"

"아, 이제야 오시는군요! 대체 어디로 다니러 가셨던 겁니까? 조정에서 사람을 보내왔습니다. 두 분에게 계명사雞鳴寺에 와서 대기하라는 명령을 전달해 왔습니다. 성황묘와 막수호를 몇 바퀴나 돌면서 찾았었는데……."

수행원이 발을 동동 구르면서 말했다. 강희를 배알할 것을 요청해 놓았던 두 사람은 눈이 돌아갈 만큼 다급해졌다.

둘은 부랴부랴 관복으로 갈아입었다. 연갱요가 정신을 못 차리는 악종기에게 옷매무새를 단정히 하도록 도와줘야 할 정도였다. 그런 다음 바로 현무호 남쪽에 자리 잡은 계명사로 말을 달렸다. 남경에서 수년간 일을 한 경험이 있어 지리에 밝았던 만큼 길을 물을 필요는 없었다.

그러나 강희는 사흘 전에 이미 과주도瓜州渡로 떠나고 없었다. 그들을 계명사로 부른 사람은 다름 아닌 장정옥이었다.

"파주巴州와 강정康定 일대는 한족과 오랑캐가 뒤섞여 사는 곳이야. 다스리기가 훨씬 더 어려울 거야. 더구나 어떤 곳은 조정에서 관리도 두지 않았어. 그것은 폐하께서 일부러 자주권을 주신 것이지. 그러니 툭하면 화약 냄새를 풍기고 그러지는 말게. 살살 다독거려서 평화롭게 지내는 것이 좋아. 이것은 폐하께서 누누이 강조하신 부분이니만큼 명심해야겠어. 또 토지가 일부 기득권층에 집중되는 것을 막기 위해서 관치官治가 필요하다고 한 자네들의 뜻은 잘 알겠어. 내가 폐하께 대신 상주해 올리겠네. 그리고 그 일은 조회에서 결정이 내려져봐야 알 수 있을 테니 그렇게 알고 있으면 되겠네. 연갱요 자네는 전에 묘족들의 반란을 평정하면서 사람을 삼천 명씩이나 죽였지. 그것은 워낙 충격적인 사건이었어. 뒤처리가 아직 끝나지 않았을 것이라고 봐. 그런 무모함은 한 번으로 족해. 앞으로는 각별히 조심해야겠네……."

연갱요로부터 사천성 주둔군의 정황보고를 들은 장정옥은 그와 악종기가 자리에 앉자마자 꽤 심각한 얼굴로 껄끄러운 얘기를 입에 올렸다. 두 사람은 성질대로 하자면 앞에 놓인 찻잔은 쳐다보지도 않고 그대로 휑하니 일어나 나가버리고 싶다는 생각을 했다. 그러나 그럴 수는 없었다. 무엇보다 장정옥은 강희의 제일가는 충신이었다. 게다가 지위도 높았다. 권위가 대단해 황자들도 예의를 깍듯하게 갖추는 대신 아니던가. 둘은 최대한 인내심을 발휘하면서 길어지는 장정옥의 훈계를 묵묵히 듣고 있는 수밖에 없었다.

장정옥의 말이 끝나자 연갱요가 뭔가 할 말이 있는 듯 입을 실룩댔다. 그러자 장정옥이 서둘러 물었다.

"내 듣자니 자네들이 대영大營에서 군사 수백 명을 데리고 왔다고 하더군. 사실인가? 사실이라면 왜 그렇게 한 것인가?"

악종기는 장정옥의 말에 가슴이 철렁 내려앉는 것 같았다. 꽤 극비리에 움직였다고 생각했는데, 이미 정보가 장정옥의 귀에 들어갔으니 그럴 만도 했다.

"예, 중당中堂(재상의 별칭) 어른! 사실입니다. 이번에 폐하께 올릴 토산물을 이것저것 많이 준비해 오느라 길에서 짐을 싣고 부리는 사람이 필요했습니다. 넷째마마에게 올릴 물건 역시 적지 않습니다. 그래서 대충 오백 명을 불러 모았습니다. 그런데도 그다지 쉽지는 않더군요. 이들 병사들은 고향이 산동성, 안휘성, 절강성이 대부분입니다. 남경에 도착한 즉시 짐을 부려놓게 하고는 각자의 고향으로 며칠 휴가를 보내주었습니다. 중당 어른께서 미심쩍으시면 따로 조사해보셔도 좋습니다. 제가 이 바닥에서 잔뼈가 굵은지 몇 십 년인데, 어떻게 병사를 거느리고 폐하를 배알하러 오는 어리석은 짓을 범할 수가 있겠습니까?"

연갱요가 상체를 앞으로 조금 숙인 채 침착하게 대답했다. 악종기 역시 황급히 거들었다.

"중당 어른께서는 부디 저희들의 입장을 헤아려 주셨으면 합니다. 밖에서 군사를 지휘한다는 것이 얼마나 고달픈지 모릅니다. 너무 휘어잡아도 안 되고, 그렇다고 지나치게 풀어줄 수도 없습니다. 정말 머리 아플 때가 한두 번이 아닙니다. 처자식이나 부모 형제 없는 사람이 어디 있겠습니까? 이럴 때 고향에 잠깐 다녀올 수 있는 기회를 만들어주는 것도 나쁘지는 않은 것 같습니다. 그들 병사들에게는 실로 감지덕지한 일이 아닐 수 없고요!"

장정옥이 연갱요와 악종기의 장황한 설명에 히죽 웃음을 지어보였다.

"나도 자네들 입장을 충분히 이해하고도 남아. 자네들도 너무 민감하게 생각할 것은 없네. 그냥 궁금해서 물어본 거니까. 솔직히 모반을 일으키려고 작심했다면 오백 명은 제물로 갖다 바치려고 하는 행위밖에 더 되겠어?"

장정옥이 말을 마치고는 찻잔을 들어 차를 마셨다. 동시에 그의 수행원이 큰 소리로 밖을 향해 고함을 내질렀다.

"차를 가져가라. 손님도 배웅하라!"

연갱요와 악종기는 황급히 자리에서 일어났다. 이어 연갱요가 싱겁게 웃으면서 말했다.

"중당 어른, 워낙 선물 같은 것에는 눈길을 주지 않기로 소문나신 분이라 감히 많이 챙겨오지는 못했습니다. 그저 가볍게 받으실 수 있는 비단 몇 필과 상비죽선湘妃竹扇 몇 개를 넣었습니다. 넷째마마 댁의 고복으로부터 태부인께서 자주 어지러움 증세를 호소하신다는 얘기를 전해들은 기억이 나서 질 좋은 천마天麻도 몇 근 구했고요. 돈 되는 것은 하나도 없으니 그저 저희들의 성의로 생각하시고 기꺼이 받아주셨으면 합니다. 북경 자택으로 보내 드릴까요? 아니면 다른 어디로 보내 드릴까요?"

"천마는 내가 가격을 적당하게 쳐서 돈을 줄 테니 이곳으로 보내주게. 다른 것들은 내가 받은 걸로 할 테니 보내올 것 없고. 군자는 덕으로 사람을 사랑하는 것이지 물건에 탐욕을 보여서는 결코 안 된다네. 특히 일거수일투족이 가볍지 않은 나 같은 위치에서는 각별히 조심해야 하네. 자리를 덥혀 놓은 김에 내가 재상 자리에 조금 더 오래 앉아있도록 해주지 않겠는가, 연 군문?"

장정옥이 손사래를 치면서 황급히 말했다. 이어 두 사람의 반응 따위는 아예 무시한 채 선당禪堂까지 배웅을 나왔다. 그리고는 덧붙였다.

"폐하께서는 자네들 두 사람을 부르시지 않을 것이네. 그러니 나중에 또 보자고! 무슨 일이 있으면 상서방에 상주문을 올리면 되겠고. 노파심에서 하는 얘기인데, 사적으로 서찰을 보내거나 하지는 말아 줬으면 하네."

장정옥이 말을 마치고는 다시 손사래를 쳤다. 이어 방 안으로 천천히 사라졌다. 악종기로서는 청백리 장정옥의 진면목을 처음 접하는 터였다. 당연히 황당하다는 듯 웃음을 흘렸다.

"이 바닥에 저런 청백리도 있습니까? 천마 몇 근에 쩔쩔매는 청백리 말입니다! 어떻게 녹봉 일백팔십 냥만으로 먹고 살 수 있는지 모르겠습니다."

"장정옥 저 양반이 청렴한 관리라는 사실 만큼은 틀림없어. 천마를 그런 식으로라도 받았다는 것은 그나마 우리를 예우한 거라고. 최근 조정의 재상들 중에 저렇게 장수한 인물은 없어. 다들 뒤끝이 좋지 않게 쫓겨났지. 하지만 저 양반만은 폐하의 총애가 꾸준해. 그런 것을 보면 확실히 대단한 인물임에 틀림없어!"

연갱요가 감격한 듯 말했다.

임백안이 유팔녀의 강하진 근거지에 숨어든 지도 벌써 2개월이 넘고 있었다. 시간은 오래지 않았으나 변화는 엄청났다. 우선 그럭저럭 보기 좋았던 그의 몸이 제일 먼저 달라졌다. 2개월 동안이나 두문불출하고 먹고 자기만 한 탓에 조금만 움직여도 땀이 철철 흐를 정도로 불어나 있었다. 평소 느긋했던 그의 속마음 역시 과거와는 많이 달라졌다.

무엇보다 윤진과 윤사에 대한 두려움이 증폭되었다. 특히 윤사에 대해서 더욱 큰 위협을 느끼는 듯했다. 하기야 윤사에게서 확실하게 보호를 받지 못한 채 쫓겨나다시피 북경을 떠나야 했으니 그럴 만도 했다. 급기야는 윤사와 윤당의 비밀을 너무 많이 알고 있는 자신이 언젠가는 그들에 의해 비명횡사를 당하지 않을까 전전긍긍하기 시작했다.

다행히 윤당으로부터 '꽁꽁 숨어 있되 무슨 일이 있으면 열넷째에게 조언을 구하라'는 내용의 비밀서신을 받은 이후로는 조금씩 마음의 안정을 찾아가는 중이었다. 그는 그래도 앞일을 알 수 없다는 판단하에 자신과는 사돈 관계가 되는 유팔녀를 불러 향후의 일을 상의하기로 했다.

얼마 후 임백안 못지않게 뚱뚱하면서도 기골이 장대한 유팔녀가 뒤뚱거리는 걸음으로 들어왔다.

"임 대인, 오늘은 안색이 좋아 보입니다. 무슨 좋은 일이라도 있는 겁니까? 천지개벽이 일어나면 모를까 웬만해서 여기는 문제없습니다. 그러니 괜히 움츠러들고 그러지 마세요!"

"유 대인이 내 속을 어찌 알겠습니까. 재앙은 늘 가까이 있는 법이에요! 나는 아무래도 유영柳營에 주둔하고 있는 녹영병을 이곳으로 불러들였으면 합니다. 내 신변을 조금 더 확실히 지켜줬으면 좋겠네요. 염치없는 말인지는 모르나 사돈은 녹영병들과도 친하지 않습니까? 나는 누군가가 여덟째마마와 아홉째마마의 명령을 받고 한밤에 처들어와 내 목을 따가지 않을까 싶어 발을 편히 뻗고 잘 수가 없는 처지예요!"

임백안이 품안에 안겨 쿨쿨 잠이 든 고양이를 안은 채 비대한 몸을 움찔거렸다. 유팔녀가 임백안의 말에 깜짝 놀라더니 펄쩍 뛰었다.

"아니 세상에! 그럴 수가 있나요? 여덟째마마는 부처님이라는 호칭이 당연할 정도로 어질고 인간성 좋기로 소문난 사람 아닙니까! 그게 도대체 무슨 소리예요?"

임백안이 유팔녀의 말에 실소를 흘렸다.

"교토삼굴狡兎三窟이라는 말이 있지 않습니까. 교활한 토끼는 굴을 세 개씩 준비해 놓습니다. 사람 역시 그만큼 헤아릴 수 없는 존재니까 대비를 해야죠! 나도 사실은 요즘에 들어서야 부쩍 여덟째, 아홉째, 열넷째 마마 등이 따로 논다는 느낌을 받았어요. 겉보기에는 같은 배에 탄 것 같으나 확실히 그래 보여요. 그래서 그런지 북경을 뜰 때 열넷째마마가 몰래 내 손을 잡고 '조심하라'던 말이 자꾸 떠오르네요. 되새기면 되새길수록 의미심장하게 들려요!"

유팔녀가 고개를 갸우뚱거렸다. 그로서는 임백안의 깊은 뜻을 속속들이 알 리가 없었으니 그럴 만도 했다. 그가 한참 후 아무리 생각해도 이해가 되지 않는다는 표정으로 되물었다.

"열넷째마마께서는 사돈을 황금알을 낳는 거위쯤으로 생각하는 걸까요?"

유팔녀의 말이 끝나기 무섭게 임백안이 눈을 부릅떴다. 말도 안되는 얘기는 하지도 말라는 뜻이었다. 그가 곧 반박조의 어조로 입을 열었다.

"열넷째마마께서 돈이 궁해 나를 이용하는 것쯤으로 생각하면 오산이에요. 가진 것이 돈밖에 없는 분인데! 당장 진鎭 북쪽에 있는 유영의 녹영병들을 부르라고요. 내가 돈을 삼 할은 더 얹어줄 테니까요. 또 그 원필대沅必大라고 하는 대장은 이백 냥을 줄 테니 바로 내 옆방에서 지키게 해줘요!"

임백안이 일방적으로 제안을 하고 있을 때였다. 천총千總의 정자를 드리운 웬 사내가 10여 명의 병사들을 거느리고 불쑥 들어왔다. 유팔녀가 반색을 하면서 그를 맞이했다.

"그렇지 않아도 자네 얘기를 하고 있던 중이었어. 잘 왔네! 임 대인께서 자네가 부하들을 다 데리고 진 안으로 들어와 있었으면 하는데 말이야! 인원이 백 명은 넘겠지?"

"처음 뵙겠습니다!"

원필대라는 사람임이 분명한 사내가 임백안을 향해 한쪽 무릎을 꿇으며 인사를 했다. 이어 얼굴 가득 아부 어린 웃음을 드리웠다.

"그렇지 않아도 날씨가 점점 추워지고 있습니다. 진 밖에서 겨울을 나려면 땔감 살 돈이 필요하잖아요. 그래서 상당히 고민이었는데, 마을에 들어와 살면 그런 걱정도 안 해도 되고……. 우리들에게야 잘된 일입니다."

임백안이 자리를 고쳐 앉았다. 그러나 여전히 걱정이 많은지 얼굴에 웃음기라고는 찾아볼 수 없었다. 그가 뿌연 눈을 연신 비비면서 말했다.

"진에 들어와 살게 되면 땔감 같은 것뿐이겠는가. 자네 녹봉도 두 배로 올라가게 되잖아. 조정에서 주는 것 말고 내가 알아서 챙겨주는 것이 더 많을지도 몰라. 이렇게 좋은 일을 마다할 이유가 없지 않겠나? 지난번에 내가 심심해서 밖에 나갔다가 자네 병영 근처를 돌아다녀봤어. 군기가 말이 아니더군. 근무시간에 잠자고 도박하고……. 할 일 없이 떼 지어 빈둥거리면서 쏘다니기까지……. 만약 진에 들어와서도 군기가 바로잡히지 않고 여전히 그런 식이라면 재미없어. 내가 회안淮安 도대道臺에게 글 한 장이라도 날리게 되면 그날로 자네는 옷을 벗게 될 거야. 아니 어쩌면 더 심한 꼴을 당할지도 몰라!"

원필대가 연신 굽실거리면서 알겠노라고 대답했다. 그리고는 웃으면서 말했다.

"정말 지당하신 말씀입니다. 임 대인께서 저희들을 이렇게 배려하시는데, 그 은혜를 모른다면 진짜 사람도 아니죠! 저희가 이곳과 임 대인을 지켜드리지 못한다면 여덟째마마께서 용서하시지 않을 것입니다. 뿐만 아니라 하늘도 결코 용납하지 않을 겁니다. 지금 당장 가서 군기를 바로잡도록 하겠습니다."

원필대가 다시 무릎을 꿇더니 인사를 하고 물러갔다. 유팔녀가 얼굴의 웃음을 지우지 않은 채 말했다.

"역시 사돈어른한테는 무서운 구석이 있나 보네요. 내가 몇 번 언질을 줘도 시원한 답변을 주지 않더니, 사돈이 입을 여니까 바로 알아서 설설 기는 군요! 자, 이제 일이 어느 정도 마무리가 됐네요. 집 안에서 이러고 있을 것이 아니라 밖으로 나가서 바람이나 좀 쐽시다."

"제까짓 것이 내 말을 안 듣고 배겨내겠어요? 양강 총독도 나를 만나면 설설 기는데요. 회안 도대의 처남이 부녀자를 강간, 살인하고 삼천리 유배에 그친 것도 다 형부에서 잘 나가는 내 덕분이 아니겠어요?"

임백안이 자리에서 일어서면서 으스대는 어조로 말했다. 곧 두 사람은 앞서거니 뒤서거니 하면서 대문을 나섰다. 그러자 밖에서 일하던 하인들이 황급히 하던 일을 멈추고 비실비실 담벼락 쪽으로 가서는 고개를 숙인 채 도열을 했다.

시간은 이미 유시酉時가 가까워지고 있었다. 아직은 가을이라 해가 그다지 짧지는 않았다. 멀리 보이는 구름은 조금 쉬어가야겠다는 생각을 했는지 그 자리에 그려놓은 듯 꼼짝 않고 머물러 있었다. 또 산에는 흐릿하기는 해도 부드러운 빛을 잃지 않고 있는 태양이 마지막으로 넘어가기 직전 반짝이는 중이었다. 전체적으로 주변의 분위기는 조용하고 아늑하게 느껴졌다. 곧이어 세상을 깜짝 놀라게 만들 흉흉한 사건이 발생하리라고는 상상조차 할 수 없는 그런 저녁이 내려앉고 있었다.

임백안과 유팔녀 두 사람은 진의 서북쪽으로 향했다. 그곳에 자리 잡고 있는 유팔녀의 극단인 이향원梨香院으로 천천히 걸어갔다. 전에 호광회관湖廣會館이 있던 자리였다. 안에서는 은은한 악기소리와 함께 누군가의 목소리가 들려왔다.

두 사람은 가까이 다가가서 귀를 기울였다. 축아丑兒라는 남자의 목소리가 들려왔다.

"춘향 누나, 나 방금 애기 젖먹일 때 다 봤어!"

"다 봤다니? 뭘 봐?"

춘향이라고 불린 여자가 물었다.

"그거 있잖아. 어쩌면 그렇게 희고 탐스럽게 생길 수가 있어? 남자들 좋아 환장하겠는데?"

"그래서? 침 좀 닦아. 너한테는 국물도 없을 테니까!"

"나 정말 궁금해. 여자들의 젖무덤은 어쩌면 그렇게 흴 수가 있지?"

정말 짓궂은 남자였다.

"햇빛을 못 보니까 희지, 바보야!"

"에이 말도 안 돼! 내 것도 매일 햇빛 못 보기는 마찬가지잖아. 그런데 노새 똥처럼 까맣잖아, 보여줘?"

"돌아가서 네 엄마한테 물어봐! 그러면 왜 그런지 알 거야!"

유팔녀와 임백안은 싱숭생숭해지는 감정을 억누른 채 방 안의 얘기를 계속 엿듣고 있었다. 그때였다. 갑자기 어디선가 고함소리가 들려왔다.

"축아, 이 자식아! 두 분 어르신께서 나와 계신데, 해괴망측하게 뭐 하는 짓이야? 그만하지 못해?"

소리를 지른 사람은 다름 아닌 이향원의 총관이었다. 유팔녀는 괜찮다는 시늉을 해보였다. 이어 임백안과 함께 자리에 앉아 연극이 시작되기를 기다렸다. 바로 그때 갑자기 한줄기 찬바람이 불어왔다. 그는 몸을 흠칫 떨면서 하인들에게 두꺼운 옷을 가져오도록 하려고 고개를 돌렸다.

순간 검은 천 조각으로 얼굴을 가린 두 명의 사내가 그의 눈에 들어왔다. 유팔녀는 한밤중에 귀신이라도 만난 것처럼 소스라치게 놀라면서 비명을 질렀다.

"이봐……, 이봐……! 자네들, 뭐하는 사람들이야?"

"몰라서 물어? 철딱서니 없는 인간아!"

연갱요가 차갑게 내뱉었다. 그리고는 자신이 말하는 틈을 이용해 몰래 도망을 가려던 하인 한 명도 독수리가 병아리를 낚아채듯 붙잡았다. 이어 칼을 빼내들었다. 동시에 공포에 질려 바르르 떨면서도 설마 하는 눈빛을 보내는 하인의 목을 대수롭지 않게 슬쩍 그어버렸다.

순간 비릿한 피가 사방에 튀었다. 하인은 꼼짝 못하고 쓰러져 숨을 거뒀다. 그러나 연갱요는 피 묻은 장검을 장화바닥에 닦으면서 별일 아니라는 듯 껄껄 웃었다.

"누가 유팔녀인가?"

"……"

좌중의 사람들은 연갱요의 살의 가득한 질문에 그 자리에서 동태처럼 얼어붙어 버렸다. 어느 누구 하나 대답하려는 사람은 없었다. 그러자 악종기가 성큼 달려들어 무슨 배역을 맡았는지 얼굴을 귀신처럼 분장한 남자의 멱살을 잡고 치켜 올렸다. 그리고는 역시 살기가 번뜩이는 눈빛으로 노려보면서 물었다.

"말해봐, 누가 유팔녀라는 자냐고!"

멱살을 잡힌 남자는 공중에 대롱대롱 매달려 완전히 공포에 질려 버렸다. 애처롭게 몸을 떨었다. 그러면서도 시선을 유팔녀에게 돌리는 것은 잊지 않았다. 연갱요는 그 사이 유팔녀에게 다가가서는 웃으면서 말했다.

"유 어른, 식량 좀 나눠 먹읍시다?"

"아, 그럼요! 그럼요……. 제발……, 제발 죽이지만 말아주세요. 원하시는 대로 가져다 드릴 테니 말씀만 하세요!"

유팔녀가 연갱요의 기세에 그만 사색이 된 채 고개를 끄덕이며 대답했다. 연갱요가 즉각 머리를 가로저었다.

"그저 식량을 가지고 가라는 얘기인가. 진짜 우리가 뼈 빠지게 등짐으로 날라야 한다는 말이야? 내 들으니 가진 것은 황금밖에 없다고 하던데……. 그 규모가 조정의 국고는 저리 가라고 할 정도라는 소문이 파다했거든. 어디 한번 구경이나 시켜주지그래! 그리고 너는 또 뭐야? 어서 일어나지 못해!"

연갱요는 유팔녀에게 이죽거리면서도 한편에 엎드려 있는 임백안의 엉덩이를 힘껏 걷어차 버렸다. 임백안은 속으로 이를 갈면서도 애써 웃음을 지어보였다. 이어 자리를 털고 일어났다.

"대인, 무슨 일로 그렇게 화가 나셨는지는 모르겠으나 죽어도 이유나 알고 죽읍시다. 산전수전 다 겪으면서 파란만장한 삶을 살아온 의지의 사내, 진솔한 사내가 바로 나 임백안이올시다. 한 치 앞을 예견할 수 없는 것이 인생 아닙니까. 또 언제 어디에서 어떻게 다시 만날지 모르는 것도 인간관계 아닙니까? 고정하시고 차근차근 얘기합시다."

"호탕하군! 그래 좋아. 유팔녀의 친구인 모양인데, 어서 금고로 안내하시지!"

연갱요가 호탕하게 웃으면서 말했다. 임백안도 즉각 배시시 웃음을 지으면서 대답했다.

"이 시간에는 밖에 야경꾼들이 많습니다. 자칫했다가는 위험합니다. 우리는 여기 있는 것이 좋아요. 대신 하인들을 불러 은 삼만 냥 정도를 일단 가져오게 하면 안 될까요?"

악종기가 임백안의 말에 바로 냉소를 터트렸다.

"머리 굴리지 마! 은 삼만 냥이면 자그마치 천팔백 근이야. 그걸 우리더러 이 밤중에 메고 가라는 거야?"

임백안은 악종기의 말을 통해 바로 상황을 간파했다. 1800근이 부담스러울 정도라면 도적떼들의 규모가 그리 많지 않을 것이라는 사실을 알아차린 것이다. 그는 다시 재빠르게 머리를 굴렸다.

'후문으로 나가면 바로 원필대의 부대가 주둔하고 있는 곳이야. 어떻게 해서든 이것들을 따돌리고 밖으로 뛰쳐나가 소리라도 질러야 해!'

임백안은 나름 계획을 다 짜놓고는 짐짓 초조한 표정을 지었다. 그리고는 유팔녀를 향해 말했다.

"형님이 금을 많이 가지고 계시면 금으로 하죠. 그러면 부피도 적고 이분들이 들고 가기에도 덜 부담스러울 것 아닙니까."

"많지. 암, 많지! 그러면 그렇게 해야지!"

유팔녀가 임백안의 속내를 간파한 듯 연신 머리를 끄덕였다. 이어

문 앞에서 부들부들 떨고 있는 하인에게 독촉했다.

"뭘 하고 있는 거야? 빨리 달려가서 집사에게 금고를 통째로 들고 오라고 해. 다 털면 최소한 황금 천 냥은 될 거야. 그걸 어서 어르신들께 갖다 드려."

하인이 몸을 돌려 밖으로 나가려 할 때였다. 밖에서는 이미 "도둑 잡아라!", "강도야!" 하는 소리가 진동하고 있었다. 진 전체가 요동치는 것 같았다. 얼마 후 어지러운 발자국 소리와 횃불이 타는 냄새도 나기 시작했다. 더불어 고함과 아우성 소리 역시 커져갔다.

"어서 원필대 대장께 알려야지!"

"이쪽이야 이쪽, 이향원이라니까!"

횃불은 삽시간에 사방에서 포위망을 좁혀왔다.

"그렇지, 잘들 모인다. 모여야지."

연갱요가 신이 난 듯 말을 마치고는 악종기를 향해 신호를 보냈다. 이어 덧붙였다.

"우리 병사들을 불러!"

악종기가 연갱요의 말이 떨어지기 무섭게 화살 통에서 화살 세 개를 꺼냈다. 이어 불을 붙이고는 하늘 저편을 향해 쏘아 올렸다. 곧 불꽃이 세 개의 포물선을 그리면서 저만치 날아가 꽂혔다.

그러자 이미 마을 밖에 매복해 있던 연갱요의 500명 친병들은 야전夜戰에 능한 올빼미들답게 이향원을 향해 재빨리 침투하기 시작했다. 그와 동시에 원필대 역시 100여 명의 부하들을 거느리고 이향원을 덮쳤다.

"어떤 망할 놈이 동네를 시끄럽게 하고 그러는 거야?"

전신무장을 한 원필대가 장검을 휘두르면서 50~60명의 부하를 거느린 채 뜰로 들어섰다. 곧 까만 천으로 얼굴을 가린 10여 명의 사내들에 의해 잡혀 있는 유팔녀와 임백안을 발견했다. 그러자 그는 감히 무모하게 덤비지 못했다. 그저 횃불 아래에서 징글맞게 웃음 띤 얼굴을 한 채 말했다.

"어떤 빌어먹게 생긴 놈들이 감히 우리 강하진을 넘봐? 좋게 말할 때 사람들을 풀어주라고. 그러면 목숨만은 살려줄 테니! 말을 듣지 않고 계속 대들다가는……, 흥!"

원필대의 거만함은 수위를 넘고 있었다. 임백안으로서는 더욱 더 생명의 위협을 느낄 수밖에 없었다. 그예 두 명의 친병에게 팔을 뒤로 묶인 채 울상을 지으면서 소리를 질렀다.

"원필대! 버릇없이 굴지 말라고! 어서 어르신들이 원하시는 대로 전부 다 챙겨드려!"

연갱요는 임백안의 말을 듣자 비로소 얼굴을 가린 천 조각을 잡아당겼다. 이어 아무 곳에나 내던지면서 크게 웃었다.

"이제 보니 여기에도 관병이 주둔하고 있었구나. 진작 알았더라면 훨씬 힘이 덜 들었을 텐데!"

연갱요가 비아냥거리면서 원필대를 향해 손가락을 까닥거렸다.

"이리로 와봐, 내가 할 말이 있네!"

원필대는 완전히 연갱요의 기세에 짓눌리는 느낌이 들었다. 그는 당혹스런 표정을 지은 채 물었다.

"네놈은 도대체 뭐하는 사람이야?"

"사천 제독이신 연갱요 군문이시다!"

악종기 역시 천을 풀어 던지면서 말했다. 이어 준엄한 어조로 덧붙였다.

"형부의 밀유를 받고 폐하께서 잡아들이라고 한 주요 수배범인 임백안을 잡으러 왔지. 그러니 자네가 연 군문에게 협조해야 하는 것은 당연하지 않겠나?"

임백안이 화들짝 놀란 표정을 짓더니 집게처럼 집혀버린 두 팔을 움찔거렸다. 이어 큰 소리로 고함을 질렀다.

"원필대! 정신 차려, 속임수에 넘어가지 말고!"

연갱요가 임백안의 말에 기가 막힌 듯 껄껄 냉소를 터트렸다. 동시에 그에게 한 발자국씩 다가갔다.

"속임수 좋아하네. 지금 속임수라고 했어?"

연갱요가 주머니에서 형부의 문서를 꺼냈다. 그걸 임백안의 눈앞에서 휘저어댔다. 이어 원필대에게 보여주면서 말했다.

"이게 뭔지 알겠어? 바로 열셋째마마의 친필 수유야!"

원필대가 흠칫 놀라는 표정을 한 채 한 발 뒷걸음질 쳤다. 원필대는 순간적으로 임백안이 열셋째의 정적인 동시에 여덟째가 아끼는 문하라는 생각을 떠올렸다. 상황 판단을 신중하게 잘해야겠다는 생각을 하는 듯했다. 한참 후 그가 웃으면서 말했다.

"열셋째마마의 수유가 틀림없네요. 또 형부의 관방도 가짜는 아닌 것 같군요. 그러나 뭔가 이치에 어긋난다는 생각이 들지는 않습니까? 연 군문은 사천성에서 일하는 사람입니다. 어떻게 안휘성까지 쫓아와 실력 행사를 하는 겁니까? 아무래도 나는 위에 보고를 올려야 할 것 같습니다. 지금으로선 윗선의 지시에 따르는 수밖에 없겠군요!"

연갱요가 가소롭다는 표정을 지었다.

"내가 싫다면?"

"글쎄요, 연 군문께서 저에게 져주시는 것이 현명한 결정 아닐까요?"

원필대 역시 행여 질세라 연갱요의 말을 받아쳤다. 그렇게 두 사람이 입씨름을 벌이고 있을 때였다. 갑자기 밖에서 한바탕 아우성 소리가 귀청을 때렸다.

"병사들끼리 싸움이 붙었다!"

그와 동시에 칼과 창이 부딪치는 소리가 소름끼치게 들려왔다. 비명소리가 난무했다. 얼마 후 옷에 선혈을 뒤집어쓴 10여 명의 친병들이 문을 밀치고 들어왔다. 이어 연갱요 옆으로 시립했다. 저마다의 얼굴에는 살기가 충천했을 뿐만 아니라 피 묻은 칼날이 서슬도 푸르게 번쩍거렸다.

"이놈의 무기를 빼앗아!"

연갱요가 원필대를 턱짓으로 가리켰다. 이어 다시 명령을 내렸다.

"임백안과 유팔녀는 데리고 나가. 또 극단의 계집애들은 나중에 증인이 필요할 때 써먹을 수 있도록 북경으로 압송해. 나머지 병사들과 집안 장정들은 뜰에 한데 몰아넣어!"

연갱요의 친병들은 재빨리 명령에 따라 일사불란하게 움직였다. 그때 원필대의 부하 한 명이 끌려 나가기를 거부하고 버텼다.

순간 연갱요의 친병이 장검을 휘둘러 무 자르듯 그의 어깨를 내리쳐 발밑에 쓰러뜨렸다. 삽시간에 패다 만 장작 같이 벌어진 그의 살덩이 사이로 피가 용솟음쳤다. 좌중의 사람들은 공포에 질린 나머지 서로를 부둥켜안은 채 어쩔 줄 몰라 했다.

곧 사태가 완전히 일단락됐다. 그러자 연갱요의 표정이 마치 금방 깊은 잠에서 깬 어린아이의 그것처럼 평화스럽기 그지없게 변했다. 곧 그가 몸 푸는 동작을 하듯 팔다리를 이리저리 움직이면서 차갑게 내뱉었다.

"문을 전부 봉하고 사방을 포위해. 진 주변도 샅샅이 수색하라고. 남녀노소를 불문하고 반항하는 인간은 그 자리에서 죽여 버려도 괜찮아! 단 한 명이라도 마을을 빠져나가게 할 수는 없어!"

"그러면 뜰에 모아놓은 사람들은 어떻게 처리하는 것이 좋겠습니까?"

악종기는 연갱요라는 이 마왕魔王이 또다시 진을 피바다로 만들고 재물을 노략질하려 한다는 것을 눈치 챘다. 그러나 강하진은 한족과 오랑캐가 뒤섞여 살아가는 변경 지역도 아니고 중원의 내지에 해당했다. 자칫 대란이 일어나면 수습하기 곤란한 사태를 초래할 수도 있었다. 악종기가 그런 걱정이 드는지 초조한 어조로 물었다.

"오백여 명이나 되는데요?"

연갱요는 악종기의 조심스런 말에도 뭐가 대수냐는 듯 징글맞게 웃었다. 이어 천천히 입을 열었다.

"이들은 악인과 합세해 모반을 꾀했어. 조정의 명령에 항거한 죄를 묻는 게 마땅해! 완전 무법천지인 이것들을 가만히 놔둬야겠는가? 모조리 불을 질러! 뛰쳐나가는 연놈들이 있으면 가차 없이 죽순 베 듯 베어버리라고!"

이윽고 사나운 불기둥이 높이 치솟아 올랐다. 마당에서는 모골이 송연해지는 처참한 비명소리가 연신 울려 퍼졌다. 짙은 연기 속에서 시체가 타는 고약한 냄새가 풍겨 나와 코를 찔렀다. 지옥을 연상케 하는 처참한 광경에 평생 동안 사람 죽이는 데 이골이 난 임백안도 마지막에는 그만 견디지 못하고 기절하고 말았다.

그럼에도 연갱요는 마치 석고상처럼 꼼짝도 하지 않은 채 서서 불과 피의 살육 현장을 지켜보고 있었다. 이어 안색이 파리하게 질린 채 가쁜 숨을 몰아쉬는 악종기를 향해 말했다.

"극단의 계집애들이 모두 열둘이니 반씩 나눠 가지자고. 재물은 전부 군중軍中으로 싣고 가고."

"너무…… 너무 잔인한 것 아닙니까?"

"그렇게 생각하는가? 죽음의 비애를 모르고서 어떻게 삶의 환락을 알 수 있겠는가! 이제 그만 가지. 넷째마마의 서찰에는 조정백관들에 대한 기록문서가 어디 있는지 알아내라는 내용이 있었어. 그자식의 입을 통해 알아내야지."

연갱요는 미소를 지은 채 그렇게 말했다.

36장
전당포 잠입 사건

강하진이 단 하룻밤 사이에 잿더미로 변했다는 소식은 다음날 비밀편지를 통해 옹화궁에 전달됐다. 윤진을 비롯한 윤상, 오사도, 문각, 성음 등은 바로 긴급회의에 들어갔다.

한동안의 난상토론 끝에 강하진에서 있었던 사건은 절대로 여덟째의 이목을 비켜갈 수 없으리라는 결론에 이르렀다. 또 여덟째를 그 자리에 가만히 눌러 앉히는 것이 급선무라는 판단도 내렸다. 윤진은 회의를 마치고는 주위를 물리치고 두 시진時辰(4시간) 정도 새우잠을 청했다. 이어 세수를 한 다음 외출준비를 했다.

그가 육경궁에 가서 태자를 만나고 돌아왔을 때는 이미 오시午時가 다 된 시간이었다. 원래 계획했던 대로 그는 곧바로 동화문을 빠져나와 여덟째의 집으로 향했다. 행여 늦을세라 발길을 서둘러야 했다.

"넷째 형님이 어쩐 일로 저희 집을 다 찾아주셨습니까?"

여덟째가 반색을 하면서 윤진을 서재로 안내했다. 그리고는 차를 건네면서 덧붙였다.

"태자마마께 갔다가 오시는 길이신가요? 별다른 소식은 없고요?"

윤진이 차 한 모금을 마시고 나서 대답했다.

"별다른 일은 없어. 나오다가 어제 하주아가 자네 심부름으로 나한 테 책을 빌리러 왔을 때 했던 말이 생각이 나 들렀어. 자네의 가슴 아픈 증세가 또 도진 것 같다고 하던데……."

윤진이 여덟째를 힐끗 쳐다보더니 다시 말을 이었다.

"하도 숨넘어가는 소리를 하기에 굉장히 위태로운 줄 알았더니, 안 색은 멀쩡하군? 얼마 전 열셋째가 위장을 보호하고 비장을 튼튼히 하는 데 효과가 있는 것이라면서 선물한 차가 있어. 나는 필요없으니 내일 사람을 시켜 보내줄게."

윤사는 내내 미소를 짓고 있었지만 속으로는 윤진이 불쑥 찾아온 이유를 나름대로 추측하느라 머리가 복잡했다. 얼마 후 그는 생각을 갈무리 지었는지 상체를 숙인 채 말했다.

"지나치게 염려하실 것은 없어요. 큰 병도 아닌 걸요. 그저 처지가 처지이니만큼 꾀병을 부렸을 뿐이에요. 사람 만나기가 지겨워서요."

윤진이 머리를 끄덕이면서 말했다.

"그런 줄 알았어. 요즘은 하나같이 다 그래. 동병상련의 아픔이라 고나 할까. 나도 사실은 일하기가 갈수록 힘이 들어. 올해만 지나면 나도 자네처럼 두문불출하고 책이나 읽을 거야. 웃겨, 옹친왕이 그렇 게 호락호락하게 보이는가 보지?"

"예? 누가 그래요. 넷째 형님만큼 잘 나가는 사람이 어디 있다고 요!"

윤사가 갑작스러운 윤진의 말에 눈썹을 한데 모았다. 윤진이 즉각 한숨을 내쉬면서 말을 받았다.

"풍승운豊升運이라는 자를 알고 있나? 재작년에 절강성의 번사藩司로 있다가 작년에 하도河道 총독으로 승진한 사람 있잖아!"

윤진이 일부러 자세하게 알아듣도록 말했음에도 불구하고 윤사는 고개를 저었다.

"어디에서 들어본 것 같기는 하네요. 큰형님의 문하이자 셋째 형님 하고도 친하게 지냈던 그 사람인 것 같군요. 그러나 만나본 적은 없어요. 그런데 무슨 일이 있어요?"

윤진이 윤사의 질문에 조소하듯 되물었다.

"흥, 그자는 낙마호駱馬湖에서 방포方苞를 괴롭히다 폐하한테 제대로 걸려들어 혼난 적이 있었어. 또 황하의 치수 사업에 들어가는 경비를 수십만 냥씩이나 횡령했다고. 그런데 태자마마에게 얼마나 잘 보였는지 그런 죄를 짓고도 삼천리 밖으로 귀양 가는 것으로 끝났잖아. 자기를 천거했다는 이유만으로 그처럼 형평성에 어긋나는 형을 내릴 수가 있는 거야? 정말 머리에 김이 모락모락 날 지경이라고!"

"그래요? 그렇게 죄질이 나쁜 자에게 지나치게 가벼운 형을 내렸다는 것은 문제가 있는 것 같네요. 태자마마께서 뭔가 단단히 착각하신 것 같군요."

윤사가 찻잔을 두 손으로 움켜쥔 채 말했다. 순간 윤진이 차가운 어조로 다시 입을 열었다.

"내가 원래 작성한 탐관오리 명단을 보면 이상하게 대어는 없어. 죄다 새우들뿐이더라고. 그런데 때마침 풍승운이 걸려들었어. 당연히 대어를 하나 낚은 김에 대대적으로 일벌백계를 시도해야지 하고 생각 중이었다고. 그러나 웬걸, 자기 마음대로 탐관오리들의 명단을 바꿔치기하는 것도 부족해 결과적으로 풍승운을 풀어줘 버리다시피

해버렸잖아. 그래 놓고는 오물통을 나하고 열셋째한테 덮어씌우려는 심산인지 우리 두 사람을 보고 그 일을 도맡으라고 하잖아. 풍승운이 자식, 누구를 등에 업었는지는 상관하지 않겠어. 내가 반드시 목을 베어버릴 거야!"

윤사는 윤진이 도대체 풍승운이 누구의 문하인지를 알아내기 위해 자신을 떠보러 왔다고 생각하지 않을 수 없었다. 그러나 애써 아무것도 모른다는 표정을 지었다.

"진짜 저하고는 아무런 상관도 없는 인물이에요. 설사 제 문하라 할지라도 밖에서 잘못을 저지르고 다녔다면 그에 상응한 벌을 받는 것은 당연하죠. 저는 그런 사람을 비호할 생각은 눈곱만큼도 없어요. 앞으로 그런 경우가 있으면 넷째 형님 특유의 결단성을 발휘해 엄벌에 처해버리세요. 황자들의 얼굴에 먹칠을 하는 자들이 비집고 들어올 틈을 주어서는 안 된다고요."

윤진이 윤사의 말을 귀 기울여 듣더니 서서히 꽤나 기분이 풀리는 눈치를 보였다. 그러면서 고개를 절레절레 저었다.

"너무 힘들군. 나는 어떨 때는 정말 인간세상의 모든 번뇌와 망상에서 해탈하고 싶을 때가 많다고!"

윤사 역시 웃으면서 화답했다.

"넷째 형님은 독실한 불교신자시니까 그런 생각도 드시는 거예요. 하지만 그런 건 누구에게나 한번쯤 스쳐지나가는 생각일 뿐이라고 저는 생각해요. 설마 진짜 양무제梁武帝처럼 불가에 귀의하시겠다는 뜻은 아니겠죠? 그런데……, 그 방포는 어떻게 됐나요? 그해에 방포가 사고를 쳤을 때 우리가 다 같이 나서서 구명운동을 벌였잖아요. 그런데 어떻게 하다 폐하의 눈에 띄었다는 거예요?"

윤진이 자리에서 일어나 천천히 거닐면서 윤사의 질문에 대답했다.

"나도 자세히는 몰라. 들리는 말에 의하면 방포와 풍승운이 부둣가에서 한바탕 붙었다고 하더군. 풍승운이 방포를 붙잡아가려던 그 찰나에 미행微行중이시던 폐하께서 현장을 보셨던 것 같아. 방포는 이미 상서방으로 발령이 난 상태야. 궁금한 것이 있으면 나중에 방포가 북경에 도착하는 대로 물어봐."

"그래요? 그런데 조유詔諭나 관보에는 그런 내용이 왜 없었던 거죠?"

윤사가 몹시 놀란 듯 엉거주춤 자리에서 일어서면서 말했다. 윤진이 다시 무덤덤한 표정으로 말을 받았다.

"나도 장정옥이 태자마마께 올리는 상주문을 보고 알았어. 방포에게 관직은 주지 않고 포의布衣(선비) 상태로 상서방에 들어오게 하신 것 같아. 고문 역할을 맡기는 것이겠지. 국가의 중추기관인 상서방의 대신이 그런 식으로 외부에서 영입되기는 당나라 이후 처음인 것 같지? 앞으로 그의 행보를 주목해볼 필요가 있겠어!"

윤사가 한참 생각하더니 입을 열었다.

"그런 것 같아요. 당나라 때 이필李泌 역시 포의이기는 했으나 관직에 봉해졌었죠. 폐하께서는 실로 다른 사람들은 전혀 생각지도 못하는 것을 행하시는 분이에요. 우리같은 사람은 폐하의 머릿속에 어떤 생각이 있는지 죽었다 깨어나도 알 수가 없을 거예요!"

윤진은 윤사의 말이 끝나자 바로 떠날 준비를 하는 듯했다. 문가쪽으로 가서 서 있었던 것이다. 윤사가 그 모습을 보고는 웃으면서 말했다.

"이제 곧 오시를 알리는 종소리가 울릴 겁니다. 같이 점심이나 하시고 가세요. 때마침 황장皇莊에서 올려 보낸 곰 발바닥이 있습니다. 그걸 안주삼아 술이나 한잔 하시죠."

윤진은 윤사가 말하는 사이 방을 천천히 한 바퀴 돌고 난 다음 미소를 지으며 대답했다.

"나는 열째나 열셋째 등과는 달리 입이 워낙 까다롭잖아. 끼니를 항상 준비해 가지고 다니는 것도 자네가 잘 알 테고. 또 나는 비린내는 질색이야. 게다가 이번 달은 재계월齋戒月인 탓에 고기는 더더군다나 먹을 수 없어. 연갱요가 나에게 충성한다면서 얼마 전에 여우입술 몇 근을 보내겠다고 한 적이 있었지. 그러나 나는 그런 충성은 하지 않는 것이 더 낫다고 역정을 냈다니까! 믿는 도끼에 발등 찍혀도 유분수지, 글쎄 북경에 있는 나는 완전히 바보로 만들어놓고 직접 폐하께 술직을 하기 위해 남경으로 갔더라고? 그런 것은 결코 아랫것의 올바른 처사가 아니지. 강하진에서는 또 육경궁의 명령에 따라 유 무슨 녀라는 자의 장원을 피바다로 만들어버렸다고 하잖아! 자네 문인인 임백안도 예외 없이 죽임을 당했다고 하더군! 인심이 전 같지가 않고 세풍이 갈수록 어지러워지니 문제야, 문제!"

"임백안이 죽었다고요?"

순간 윤사의 얼굴이 백지장처럼 창백해졌다. 전혀 생각하지 못한 일이었으니 충격을 받을 수밖에 없었다.

그러나 윤사는 갑자기 형언할 수 없는 홀가분함도 동시에 느꼈다. 다만 강하진에서 자신을 위해 70만 냥이 넘는 은을 비축해두고 있던 유팔녀의 돈이 전부 연갱요의 수중에 들어간 것은 큰 아쉬움이라고 할 수 있었다. 생각하면 할수록 그랬다.

윤진은 자신의 속내를 훤히 드러내 보이고 있는 줄도 모른 채 표정이 이랬다저랬다 변해가는 윤사를 바라보면서 속으로 웃음을 참느라 혼이 났다. 그러나 짐짓 아무런 내색도 하지 않은 채 말했다.

"임백안을 죽였다고는 하나 명에 따라 임무를 완수한 것뿐이라나?

나는 크게 화날 일은 없어. 다만 황자의 문하를 죽이면서 실질적인 주인이었던 자네에게 한마디 언급도 하지 않은 태자마마의 처사가 이해가 가지 않는구먼. 나는 지금 연갱요 이 자식을 내 기적旗籍에서 파내버릴까 생각 중이라고. 원래부터 한족이니 이제는 아예 한족으로만 남아 있으라고 해야겠어!"

윤진이 마치 내뱉듯 말을 마치고는 지체 없이 밖으로 발걸음을 옮겼다. 그러자 머릿속이 마치 실타래처럼 헝클어진 듯 복잡해 보이는 윤사가 그의 뒤를 쫓아가면서 위로의 말을 건넸다.

"넷째 형님께서도 요즘 심기가 불편하셔서 그런지 평소보다 더욱 민감하게 반응하시는 것 같군요. 제가 보기에는 그냥 참고 넘어가는 것이 좋을 듯해요. 임백안은 너도 나도 이를 가는 저절 인간이었을 뿐만 아니라 저 역시 포기한 지 오래됐었어요. 그래서 그런지 담담하네요. 연갱요도 북경에 왔을 때 몇 마디 따끔하게 혼내주는 것으로 끝내세요. 측간 쫓아다니는 똥파리처럼 벼슬과 실리에 눈이 어두운 것이 한족들이잖아요. 그런 줄 아시고 편하게 생각하세요……."

윤사는 말은 그렇게 했지만 윤진을 의문儀門 밖까지 바래다주고 나서는 바로 문지기에게 명령을 내렸다.

"가서 열째 황자와 규서, 왕홍서, 아령아를 당장 불러와!"

강아지와 송아지는 저녁 내내 머리를 맞댄 채 뭔가를 상의했다. 윤상으로부터 무슨 임무를 부여받은 것이 분명했다. 아니나 다를까, 둘은 이른 아침부터 자리에서 일어나 귀시鬼市(허가받지 않은 시장. 일명 도깨비 시장)를 다녀왔다. 뭔가를 사가지고 온 것이 분명했다. 둘은 그런 다음 부랴부랴 옹화궁으로 달려가 고복에게 자기들에게 사람 몇 명을 붙여줄 것을 부탁했다.

고복 역시 두 아이가 맡은 일에 대해 잘 아는지 두 말 없이 이문二門에서 일하던 십여 명의 노련한 하인들을 데려가도록 했다. 그리고는 대문까지 쫓아 나와서는 간곡하게 부탁을 했다.

"잘해, 내가 곧 따라갈 테니!"

"그럼요!"

강아지가 고복의 당부에 즉각 대답했다. 이어 웃으면서 목소리를 낮춰 송아지에게 조용히 말했다.

"꼴값 떨고 있군. 누굴 가르치려고 들어?"

송아지와 강아지는 윤진을 만나기 전 어린 시절부터 나이에 비해 유난히 어른스럽고 영악했다. 송아지보다 6개월 빨리 태어난 강아지는 그보다 더하면 더했지 못하지 않았다. 나이를 먹고 난 지금은 더 말할 필요조차 없었다. 예전과는 비교가 되지 않을 정도로 성숙하고 노련해져만 갔다.

둘은 주로 서재 주변에서 머물면서 심부름도 하고 글도 배웠다. 송아지의 경우는 어깨 너머로 배웠어도 그 수준이 상당히 높았다. 《삼자경》三字經 정도는 읽을 수 있게 된 것이다. 그에 반해 강아지는 여전히 매나 사냥개를 조련시키는 데만 정신이 팔려 있었다. 송아지가 고복을 비웃는 강아지의 말에 머리를 끄덕이면서 어른스럽게 훈계조의 말을 한 것은 때문에 하나도 이상할 것이 없었다.

"고복 저 양반 자꾸 괴롭히지 마. 지난번에도 네가 반대로 길들여 놓은 노새를 타고 가다가 머리에 주먹만 한 혹이 생겼다고 하더군! 우리도 이제는 더 이상 철없는 어린아이가 아니야. 대탁 대인도 정자를 달았는데, 우리라고 열심히 노력하면 못 달 것이 뭐가 있겠어?"

강아지가 송아지의 말에 자신의 뒤통수를 치면서 웃었다.

"너보다 육 개월이나 먼저 태어났다는 것이 이 모양이니, 나도 참

구제불능인가 봐! 솔직히 나도 좀 고민스러워. 넷째마마께서 책을 읽으로라고 강요하다시피 하시는 데도 책만 펴면 졸음만 쏟아지니 말이야."

강아지와 송아지는 서로 격의 없는 대화를 주고받으면서 월동문을 나섰다. 그러다 쟁반을 받쳐 든 채 모퉁이를 돌아서는 시녀 한 명과 정면으로 부딪치고 말았다. 시녀는 송아지에 의해 발까지 심하게 밟혔다. 땅바닥에 쪼그리고 앉은 채 발을 만지면서 아픔을 참느라 애썼다. 송아지가 그런 시녀를 유심히 살펴보더니 반색을 했다.

"너 혹시 취아 아니야? 이 년 만에 만나서 그런지 잘 못 알아보겠다!"

송아지의 눈썰미는 역시 대단했다. 시녀는 정말로 취아였다. 그러나 과거와는 많이 달라져 있었다. 귀여운 모습은 이전처럼 여전했으나 그 사이 얼굴색도 뽀얗게 됐을 뿐만 아니라 키도 많이 자라있었다. 강아지가 갸름한 얼굴에 활짝 팬 보조개가 여전히 예쁜 취아를 보더니 살짝 얼굴을 붉히고는 웃음 띤 얼굴로 말했다.

"그 사이에…… 처녀가 다 됐네. 같은 집 안에 있다고 해도 워낙에 미궁 같은 곳이라 서로 얼굴도 못 보고 이렇게 많은 세월이 흘렀구나. 다른 곳에서 만났으면 몰라보고 지나갈 수도 있었겠다."

취아가 쑥스러운 듯 손으로 입을 가린 채 웃었다. 예전 같으면 무작정 달려가 품에 안겼을 것이었으나 이제는 부끄러워하는 나이가 된 것이 분명했다. 한참 후 그녀가 송아지를 향해 입을 열었다.

"그래. 나는 매일 복진 마마를 시중들기 때문에 인삼탕 마시고 우유 마시는 것 외에는 다른 일이 별로 없어. 이문⌐║을 나서는 경우도 거의 없지."

취아가 막 말을 마쳤을 때였다. 조금 나이가 든 시녀가 멀리서 그녀를 불렀다. 강아지와 송아지, 취아 세 사람은 정말 모처럼 만났으나 제대로 얘기를 나눌 시간도 없이 다시 헤어지고 말았다.

강아지와 송아지는 한동안 아무런 말 없이 말을 달렸다. 이윽고 제화문齊化門이 나타났다. 이어 조양문朝陽門 운하 부둣가에 있는 만영호 전당포가 둘의 시야에 들어왔다.

전당포는 그다지 크지 않았다. 그러나 길 하나를 사이에 두고 염친 왕부와 마주한 탓에 웬만한 큰 소리는 다 들릴 것 같았다. 전당포 뒤에는 커다란 뜰이 있었다. 또 창고처럼 보이는 나지막한 단층집도 무려 십여 채나 보였다. 전당포가 운하를 지척에 두고 있는 것에는 다 이유가 있었다. 시간이 지나도 찾아가지 않는 저당 잡힌 물건들을 운하를 통해 남쪽으로 가져다 팔기에 편리한 때문이었다.

강아지와 송아지는 우선 옹친왕부의 10여 명에 이르는 하인들을 한가한 촌로처럼 변장시킨 다음 전당포 서쪽에 자리 잡은 노천 찻집에서 차를 마시고 있도록 했다. 인원 배치가 완벽하게 마무리된 것을 확인하고서야 전당포 안으로 들어갔다. 그런 다음 송아지가 높다란 계산대에 덮치듯 엎드리면서 큰 소리로 물었다.

"나에게 은병銀餠(떡처럼 만든 은전)이 하나 있습니다. 저당을 잡히고 동전으로 바꿔 쓸 수 있을까요?"

송아지가 큰 소리로 말했음에도 전당포 안에서는 아무런 대답도 들리지 않았다. 전당포의 점원인 듯한 사내가 안방에서 고개를 빠끔히 내민 것은 그가 다시 한 번 소리를 지르고 난 뒤였다. 사내가 말했다.

"어디 봅시다!"

"여기 있어요. 우리 주인께서 몸이 아파 드러누우셔서 급히 돈이 필요합니다. 그러니 빨리 좀 계산해주세요!"

송아지가 일부러 어리숙한 표정을 지은 채 은병을 건네면서 말했다. 곧이어 사내가 은병을 집어 든 채 확대경까지 비춰보면서 간간하게 훑어봤다. 색깔이나 무늬로 볼 때 누가 봐도 흠잡을 데 없는 은병이었다.

사내는 흠집을 잡아보려는 듯 제법 전문가인 양 인상까지 찌푸려가면서 고개를 갸웃거렸다. 이어 천천히 말했다.

"여섯 관貫이면 어떻겠습니까?"

"순도가 최상급인데요?"

"나도 그건 압니다. 하지만 우리 가게의 규칙도 있는 것 아닙니까. 그대로 따라야 하니까 어쩔 수 없어요."

사내가 차갑게 말했다. 이어 한마디를 더 던졌다.

"저당 잡힐 겁니까, 안 잡힐 겁니까?"

송아지가 짐짓 초조한 기색을 지어 보였다.

"우리 주인께서는 가난해서 이러는 것이 절대 아니에요. 과거시험 보러 와서 지금 쌍패루雙牌樓에 계시는데, 집에서 보낸 은이 아직 도착하지 않아서 그럽니다. 사정을 봐서 조금만 더 처주세요."

"나는 군소리하는 것을 싫어합니다. 저당 잡힐 겁니까, 안 잡힐 겁니까? 그것만 말하세요."

사내가 마치 은병을 던져버리기라도 할 것처럼 짜증을 냈다. 송아지가 그 기세에 눌린 척하면서 순간적으로 가련한 얼굴을 지어보였다. 그때 밖에 있던 강아지가 달려 들어왔다. 이어 가쁜 숨을 몰아쉬면서 말했다.

"방금 도련님 댁에서 부친 은이 도착했대. 그러니 굳이 아까운 은병은 저당 잡히지 말라고 하는군!"

강아지가 말을 마치더니 바로 안주머니에서 원보元寶(화폐로 사용한은) 두 개를 꺼내 들고는 사내를 향해 말했다.

"작은 어른께서 이게 팔십 냥 정도는 족히 될 거라고 하시더군요. 그러나 너무 커서 사용하기가 불편하다고 하셨어요. 저울에 달아보고 은전으로 바꿔주실 수 없겠느냐고도 하셨고요. 바꾸게 되면 그중 다섯 냥은 수고비로 드리고 오라고 했어요."

사내는 강아지가 꺼내 든 원보에 혹한 것이 분명했다. 바로 은병을 송아지에게 던져주고는 원보를 저울에 달았다. 진짜 중량은 88냥이었다. 사내는 순식간에 공돈 다섯 냥을 챙길 수 있다는 생각이 들었는지 절로 흥이 나는 모양이었다. 동작도 날렵하게 안방을 들락거리더니 바로 은주머니를 가지고 나왔다. 이어 원보의 가치에 해당하는 은전을 건넸다.

숫자를 세어본 강아지와 송아지는 연신 고맙다는 인사를 하고는 부랴부랴 뛰쳐나와서는 깔깔대면서 저만치 사라져 버렸다. 사내는 연신 콧노래를 흥얼거렸다.

바로 그때 사내의 옆에서 거래 과정을 유심히 지켜보던 노인 한 명이 그에게 다가가서 입을 열었다.

"그 원보 제대로 살펴보셨나요? 아는지 모르겠으나 방금 그 두 아이는 소문난 말썽꾸러기예요. 서직문만 나서면 모르는 사람이 없을 정도죠. 내가 전당포에 들어오기 전에 저쪽 찻집이 있는 곳에서 둘이 귀를 맞대고 쏙닥거리는 것을 봤거든요. 혹시 그쪽한테 사기를 친 것은 아닌지 모르겠군요?"

노인의 말에 사내가 흠칫하며 놀라더니 원보를 다시 꺼내 꼼꼼하게 뜯어보기 시작했다.

원보는 언저리 색깔만큼은 여전히 흠잡을 데 없었다. 그러나 표면에 푸르스름한 빛이 보이지 않는 것이 이상했다. 사내가 갑자기 크게 당황스러운 표정을 짓더니 원보를 주먹으로 냅다 내리치기 시작했다. 그러기를 몇 번이나 했을까, 걱정했던 대로 원보는 몇 군데 금이 가는가 싶더니 조각조각 나버렸다. 사기를 당한 것이 틀림없었다.

사내의 얼굴은 순간 창백해졌다. 이어 이성을 잃은 듯 이상하게 갈라진 목소리로 노인에게 물었다.

"방금 그 자식들이 어디에서 수군대면서 수작을 부렸다고 했죠?"

"바로 저기예요!"

노인이 노천찻집 쪽을 가리켰다. 그리고는 눈을 찌푸려 확인하듯 그곳을 바라보면서 덧붙였다.

"아직 가지 않았군. 저기 있네요, 저기! 자식들⋯⋯, 아주 간덩이가 부었구먼!"

사내는 노인의 말이 채 끝나기도 전에 펄쩍 뛰어 창가로 다가갔다. 곧 사람들 틈에서 세상을 다 얻은 것처럼 좋아하는 찻집 저쪽의 강아지와 송아지도 발견했다. 이어 크게 화가 난 목소리로 전당포 안방을 향해 외쳤다.

"이재흠李再鑫, 빨리 나와서 나 대신 가게 좀 지키고 있어. 유柳 장궤掌櫃(주인을 의미함)한테는 내가 사기를 당해 도둑을 잡으러 갔다고 말씀드려! 사람 몇 명 붙여주고!"

노인이 사내의 기세에 겁을 집어먹었는지 황급히 말했다.

"절대로 내가 알려줬다는 말을 해서는 안 됩니다, 절대로! 아이고, 참⋯⋯. 늙은 것이 주책을 떨어 가지고 그만!"

노인은 말을 마치자마자 강아지와 송아지에게 보복당할 것이 두려운 듯 허둥지둥 어디론가 자취를 감췄다. 사내는 앞뒤 잴 것 없이 일꾼 몇 명을 데리고 굶주린 승냥이처럼 눈을 부라린 채 두 아이가 있는 곳으로 달려갔다.

"요 빌어먹을 놈들아, 어디 한번 죽어봐라!"

사내는 살금살금 강아지와 송아지의 등 뒤로 다가갔다. 이어 대뜸 강아지의 목덜미를 잡아 땅에 내동댕이치듯 내던졌다. 강아지는 엉겁결에 벌렁 뒤로 나가 넘어졌다. 그러나 재빨리 일어났다. 그리고는 삿대질을 하면서 욕설을 퍼부었다.

"이 씨가 말라 비틀어질 놈아! 왜 때려? 왜 때리냐고!"

강아지는 말을 마치자마자 사나운 투견처럼 사내를 향해 달려들었다. 두 사람은 바로 한데 뒤엉켜 나뒹굴었다. 삽시간에 구경꾼들이 두 사람의 주위로 몰려들더니 몇 겹으로 둘러쌌다.

그때 송아지가 가짜 도련님 역할을 맡긴 하인 묵향墨香을 향해 눈짓을 보냈다. 묵향은 미리 짠 각본대로 부채를 부치고 마른기침을 하면서 느릿느릿 걸어왔다. 이어 냅다 소리를 질렀다.

"그만 두지 못해? 체통 없이! 일단 손 놓고 말로 해, 말로 하라고!"

그러자 사내가 강아지를 붙잡은 손에 더욱 힘을 주어 움켜쥐면서 눈을 부라렸다.

"너는 또 뭐야? 당장 꺼져!"

각본을 짠 대로 다음에는 송아지가 나섰다.

"말조심 하지 못해? 이분은 우리 도련님이셔!"

"도련님? 도련님이면 다야? 아랫것들 하나 제대로 단속하지 못하는 주제에!"

사내가 말을 마치기 무섭게 입에 거품을 문 채 조금 전에 있었던 가짜 원보 사건의 자초지종을 하소연하듯 주위 사람들에게 들려줬다. 그리고는 몇 조각이 나 있는 원보를 꺼내 보이면서 악을 썼다.

"자그마치 내 돈 팔십 냥을 사기 쳤어요! 이것 좀 봐요. 전부 가짜 잖아요! 천자의 발밑에서 벌건 대낮에 이런 짓을 저지르고도 멀쩡할 수 있겠어요? 당장 순천부에 끌고 가 곤장 맞아 돼지게 만들 겁니다."

사내가 다시 송아지 쪽을 향해 덮쳤다. 그러자 구경꾼들은 본능적으로 뒷걸음질을 쳤다. 송아지는 사내의 기세에 눌려 바로 수세에 몰리기 시작했다. 순간 미리 와서 평상복 차림으로 대기 중이던 옹친왕부의 하인들이 행동에 나섰다. 사내를 포함한 세 명에게 한바탕 발길질 세례를 퍼붓기 시작한 것이다.

그때였다. 약 40살쯤 되어 보이는 사내가 검은 안경을 쓰고는 거들먹거리면서 현장으로 다가갔다. 그리고는 버럭 고함을 질렀다.

"그만들 하지 못해? 따질 것이 있으면 말로 해야지!"

그는 사내가 아까 얘기했던 유 장궤라고 전당포의 주인이었다. 그의 얼굴에는 심기가 불편하다는 기색이 역력했다. 강아지와 송아지를 잡아먹을 듯 노려보고 있었다.

동시에 반대편에서는 고복이 10여 명의 하인들을 데리고 말을 탄 채 달려왔다. 그는 말에서 뛰어내리자마자 순식간에 강아지 등과 눈길을 맞췄다. 이어 다짜고짜 강아지에게 다가가더니 냅다 그의 뺨을 힘껏 후려갈겼다.

"망나니 같은 자식들, 잘 걸려들었어! 서직문을 샅샅이 뒤져도 보이지 않더니, 이제는 여덟째마마 댁의 문 앞에까지 와서 말썽을 부리는구나!"

고복이 눈을 부라리면서 하인들을 향해 거칠게 손을 내저었다. 이어 단호한 어조로 명령을 내렸다.

"팔을 뒤로 꺾어 꽁꽁 묶어! 그대로 옹친왕부로 끌고 가. 이번에야말로 뜨거운 맛을 꼭 보여주고 말겠어!"

고복의 등장에 한바탕 행패를 부리던 송아지 등은 순식간에 제압을 당하고 말았다. 완전히 꼼짝달싹하지 못하게 된 것이다. 그러자 유

장궤가 인상을 잔뜩 찌푸리고 있던 얼굴을 펴고는 적이 안심이 된다는 듯 고복에게 다가가 물었다.

"혹시 넷째마마 댁에서 일하십니까? 외람되지만 존함을 좀 여쭤봐도 되겠습니까?"

고복이 화가 채 가시지 않은 얼굴로 대답했다.

"나는 옹친왕부의 고복이라는 집사입니다. 전에 이놈한테서 가짜 인삼을 스무 근이나 산 적이 있었죠. 아주 소문난 악당들이에요. 뜨거운 맛을 톡톡히 보여줄 거예요. 그런데 댁은 누구입니까?"

"아, 저 말씀입니까? 저는 유인증柳仁增이라고 합니다. 만영호의 주인장으로 있습니다. 원래 주인어른께서 계시지 않으셔서 대신 일을 보고 있던 중이었습니다. 그러다 저것들한테 당했지 뭡니까?"

고복이 유인증의 말에 마침 잘 됐다는 듯 그의 어깨를 감싼 채 말했다.

"그렇지 않아도 만영호를 찾아가 볼 일도 있었는데 잘 됐습니다. 이렇게 만났네요!"

고복이 말을 마치고는 황송스러워 어쩔 줄 모르는 유인증에게 미소를 보냈다. 이어 따라온 하인들을 향해 말했다.

"다들 여기에서 기다리고 있어. 돌아가면 술 한잔 사줄 테니."

고복이 지시를 마친 다음 유인증을 끌고 다짜고짜 전당포로 들어가면서 말했다.

"안에 들어가 조용히 얘기를 나누죠!"

"예…… 예, 그러죠! 어서 들어오십시오!"

유인증이 곧바로 전당포 뒤뜰로 들어가는 고복을 따라 움직였다. 연신 허리도 굽실거렸다.

고복은 안으로 들어가자마자 바로 주위를 눈여겨 살폈다. 뒤뜰에는

10여 개의 방이 자물쇠가 굳게 걸린 채 닫혀 있었다. 또 열여덟 명의 일꾼들이 장부책을 뒤적이면서 계산하느라 정신없이 바빠 보였다. 그 모습을 본 고복이 웃으면서 말했다.

"앞에서 보기에는 별로 큰 가게로 보이지 않더니, 들어와 보니까 궁전이 따로 없네요!"

유인증은 고복의 말을 듣고는 아차! 하고 정신이 번쩍 들었다. 비로소 그를 안으로 들어오게 한 것이 실수라는 생각을 한 듯했다. 그러나 이미 엎질러진 물이었다. 그가 황급히 고복을 방안으로 안내하면서 말했다.

"전부 원래 주인이신 임백안 어른의 재산입니다. 저야 임시로 맡아서 관리해 드릴 뿐이지요. 제가 이렇게 부자라면 얼마나 좋겠습니까! 고 어른, 무슨 부탁이 있으시면 소인이 최선을 다하겠습니다."

그제야 고복이 장화 속에서 종이 한 장을 꺼내 유인증에게 보여줬다. 얼핏 보기에도 온통 값나가는 물건들만 적혀 있었다.

큰 산호구슬 40개, 전신 거울 두 개, 기묘하고도 아름다운 호박琥珀 24개, 큰 비단 15필, 중간 정도의 비단 8필, 새털 비단 4필, 금빛 털 담요 4장, 무늬가 들어간 세직포細織布 15필, 금 자명종 2개, 큰 유리등 10개, 용뇌龍腦 덩어리 30~40근, 작은 도금 상자 하나, 비취가 박힌 보석 여의 3개, 상아로 만든 서양 배 모형 한 척, 금박이 패도 다섯 자루, 백금 미륵불 하나, 금박 천수관음상 하나, 정교하게 만든 소마총小馬銃 7자루……

"보아하니 다 공물貢物들인 것 같은데요! 혹시 급하게 자금이 필요하셔서 저당 잡히시려는 겁니까?"

유인증이 크게 놀라더니 숨을 들이마신 채 물었다.

"상상력도 풍부하시네요! 내가 모가지가 혹 두 개라도 된다면 그렇게 했을지도 모르죠. 그러나 굶어 죽는 한이 있더라도 넷째마마의 물건은 실 한 오라기, 바늘 하나라도 건드릴 수 없어요! 넷째마마의 성격을 세상천지에 모르는 사람도 있습니까? 성질을 잘못 건드리면 껍질이라도 벗겨버릴 무서운 분인 걸요! 이 물건들은 폐하께서 넷째마마께 하사하신 것입니다. 그런데 서화청의 창고에서 얼마 전에 도둑을 맞고 말았어요. 물론 순천부에는 신고를 했어요. 하지만 아직 도둑의 그림자도 못 잡고 있는 실정이에요. 지금 넷째마마께서는 폐하께서 혹시 아시게 될까봐 굉장히 조급해하고 계세요. 그래서 순천부만 의지하고 있을 수가 없게 됐죠. 우리 힘으로 나서서 찾아보고 있는 거예요! 도둑이 혹시 장물 처리를 위해 전당포에 오지 않을까 생각한 거죠. 우리는 지금 북경에 있는 전당포란 전당포는 다 돌고 있는 중이에요."

고복이 껄껄 웃으면서 대답했다. 유인증이 그제야 안도의 숨을 내쉬면서 얼굴에 웃음기를 보였다.

"우리 쪽에는 아직 오지 않은 것 같습니다. 왔다고 해도 저는 감히 그런 장물은 못 받았을 겁니다. 혹시 석연치 않으시다면 직접 창고에 들어가 확인해보셔도 좋습니다."

"없다는데 굳이 들어가 볼 것은 없죠. 나는 사람을 믿는다면 확 그냥 믿어버리는 성격이니까."

고복이 의미심장한 말을 남긴 채 바로 자리에서 일어났다. 유인증은 문 앞까지 따라 나가면서 인사를 했다.

"살펴 가십시오!"

유인증의 말이 채 끝나기도 전이었다. 고복이 다시 고개를 획 돌리더니 천천히 입을 열었다.

"방금 그 도난물품 목록 잘 챙겨두시오. 비슷한 물건을 가지고 오는 사람이 있으면 즉시 알려주고요. 범인을 잡으면 상금이 이천 냥입니다. 반은 떼어줄 수 있어요. 넷째마마께서 친히 범인을 심문하고자 하시니 되도록 서로 간에 기분 상하는 일은 없었으면 해요."

고복은 말을 마치자마자 바로 떠나가 버렸다. 유인증은 고복을 보내고 난 다음 행여나 지체할세라 부랴부랴 염친왕부로 달려갔다. 그러나 여덟째는 서재에서 아령아와 애기를 나누고 있었다. 문 앞에서 기다리는 수밖에 없었다.

그가 그렇게 감히 안으로 들어갈 생각도 못한 채 1시간이나 기다렸을 때였다. 비로소 서재의 문이 열리더니 아령아가 밖으로 나오는 것이 보였다. 그 뒤로 윤사의 당부가 이어졌다.

"자네는 풍승운 사건에 대해서는 그냥 모른 척하고 있어. 태자마마가 삼천리 유배로 끝내버린 것을 폐하께서 아시고 크게 화를 내시면서 문제 삼으시려나봐. 다시 허리를 반 토막으로 잘라버리는 참형으로 바꿀 모양인데, 우리는 모르는 척하는 것이 상책이야."

윤사가 말을 마치고 고개를 돌렸다. 곧 한편에 서 있는 유인증을 발견했다. 그가 고개를 갸웃하면서 물었다.

"자네는 무슨 일이 있어서 왔는가?"

유인증이 황급히 무릎을 꿇었다. 이어 머리를 조아리면서 방금 있었던 사실을 낱낱이 아뢰었다.

"음, 별다른 실수는 없었던 것 같군."

윤사가 이발을 한 지 얼마 되지 않아 반질반질한 앞머리를 매만지며 말했다. 이어 한참이나 뭔가를 생각하더니 말을 이었다.

"넷째마마 댁에서 물건을 도난당했다는 소문은 나도 들었어. 장물아비가 나타나면 옹친왕부로 연락해줘. 그러나 그곳에 감춰놓은 그

물건은 진짜 조심하라고. 이건 백 번 강조해도 지나치지 않아. 만에 하나 사고가 나면 급한 대로 내 필체가 들어있는 문서만 골라서 태워버리도록 해. 자네, 갈수록 일 잘하는 것이 맘에 들어. 잘하면 임백안의 대타로 활약하게 될지 모르니 정신 번쩍 차리고 잘해!"

유인증이 윤사의 칭찬에 머리가 떨어져 나가라 머리를 조아렸다. 그리고는 천천히 뒷걸음질 치면서 밖으로 나왔다.

37장
관영백축도冠纓百丑圖

여덟째의 염친왕부에서는 최근 들어 전혀 예상하지 못한 사건들이 잇따라 터졌다. 우선 연갱요가 강하진을 습격해서 송두리째 불태우고 피로 물들였다. 이어 강아지와 송아지 두 아이가 전당포에 와서 사기를 치고 소란을 피우는가 싶더니 옹친왕부에서는 도난 신고까지 했다.

여덟째로서는 바짝 신경을 곤두세우지 않을 수 없었다. 급기야 밤낮으로 왕부王府 앞에 있는 비밀 쪽방의 창문을 통해 전당포에서 내건 '당'當자 깃발의 위치를 확인하고는 했다. 무슨 일이 생기면 깃발 높이를 다르게 함으로써 신호를 보내기로 했던 것이다.

그러나 그런 일이 있은 후 두 달이 다 되도록 전당포에서는 아무런 문제도 사건도 일어나지 않았다. 무사태평한 시간을 보내면서 지루하기까지 했다. 한껏 긴장해 있던 염친왕의 사람들은 다시 조금씩

해이해지기 시작했다.

음력으로 10월이 되었다. 북경은 어느덧 겨울의 문턱에 들어섰다. 성 밖의 영정하永定河는 순식간에 두껍게 얼어붙었다. 그보다 조금 기온이 높은 북경성 안에 있는 금수교金水橋 밑의 호성하護城河에도 마찬가지로 거미줄 같은 살얼음이 한 겹 내려앉기 시작했다. 그뿐만이 아니었다. 거대한 성벽 위의 이끼들도 어느새 검붉은 색으로 변했다. 자연은 시간을 거스를 수 없으니 어디나 할 것 없이 겨울의 황량함을 피해갈 수는 없었다.

잿빛 구름 사이로 까마귀 떼가 스산하게 날아다니던 그날 역시 예외는 아니었다. 찬바람에 나뭇잎이 진저리치면서 떨어지는 가운데 오후부터 가는 눈발이 날리기 시작한 것이다. 그러다 저녁때가 되자 찬바람이 불고 눈발도 굵어졌다. 이튿날 아침, 사람들은 밤새 내린 눈에 온통 티끌 하나 없이 하얗게 변한 세상을 바라보면서 겨울의 정취를 즐겼다.

윤사는 궁으로 들어가 태자 윤잉에게 인사를 하고 돌아왔다. 마침 그 사이 열넷째가 그의 집에 와 있었다. 그는 열넷째를 보더니 환하게 웃으면서 말했다.

"눈은 역시 찔끔찔끔 내리기보다는 푸짐하게 쏟아 붓는 것이 멋있어! 정신이 번쩍 든다니까! 그렇지 않아도 부르려고 했어. 잘 왔어, 몇 사람 불러 오늘 하루 재미있게 놀아보자고!"

"저기……, 그런데 오늘은 넷째 형님이 마흔 살 생일이라고 정식으로 초대장을 보내왔어요!"

열넷째가 윤사를 향해 턱짓으로 책상을 가리켰다. 그걸 본 윤사가 이마를 치면서 말했다.

"어쩐지 뭔가 일이 있는 것 같았어. 뭐였는지 좀처럼 생각이 나지 않아 찜찜하더라니! 가야지. 그런데 생일에 빈손으로 가면 곤란하겠지?"

열넷째가 웃음 띤 얼굴로 의견을 물었다.

"꼬장꼬장한 넷째 형님의 그 성격에 무슨 선물을 받겠어요? 언제 한번 선물이라고 받는 것 봤어요? 괜히 돈 쓰고 싫은 소리 들어 기분 잡치느니 입만 쳐들고 가죠 뭐! 정 빈손으로 가기 뭐하면 형님이 필사한 《금강경》을 한 권 갖다주든지요. 책이라면 오금을 못 펴는 분이니까 그건 좋아할 거예요."

"그게 좋겠군!"

윤사가 머리를 끄덕였다. 윤사와 윤제는 곧 수레에 함께 탄 채 정안문에 자리 잡은 옹화궁으로 향했다.

눈은 점심나절이 됐는데도 멈출 줄 모르고 계속 내렸다. 나중에는 점점 더 많이 내려 급기야 길에는 반 척도 넘는 눈이 쌓였다. 거리는 인적이 끊겨 한산했다. 찾아오는 손님이 뜸해지자 아예 문을 닫고 들어간 가게들도 많았다.

바로 그때였다. 몇몇 건장한 사내들이 노새 수레에 뭔가를 싣고 만영전당포 앞에 "워!" 하는 소리와 함께 멈춰 섰다. 이어 커다란 상자를 내려놓기 시작했다. 그리고는 온통 눈을 뒤집어 쓴 채 발을 굴러 눈을 털었다. 곧 김이 모락모락 나는 긴 입김을 날리며 가게 안으로 발길을 옮겼다.

전당포 안의 점원들은 방 안에서 해바라기 씨를 까먹으면서 시간을 죽이고 있었다. 손님도 뜸한 데다 눈마저 내리니 별로 일할 기분이 아닌 듯했다. 그나마 이재흠이라는 점원만은 문소리가 쾅하고 들리자 미간을 찌푸리기는 했어도 고개를 내밀고 물었다.

"무슨 물건입니까?"

사내들 중 가장 앞에 선 사람은 다름 아닌 성음이었다. 모자 뒤로 가짜 머리채가 축 늘어져 있었다. 그가 연신 두 손을 마주 비비더니 발을 구르면서 말했다.

"돈 좀 될 만한 물건 몇 상자 가져왔습니다. 나와 보면 알거예요!"

점원들은 설마 하는 심드렁한 표정을 지으면서 자기들끼리 눈치를 주고받았다. 그러다 느릿느릿 다가와서는 상자를 열어젖혔다. 상아로 만든 서양 배가 제일 먼저 눈길을 끌었다.

순간 이재흠은 토끼라도 한 마리 품은 것처럼 가슴이 무섭게 뛰었다. 눈동자가 금방 튀어나올 것만 같았다. 그가 애써 진정하며 다시 조심스럽게 다른 상자를 열었다. 아니나 다를까, 도난품 목록에 적혀 있던 물건들이 전부 있는 것이 아닌가? 그는 알아보고 말 것도 없이 이 사내들이 틀림없이 넷째마마네 도적떼일 것이라고 단정지었다.

"우리는 무기는 취급하지 않습니다."

이재흠이 놀란 가슴을 진정시키면서 천천히 내뱉었다. 이어 작심한 듯 흥정에 나서기 시작했다.

"나머지는 괜찮을 것 같습니다. 얼마를 원합니까?"

성음이 웃으면서 대답했다.

"무기들이라고 해도 다 보석이 박혀 있는 값나가는 물건들입니다. 왜 안 된다는 겁니까? 적어도 팔만 냥은 받아야 할 것 같은데요?"

이재흠이 이빨을 쑤시면서 말했다.

"그럭저럭 괜찮은 가격인 것 같군요. 그러나 주인어른이 강남에 물건을 구하러 가는 바람에 현찰이 그렇게 많이는 없어요. 다 끌어 모으면 겨우 삼만 냥 정도 될 것 같은데……?"

"그건 너무 하네요. 일만 냥 깎아 줄 테니 칠만 냥으로 하죠. 더 이상은 안 되겠습니다!"

"사만!"

"칠만으로 하자니까요!"

"그러면 오만 오천!"

"육만! 더 이상은 양보 못하겠습니다!"

"그럼 그렇게 하죠! 조금 밑지는 것이긴 하지만 큰 재신財神이 들어왔으니 적당히 해야겠죠?"

일부러 티격태격 승강이를 하던 성음과 이재흠의 흥정은 별로 오래 끌지 않고 끝이 났다. 그러나 이재흠은 6만 냥을 주겠다고 결정을 해놓고 갑자기 난색을 표했다.

"지금 가게에는 현찰이 사만 냥밖에는 없습니다. 들어와 차라도 한잔 하고 있으면 그 사이 내가 가서 변통해 오도록 하겠습니다."

이재흠이 말을 마치고는 바로 손짓을 하더니 휘하의 점원들에게 짐을 안으로 운반하도록 지시했다. 이어 안방으로 들어가 유인증에게 자초지종을 자세히 보고했다.

"좋아! 어떻게든 붙잡아두고 있으라고. 내가 당장 염친왕부에 가서 아뢰고 올 테니까. 잘 지켜. 절대 도망가지 못하게 꽉 붙잡고 있어야 해!"

유인증이 황급히 신발을 대충 꿰어 신고는 전당포의 다른 문을 통해 밖으로 뛰어나가면서 신신당부를 했다.

그 시각 윤진의 옹화궁에서는 황자들이 모여 설경을 감상하면서 술잔을 기울이고 있었다. 분위기는 활활 타들어가는 화롯불만큼이나 화기애애했다. 하기야 워낙 사람을 집으로 불러들이는 경우가 없을 뿐만 아니라 황자들 모이는 자리에도 여간해서는 나타나기를 꺼려하는 윤진이 모처럼 예의를 갖춰 형제들을 집으로 불렀으니 그럴 만도 했다. 감기에 걸려 불참한 일곱째만 빼고는 거의 다 모였을 정도였다.

음식상 네 개가 마련된 만복당은 그래서인지 눈이 내리는 날씨임에도 창문을 열어젖혀놓고 있었다. 술맛이 없을 까닭이 없었다. 게다가 바람 한 점 없는 날씨와 조용히 내리는 눈이 술맛을 한결 돋우고 있었다.

황자들은 언제나 그렇듯이 술이 서너 순배 돌아가자 시를 읊으면서 벌주를 마시는 내기를 하기 시작했다. 윤진이 실로 모처럼만에 격의 없이 굴면서 적극적으로 분위기를 이끌었다.

"일단 나하고 셋째 형님, 여덟째, 열넷째가 한 구절씩 시를 읊겠어. 반드시 흑과 백이 분명한 시여야 해. 그렇지 못하면 벌로 술을 세 대접 연거푸 마셔야 해!"

황자들이 윤진의 말에 좋아라고 박수를 치면서 호응했다. 윤진이 먼저 입을 열었다.

매화와 향을 다투려는 듯 까마귀 한 마리 날아가네.

윤지가 기다렸다는 듯 다음 구절을 이어나갔다.

바람찬 창가에 앉아 붓 놀리니 벌써 열셋째 줄이로구나.

윤사가 이번에는 풍류의 마음을 노래했다.

섬섬옥수에 녹아나는 것이 어디 묵향뿐이던가!

그러자 열넷째가 마치 질세라 받았다.

매화꽃 점점이 벼루에 떨어지는구나!

"좋아, 아주 좋아!"
열넷째의 말이 끝나자마자 사방에서 박수가 터져 나왔다. 다행히 제때에 시를 잇지 못해 벌주를 마셔야 할 사람은 없었다. 바로 그때였다. 뭔가를 생각하는 듯 부산스럽게 눈동자를 굴리고 있던 윤아가 갑자기 해괴망측한 목소리로 말했다.

음구陰溝에 들어갔다 두부 탕을 쏟았네!

누가 들어도 남녀간의 성애를 묘사한 느닷없는 내용이었다. 그러자 좌중의 황자들이 곧바로 약속이나 한 듯 윤아에게 우르르 달려들었다. 그리고는 그의 코와 귀를 비틀고는 술을 입 안에 부어넣기 시작했다. 한바탕 소란 아닌 소란이 일었다. 윤아가 눈물, 콧물을 쥐어짜면서 꽥꽥거렸다. 황자들은 그 모습을 보면서 더욱 좋아라고 손뼉을 치며 웃었다. 분위기가 시끌벅적하니 잔뜩 달아올랐다.
그때 갑자기 고복이 달려 들어오더니 윤진에게 귀엣말을 했다. 이어 한 발 물러나 명령을 기다렸다.
무슨 말을 들었는지 윤진의 얼굴이 삽시간에 자줏빛으로 변했다. 그리고는 뭔가 잠시 생각을 하는 것 같더니 고복에게 호통을 쳤다.
"당장 왕부의 시위들을 풀어 도둑떼부터 잡아야지! 물어보고 자시고 할 것이 뭐 있다고 그래!"
윤진이 이어 고개를 돌려 윤상에게 말했다.

"우리 집에서 도난당한 물건이 발견됐다고 하는군. 도둑이 지금 만영전당포에서 장물을 처리하기 위해 기다리고 있는 모양이야. 형부를 책임지고 있는 자네가 가서 좀 알아서 하게."

순간 장내는 물을 뿌린 듯 조용해졌다. 황자들은 저마다 눈이 휘둥그레졌다.

"그럼요! 걱정하지 마세요. 안 그래도 손이 근질근질하던 참인데…… 제가 이래 봬도 도둑 잡는 데는 선수 아닙니까!"

윤상이 장검에 손을 얹은 채 좌중의 황자들과는 달리 여유 있게 웃으면서 일어났다. 이어 미리 작심이라도 한 듯 덧붙였다.

"열넷째, 잠깐만 기다려. 갔다 와서 우리 주먹 날리기 시합을 다시 한 번 붙어 보자고!"

윤사는 '만영'이라는 말을 듣는 순간부터 사실 가슴이 덜컹 내려앉아버렸다. 잠시 후 뛰는 가슴을 진정시키고는 윤당을 바라봤다. 아니나 다를까, 윤당 역시 그에게 시선을 주고 있었다. 윤사가 윤당과 재빨리 눈짓을 주고받고는 자리에서 일어서면서 말했다.

"나도 술이 꽤나 취한 것 같아요. 아무래도 업혀서 들어가기 전에 열셋째와 같이 가봐야겠어요. 넷째 형님, 부디 복 많이 받고 건강하세요. 곧 저희 집으로 한 번 초대할게요!"

"그건 안 되지! 우리 형제들이 이렇게 한 자리에 모이는 경우가 일 년이 돼도 거의 없는데, 벌써 흩어진다는 것은 말도 안 되지! 여기 설경이 얼마나 좋아! 자네가 가버리면 술자리가 재미없어진다고. 그러니 내 체면 좀 살려줘. 강아지야! 황자마마들께서 대동하신 손님들은 너희들이 알아서 챙겨줘. 그런 다음 수레와 대문을 전부 잠가버려. 오늘은 모두들 우리 집에 왔으니 내 마음대로 할 거야. 누구도 빠져나갈 생각은 하지 않는 것이 좋아! 왜? 밤새 술 마시고 다 같이 넷째 형님 집에서 하루 묵어가면 얼마나 좋겠어! 안 그래?"

좌중의 다른 황자들 역시 윤진의 말이 끝나자마자 모두들 대찬성이었다. 그리고는 윤사를 억지로 눌러 앉혔다.

얼마 후 윤상은 70여 명이나 되는 왕부의 교위校尉들을 거느리고 파죽지세로 말을 달렸다. 조양문을 지나서는 수비군과도 조유했다. 공교롭게도 그 수비군의 천총千總 직에 있는 사람은 그가 전에 호부에서 데리고 있던 신일비辛一非였다. 그가 신일비에게 다가가 물었다.

"자네, 여기에서 수비군 대장으로 있었는가? 몇 명이나 데리고 있어?"

신일비는 순시를 돌면서 가끔 윤상을 만나고는 했다. 늘 윤상을 자상한 주인으로 생각해왔다. 신일비가 윤상을 보자 반색을 했다.

"눈길에 어디를 그리 급히 가시는 겁니까, 열셋째마마? 여기에는 현재 백여 명 정도밖에 없습니다. 하지만 제화문도 소인의 관할구역입니다. 열셋째마마께서 사람이 필요하시다면 가서 더 불러오겠습니다!"

"백 명이면 충분해. 자네 이 병사들을 데리고 만영전당포에서 네 방향으로 나 있는 길목을 지키고 서 있게. 지금 도둑들이 전당포 안에 있어서 잡으러 가는 길이야. 한 놈이라도 놓치는 날에는 채찍에 살가죽이 남아나지 않을 줄 알라고!"

윤상이 얼굴을 타고 내려오는 눈 녹은 물을 닦으면서 엄포를 놓았다. 신일비는 그의 말에 연신 허리를 굽실거리면서 알겠노라고 대답했다. 얼마 후 드디어 만영전당포는 물샐틈없이 포위당했다.

그 시각 유인증과 가게 점원들은 성음 일행과 마음에도 없는 소리를 주고받으면서 계속 시간을 때우고 있었다. 그들은 '돈을 빌리러' 간 이재흠을 기다리고 있었던 것이다.

그때 난데없이 말발굽 소리가 어지럽게 들려오는 듯했다. 곧이어 가게의 문이 맥없이 떨어져나가는 소리도 들렸다. 이어 10여 명의 호위대가 밀물처럼 들이닥치더니 웬만한 사람 키 높이만한 계산대를 와당탕 발길로 차 넘어뜨렸다.

유인증이 어정쩡하게 서 있다가 불이 번쩍 나게 따귀를 얻어맞더니 갑자기 다급하게 소리를 질렀다.

"나는 도둑이 아닙니다. 나는 이 가게 주인입니다!"

"누구를 막론하고 무조건 하나도 남기지 말고 체포해! 누구든 움직이면 죽여 버릴 거야. 그러니 꼼짝하지 말라고! 어이, 장물을 가져다 빠진 것이 없는지 세어봐!"

윤상이 장검을 뽑아든 채 큰 소리로 고함을 질렀다. 곧 수십여 명의 병사들이 전당포 안에 있던 점원들을 짐짝처럼 묶어놓고는 성음이 가지고 온 상자를 열어젖혔다. 이어 하나씩 물건을 살펴보기 시작했다.

대부분의 물건들은 그대로 있었다. 그러나 스물네 개의 호박이 사라지고 보이지 않았다. 그러자 윤상이 매서운 눈빛을 한 채 유인증을 노려보면서 다그쳤다.

"자네가 이 가게 주인장이라고 했는가? 호박이 없어진 것은 어떻게 된 거야? 넷째마마께서 제일 아끼시는 물건인데!"

"그건 도둑놈에게 물어보셔야죠! 열셋째마마, 심문을 하시더라도 범인과 신고한 사람은 좀 가려서 하셔야 할 것 아닙니까!"

유인증이 화가 나서 그런지 추워서 그런지 부들부들 떨면서 대꾸를 했다. 윤상은 짐짓 고개를 돌려 좌우를 둘러보는 척했다. 그러나 아무도 보이지 않았다. 성음 일행은 당초 계획대로 곧장 종적을 감춰 버린 것이다. 윤상이 얼굴에 웃음을 띤 채 두 손을 펴 보였다.

"도둑이 어디 있다고 그래? 지금 누가 도둑인지 아닌지를 어떻게 알아? 아무튼 호박이 없어졌으니, 어디엔가 숨겨 놓은 사람은 있겠지."

윤상이 잠시 유인증을 노려봤다. 이어 이빨 사이로 짜내듯 내뱉었다.

"뒤져!"

유인증은 다급해졌다. 바로 발을 동동 구르면서 소리를 질렀다.

"어딜 함부로 뒤지려고 하십니까? 이곳은 여덟째마마의 전당포라는 사실을 모른다는 말입니까!"

"그래? 나는 금시초문인데? 여덟째 형님이 언제 이런 전당포를 가지고 있었단 말인가?"

윤상이 흠칫 놀라는 척을 했다.

"염친왕부는 바로 맞은편에 있습니다. 물어보시면 아실 겁니다!"

"그래봤자 입만 아파! 꼴에 여덟째 형님의 아랫것이라고? 내가 알기로 여덟째 형님은 재수 없게 생긴 것들을 제일 싫어해. 조금 전에도 같이 술을 마시고 있었거든? 이 얘기를 듣고서도 자신의 가게라는 말은 전혀 하지 않던데?"

윤상이 가소롭다는 듯이 웃으면서 말했다.

"이건 너무……."

"뭐가?"

윤상이 유인증이 말을 더듬자 바로 날카롭게 쏘아붙였다. 유인증은 갈수록 기세등등해지는 윤상을 감히 쳐다보지도 못한 채 그만 고개를 떨어뜨렸다.

전당포 안팎은 곧 수색하는 병사들로 가득 찼다. 순식간에 굳게 잠겨 있던 자물쇠가 하나씩 떨어져 나갔을 뿐만 아니라 그동안 어느 누구의 접근도 허락하지 않던 문들도 사정없이 열어 젖혀졌다.

순간 병사들은 눈앞에 쌓여있는 재물을 보고는 아무래도 마음이 흔들리는 듯했다. 금은보화를 한 주먹씩 쥐어 주머니마다 쑤셔넣느라 정신이 없는 모습들이었다. 하지만 윤상은 일부러 못 본 척했다. 무슨 짓을 하더라도 자신이 원하는 물건만 찾아내면 된다고 생각하고 눈감아 주기로 했다. 어차피 여덟째 형의 재산으로 인심 쓰는 것이 아닌가 말이다.

한참 후 병사 한 명이 땀범벅이 된 채 서류 한 뭉치를 들고 오더니 황급히 아뢰었다.

"열셋째마마, 호박琥珀은 없고 아무짝에도 쓸모없을 것 같은 이런 종이뭉치만 있습니다!"

"그래?"

윤상이 낚아채듯 종이뭉치를 가져다 펼쳐봤다. 역시 짐작대로였다. 안에는 깨알 같은 글씨로 기록된 '관리들의 역사'가 적혀 있었다. 아무개는 어느 해 어느 날 무슨 일로 처벌을 받았다, 강등당해 어디로 발령이 났다는 등의 내용까지 상세히 들어 있었다. 또 누구는 어떤 사람에게 선을 대 초고속 승진을 했다, 지금은 어디에서 근무 중이라는 내용도 가득했다.

윤상이 그러면 그렇지 하는 표정으로 입가에 야릇한 미소를 지은 채 책자를 흔들어대면서 유인증에게 물었다.

"이건 뭐야? 장사하는 사람이 할 일이 없어서 조정 관리들의 비밀 문서를 만들지는 않았을 테고. 보아하니 이부吏部에 있는 것보다 더 상세한 것 같은데, 어디에 쓰려고 만든 거야?"

유인증의 얼굴은 어느덧 사색이 돼 있었다. 급기야 두 손을 뒤로 묶인 채 눈밭 위에 스르르 엎어지고 말았다. 이어 갑자기 처량하게 울부짖으면서 말했다.

"소인의 것이 아닙니다! 그건 소인이 만든 것이 아닙니다! 열셋째 마마……, 이 가게의 주인은 임백안이라는 사람입니다. 그는 현재 강남에 있습니다. 북경으로 불러와 물…… 물어보시면 아실 겁니다."

"흥, 알고 보니 굉장한 도둑놈 소굴이로구먼!"

윤상이 드디어 버럭 화를 내면서 장검을 뽑아들었다. 이어 병사들을 향해 소리를 내질렀다.

"샅샅이 수색해! 이건 대청이 개국한 이래 최대 사건이 아닐 수 없어! 한 곳도 빠뜨리지 말고 모조리 뒤져!"

병사들은 닥치는 대로 걸어차고 짓밟고 뒤졌다. 그때 이재흠은 전당포에서 멀리 도망쳐 나와 고개를 빼든 채 사태를 지켜보고 있었다. 그러다 무슨 수를 써서라도 빨리 이 사실을 여덟째와 아홉째에게 알려야 한다는 생각을 하기에 이르렀다. 그는 곧 말을 달려 옹화궁으로 향했다.

옹화궁 만복당의 황자들은 윤사, 윤당, 열넷째만 제외하고는 모두 거나하게 취해 있었다.

윤당은 윤상이 전당포를 습격하러 간 일로 마셨던 술이 다 깨는 것 같았다. 마음이 초조하고 불안하기 이를 데 없었다. 일은 터졌는데 손발이 꽁꽁 묶여 꼼짝을 못하게 됐으니 답답하기만 했다. 그가 어떻게 하면 여기를 빠져나갈까 한참 고민하고 있을 때였다. 이재흠이 멀리서 칼로 목을 베는 시늉을 하면서 발을 동동 구르고 있는 모습이 눈에 들어왔다. 윤당은 급히 "소변을 보러 간다"면서 후원 쪽으로 빠져나왔다.

"아홉째 마마! 소인이 온 지 한참 됐습니다. 지금 이러고 계실 때가 아닙니다. 가게에 큰일이 났습니다!"

이재흠이 윤당이 나타나자 종종걸음으로 쫓아오더니 울상을 한 채 아뢰었다. 윤당은 그의 말을 듣고는 순간적으로 휘청거리며 하마터면 넘어질 뻔했다. 길이 미끄럽기도 했으나 이재흠의 말에 적지 않은 충격을 받은 탓이었다.

그가 겨우 중심을 잡은 다음 창백하게 질린 얼굴로 중얼거리듯 말했다.

"……걱정했던 일이 결국 터지고야 말았군! 가게는……, 어떻게…… 전부 들통 났어?"

이재흠이 황급히 아뢰었다.

"자세한 것은 모르겠으나 큰일이 난 것만은 틀림없는 것 같습니다!"

"모든 일은 임백안에게 미뤄버리면 돼. 크게 문제 될 것은 없어. 그러나 그 작자들의 악랄한 수단과 속셈에는 놀랍고 무서울 뿐이네! 그곳은 이제 더 이상 안전지대가 아닌 것 같네. 그러니 자네는 일단 우리 집에 가 숨어 있어. 저녁에 자네한테 할 말이 있으니까!"

윤당은 말을 마친 다음 다시 아무 일도 없었던 것처럼 만복당 쪽으로 걸음을 옮겼다. 그런데 분위기가 이상했다. 웬일인지 술자리가 쥐죽은 듯 조용했다. 그는 무슨 일인지 몰라서 고개를 들어 앞을 내다봤다. 순간 그는 눈앞이 노래지고 귓전이 윙윙거리는 소리가 나는 것 같았다. 유인증이 짐짝처럼 묶인 채 만복당 앞 한가운데에 내쳐져 있었던 것이다.

뿐만이 아니었다. '죽었다'는 말을 듣던 임백안까지 두 명의 병사들에 의해 끌려 들어오고 있었다.

윤당이 '소변을 보러' 나간 사이 분위기는 완전히 살벌하게 바뀌어 있었다. 우선 옹화궁 왕부의 친병들과 연갱요, 악종기의 부하들이 만복당 복도에 쭉 늘어서 있었다. 그들은 저마다 장검에 손을 얹고 있었다. 표정이 살벌하기 그지없었다. 또 윤지 등 황자들은 정방正房을 나와 처마 앞의 돌계단 위에 의자를 놓은 채 나란히 앉아 있었다.

금방 도착한 듯한 윤상은 한쪽 장화발을 의자 위에 올리고 선 자세로 꿀꺽꿀꺽 황주黃酒를 마시고 있었다. 그 옆에서는 연갱요가 뭐라고 귀엣말을 하고 있었다. 윤당은 말없이 여덟째 곁에 가 앉았다. 분위기로 볼 때 사태를 지켜보는 것 외에는 달리 방법이 없었다.

"그래도 입은 살아가지고 무슨 죄를 지었는지 알려달라고?"

윤진이 이를 악문 채 냉소를 흘리면서 임백안에게 호통을 치고 있었다. 몸 위에 걸친 검은 담비가죽 망토와 발에 신은 사슴가죽 우화雨靴는 평소에도 압도적인 그의 권위를 한층 더 높여주고 있었다. 그가 돌계단 밑의 눈밭을 계속 거닐면서 다시 말을 이었다 .

"너는 함부로 매관賣官을 해서 검은돈을 챙겼어. 또 권력과 내통해 인명人命을 사고팔기도 했어. 그러나 그런 일들은 오히려 작은 것에 속해. 사사로이 백관들의 기록 문서를 만들어 약점을 잡고 돈을 뜯어내기까지 했다고! 그것 한 가지만 해도 자네는 죽음을 면치 못하게 돼 있어! 죽은 줄 알았는데 살아있으니 잘 됐군! 말해봐. 수십 명의 서무관을 따로 고용해 기록문서를 몰래 만든 것은 누가 시킨 거야? 이런 것들을 언제 어디에 쓰려고 준비한 거야?"

윤진이 말을 마치고는 복도 한편에 쌓여 있는 스물 몇 개의 커다란 자루를 가리켰다. 이어 윤당을 향해 말했다.

"아홉째도 조금 있다 열어봐! 굉장한 물건이니 구경이라도 해야 할 것 아니겠는가! 나는《이십일사》二十一史를 다 읽었어도 이런 간사하고 비대한 벌레 같은 인간은 처음 봤어! 소름이 끼치는군!"

임백안은 윤진이 윤당에게 말을 거는 사이 빠르게 윤사와 눈길을 맞췄다. 그리고는 조금 전과는 분명히 다른 강경한 태도를 보이면서 윤진을 똑바로 쳐다봤다. 이어 피식 웃기까지 하면서 입을 열었다.

"매사에 침착하시고 철석같은 강심장을 가지신 분으로 정평이 나 있는 넷째마마께서 오늘은 왜 이리 별것 아닌 일로 흥분을 하고 그러십니까? 저라는 사람은 아는 사람은 다 압니다. 원래부터 뭔가를 끄적거리거나 베끼는 것을 좋아합니다. 심심한 김에 틈틈이 모은 자료로 〈관영백축도〉冠纓百丑圖같은 것을 만들어 보고 싶었을 뿐입니다. 후세대들에게 대청이라는 성세盛世를 산 관리들의 부패상을 신랄하게 폭로해 진실을 보여주고 싶었던 것이죠. 저는 스스로 공덕功德이 무량한 일을 하고 있다고 자부심을 느껴왔습니다. 그게 어디 누가 시켜서 할 수 있는 일이겠습니까? 넷째마마께서는 제가 모반을 종용하면 따르실 겁니까? 저는 이렇게 화를 내시는 넷째마마가 안타까울 지경입니다. 모든 것은 소인이 혼자서 벌인 일입니다. 때문에 어느 누구를 엮어 넣으려고 하는 생각은 일찌감치 접어주셨으면 합니다."

"그래, 사내답구나!"

윤진이 표독스런 눈빛으로 임백안을 노려봤다. 그러더니 소름끼치는 웃음을 지은 채 말했다.

"아직은 입이 살아있을 법도 하지. 어디 육신의 고통에 끝까지 초연한지 한번 보자. 청사青史에 길이 빛날 인물이 나오나 나오지 않나 끝까지 한번 해 보자고!"

윤진이 이어 고개를 획 하고 돌리더니 고복을 향해 명령을 내렸다.

"옥신묘獄神廟에 갖다 처넣어!"

여덟째가 그때 잠자코 듣기만 하더니 갑자기 끼어들어 차갑게 웃으면서 말했다.

"넷째 형님, 내친김에 그냥 날려 보내죠 뭐. 옥신묘에 가둬둘 필요까지 있겠어요?"

윤진이 윤사의 제안에 웃으면서 대답했다.

"아니야. 그럴 수 없어. 나는 저자가 자신을 죽여 달라고 간청할 때까지 살려둘 거야!"

임백안은 아무 소리 못하고 끌려 나갔다. 얼마 후에 삼엄한 경계도 풀렸다. 황자들은 말할 것도 없이 술이 확 깨고 말았다. 각자 깊은 생각에 잠긴 얼굴을 한 채 만복당으로 돌아왔다. 그러나 어느 누구도 할 말을 찾지 못했다. 무거운 침묵이 흘렀다.

윤지가 한참 후에 먼저 어색하게 웃으면서 침묵을 깼다.

"오늘 넷째 덕분에 대단한 경험을 한 것 같아! 어째 형부에 억울한 사연이 끊이지 않는다 했더니, 이런 복병이 숨어 있었구나! 그런데 이 사건을 어떻게 처리할 건가?"

"저도 고민 중이에요. 그래서 셋째 형님을 비롯한 여러 형제들의 고견을 듣고 싶네요."

윤진이 안락의자에 몸을 파묻고는 조금 전의 당당함과는 거리가 먼 우울한 기색이었다. 이어 다시 천천히 입을 열었다

"솔직히 이 일을 어떻게 처리해야할지 모르겠어요. 마침 다들 함께 모인 자리에서 고민을 해보면 좋은 생각이 나오지 않을까……."

열넷째가 윤진의 말이 끝나기 무섭게 혼자서 술을 따라 꿀꺽 마시다 말고 입을 열었다.

"고민할 게 뭐 있어요? 자고로 사람을 죽였으면 목숨을 내놓고, 빚을 졌으면 돈을 내놓는다고 하잖아요. 왕법이 엄연히 존재하는데《대청률》大淸律에 따라 처리해 버리면 될 것 아니에요?"

윤진이 마치 벌이 톡 쏘듯 말해버리는 열넷째를 한심하다는 표정으로 바라봤다. 그러더니 한숨을 내쉬었다.

"바보 같으니라고! 내가 꼭 한마디 한마디씩 알아듣게 설명을 해줘

야겠어? 그래야 무슨 뜻인지 알겠냐고! 나는 임백안에 대해서 사적인 감정은 절대 없어. 이 나라를 좀먹는 악독한 벌레를 제거해야겠다는 생각뿐이지. 그랬기 때문에 태자마마에게도 아뢰지 않았던 거고. 생각해봐. 임백안은 세상 무서운 줄 모르고 수십 년 동안 활개를 쳤어. 뒤에 든든한 후광이 없었다면 불가능한 일이야! 그 후광이 우리 황자들 중 한 사람일지도 모른다고. 그 사실이 나를 힘들게 해! 이 일은 왕법이나 인정에 다 위배되는 일이야. 하지만 나는 웬만하면 쥐를 잡기 위해 꽃병을 깨뜨리고 싶지는 않아."

윤진의 어조는 상당히 흥분한 듯했다. 자신의 생각대로 황자들까지 솔직하게 들먹이고 있었다. 얼마 후 그가 다시 고개를 숙이고서 침통한 목소리로 덧붙였다.

"물론 내가 지나치게 의심이 많은 것일 수도 있어. 또 진심으로 내가 과민반응을 한 것이었으면 좋겠어. 더구나 이 사건을 직접 맡고 싶지도 않아. 셋째 형님한테 맡기고 싶어. 모든 사람이 이 사건에서 자유롭지 못하더라도 말이야. 이해해 줘요, 셋째 형님. 나는 셋째 형님은 믿어요. 제가 지금 폐하께 표奏를 올리고 태자마마를 만나 말씀을 올릴 거예요. 허락을 받아낼 거라고요."

좌중의 황자들 대부분은 윤진의 말에 하나같이 고개를 숙였다. 송곳으로 찔러도 피 한 방울 안 나올 것 같이 메마르고 인정머리 없다고만 알려진 윤진에게서 깊은 형제애를 느낀 탓이었다.

그러나 윤사만은 그렇게 생각하지 않았다. 윤진이 절을 찾는 신도들을 위하는 척하면서 궁극적으로는 절을 헐어버리려 한다는 생각을 한 것이다. 그는 진짜 생각대로 할 수만 있다면 마구 짓밟아버리고 싶도록 윤진과 윤상이 미웠다. 그러나 애써 태연한 척했다.

"나는 이런 일을 맡을 배짱이 없어."

윤지가 느닷없이 자신에게 던져진 불덩어리를 밀어내면서 말했다. 이어 천천히 자신의 생각을 다시 밝혔다.

"폐하께서도 왜 하필이면 셋째냐고 하실 거야. 내 생각에는 이 부분에서는 여덟째와 아홉째가 나보다는 훨씬 나을 것 같아!"

그러자 윤당이 기다렸다는 듯 윤사의 눈치를 보면서 말했다.

"넷째 형님의 진심을 엿볼 수 있는 자리라서 오늘 모임은 정말 좋았습니다. 하마터면 저도 눈물을 흘릴 뻔했어요. 저 역시 넷째 형님과 같은 생각이에요. 이 일은 제대로 손보지 않으면 안돼요. 그렇다고 너무 떠들썩하게 할 필요도 없을 것 같아요. 믿어주신다면 제가 해볼게요!"

"그러면 아홉째가 고생 좀 해줘. 그리고 혹시라도 우리 형제 중에 어느 누구도 다치는 것을 원치 않는다는 내 마음을 다시 한 번 표명하기 위해 보여줄 것이 있네. 고복, 어디에 있는가!"

윤진이 눈꽃이 굵게 내리고 있는 창밖에 시선을 둔 채 고복을 불렀다.

"예!"

"복도에 있는 저 자루들을 뜰 한가운데 쌓아놓고 불태워 버려!"

"예? 왜요?"

고복이 반문했다. 그러나 윤진의 매서운 얼굴을 보고는 이내 꼬리를 내렸다. 그가 다시 고개를 숙이면서 대답했다.

"예, 넷째마마!"

시뻘건 불꽃이 하얀 눈꽃을 맞받아치면서 치솟아 올랐다. 곧 종잇조각들이 신음소리를 내면서 타들어 갔다. 공중에 높이 날아올랐다가 다시 땅바닥에 곤두박질치기를 거듭했다. 마지막에는 눈 녹은 물에 떨어져 그대로 얼어붙었다.

그 광경을 쳐다보는 황자들의 마음은 형언할 길 없이 착잡하게 보였다. 그들은 불길이 점점 사그라져들고 시커먼 잿더미가 쌓일 무렵 비로소 무거운 발걸음을 옮기면서 저마다 뿔뿔이 흩어지려고 했다.

"윤상, 잠깐 기다려. 오늘 내가 많이 지쳤어. 기분도 우울해. 남아서 나 좀 위로해줘."

윤상까지 말없이 돌아가려하자 윤진이 불러 세웠다. 윤상은 말없이 머리를 끄덕였다. 이어 윤진과 함께 다른 황자들을 멀리 문밖까지 배웅해줬다. 둘이 다시 돌아왔을 때는 어느새 나왔는지 오사도가 얼굴 가득 미소를 지은 채 만복당 앞의 석류나무 밑에 서 있었다.

38장
죽음도 불사하는 지고지순한 사랑

윤진은 한 차례 큰일을 마무리 짓고 나자 몸도 마음도 많이 지쳐 버렸다. 그래서 마음의 안식을 얻을 수 있는 상대인 윤상과 오사도와 함께 편하게 얘기를 주고받으면서 오늘의 일을 정리하고 푹 쉬고 싶은 생각이 들었다. 그러나 그는 결국 그렇게 할 수 없었다. 고복이 들어와 또 일이 있다고 아뢴 것이다.

"넷째마마, 열셋째마마! 육경궁에서 태자마마께서 두 분을 부르신다는 전갈이 왔습니다!"

"못 말리겠군! 벌써 태자마마의 귀에 들어갔다는 얘기잖아?"

윤상이 기지개를 켜면서 얼굴 가득 어이없다는 표정을 지었다. 윤진 역시 씁쓸한 웃음을 흘리면서 고개를 절레절레 흔들었다. 뭐라고 말할 힘도 없는 듯했다.

두 형제가 옷을 챙겨 입고 막 떠날 준비를 끝마쳤을 때였다. 갑자기 오사도가 뭔가 생각난 듯 중얼거리듯 말했다.

"성음이 어디 있을까? 두 분 마마를 모시고 가야 할 텐데!"

윤상이 오사도의 말에 웃으면서 입을 열었다.

"지금쯤 점간처粘竿處에서 무술을 연마하고 있을 거야. 우리가 가는 곳에 그런 무술 하는 스님을 굳이 데리고 갈 이유가 있겠는가? 아무래도 대내大內에는 들어가지도 못할 텐데……."

오사도가 집게로 화롯불을 뒤적이면서 말했다.

"문사文事를 무사히 끝냈으니 무비武備가 뒤따르는 것은 당연한 것입니다. 두 분 마마께서는 이미 권력이 가장 큰 사람과 생사가 걸린 원수지간이 되어버리고 말았습니다. 그걸 느끼지 못하셨습니까?"

윤진이 오사도의 말에 허리띠를 매다 말고 손을 멈췄다. 그리고는 깊이 생각에 잠겼다가 다시 천천히 입을 열었다.

"성음은 당분간 대외적으로 얼굴을 드러내지 않는 것이 좋아. 강아지와 송아지에게 변장한 무사武士 몇몇을 붙여서 먼발치에서 따라오게 하면 되겠어."

오사도는 웃기만 할 뿐 말이 없었다. 두 사람은 곧 수레에 함께 올라 출발했다.

"생각하는 깊이를 보면 역시 오사도라는 느낌이 들어요. 아쉬운 것이 있다면 너무 주위 사람들과 어울리기를 싫어한다는 거죠. 때로는 흐트러지고 망가질 때도 있어야 하는 것이 사람 아니겠어요? 그래야 재미도 있고 말이에요. 가정이라도 꾸릴 수 있도록 형이 나서서 좀 도와주셔야겠어요!"

윤상이 뒤로 멀어져 가는 길거리를 바라보면서 말했다. 윤상의 말에 윤진이 한숨을 내쉬었다.

"너는 오 선생을 몰라서 하는 소리야. 내가 데리고 있지 않고 결혼 같은 것을 하라고 강요하면 삭발하고 산속으로 들어갈 사람이야!"

그 말을 들은 윤상은 갑자기 입을 다물고 말았다. 얼굴에서도 웃음기가 사라진 채 한동안 그 상태가 이어졌다. 방금 전까지 기분이 좋아 표정이 밝던 그가 아니었다. 윤진이 그 모습에 의아하다는 듯 물었다.

"막무가내 열셋째가 갑자기 왜 그렇게 심각해? 전에 아바마마께서 나에게 종잡을 수 없다고 하셨는데, 너야말로 오늘은 삼복 날씨 같구나!"

윤상이 대답했다.

"넷째 형님은 참 복도 많은 사람이네요. 셋째나 여덟째 형님처럼 집에 밥만 축내는 식객들이 수십 명씩 있는 것도 아니잖아요. 오사도 하나만 데리고 있어도 전혀 걱정이 없으시고요. 저에게도 오사도 반만 닮은 사람이 있다면 진짜 좋을 텐데!"

윤진이 윤상의 말에 동의한다는 듯 머리를 끄덕였다.

"다른 사람들은 양으로 승부를 걸지만 나는 달라. 질로 승부하는 사람이야!"

"옳은 말씀이지만 방심은 금물이에요. 고복이나 연갱요는 제가 보기에 그다지 질 좋은 사람들은 아닌 것 같네요."

윤상이 수레의 흔들림에 몸을 맡긴 채 생각을 내비쳤다. 그러자 윤진이 빙그레 웃으면서 말했다.

"'의심 가는 사람은 쓰지 않고, 일을 맡긴 후에는 의심하지 않는다'疑人不用 用人不疑는 게 내 방식이야. 그 두 사람은 나에게 큰 은혜를 입은 사람들이야. 고복은 배운 것도 없을 뿐만 아니라 노련미가 아쉬워. 그래서 관직을 줘서 지방으로 보내지 않았어. 그러나 연갱요는 내가 정말 잘해줬잖아. 다소 거만하고 촐랑거리는 면은 있으나 내가 맡기는 일에 대해서는 죽음도 불사할 정도로 최선을 다하고 있어."

윤상도 지지 않겠다는 듯 차가운 어조로 말했다.

"다들 넷째 형님이 차갑고 인정머리 없다고 해요. 하지만 제가 보기에는 꽤나 정에 약하고 자상하시기까지 한 걸요!"

윤상이 말을 마치자마자 갑자기 손을 소매 속으로 집어넣었다. 이어 해바라기 씨 모양의 금 몇 조각을 꺼냈다. 그리고는 그것들을 윤진의 손에 쥐어주었다. 윤진이 의아스러운 표정으로 물었다.

"이게 뭔가?"

"강하진에 있을 때 제가 유팔녀의 하인인 왕 영감에게 줬던 거예요. 그런데 왕 영감은 연갱요에게 무참하게 살해됐어요. 이것은 아비규환 속에서 겨우 살아남은 그 사람의 둘째아들이 '북경에 들어가 넷째, 열셋째마마를 찾아 꼭 살육의 현장을 고발하라'고 한 아버지의 유언에 따라 저에게 가져온 거예요."

윤상이 시선을 먼 곳으로 던지면서 말했다. 윤진은 갑자기 할 말이 궁해졌다. 그러다 천천히 입을 열었다.

"그런 임무를 수행하다 보면 본의 아니게 사람을 죽여야 하는 경우가 허다할 수도 있어. 세상의 일이라는 것은 원래 그렇게 모순되는 거야. 어느 절엔들 억울하게 죽은 귀신이 없겠나?"

윤상이 계속 서글픈 웃음을 지은 채 말을 받았다.

"그 아들이 직접 목격하고 저에게 전해준 생생한 목격담이 아니었다면 저 역시 죽어도 믿지 않았을 거예요. 우리 앞에서는 그렇게 고분고분하던 그 연갱요가 잔인한 살인마로 돌변하다니 말이에요. 남녀노소를 막론하고 죄 없는 사람들을 전부 육백 명도 넘게 불태워 죽였다고 하잖아요. 몸부림을 치면서 밖으로 뛰쳐나오면 장작 던져 넣

듯 다시 불 속에 집어넣었다니 말 다했죠!"

순간 윤진이 화들짝 놀라면서 눈을 크게 떴다. 그리고는 연신 머리를 저었다.

"설마! 그건 말도 안 되는 유언비어야! 연갱요가 그러더라고. 스무 명 정도밖에 죽이지 않았다고! 무슨 애비를 때려죽인 불구대천의 원수가 있다고 멀쩡한 사람들을 그렇게 많이 죽였겠어?"

윤진은 여전히 연갱요를 굳게 믿는 눈치를 보였다. 윤상이 그런 윤진을 향해 차갑게 말했다.

"넷째 형님도 어떨 때 보면 앞뒤가 꽉 막혀 보이는 때가 있네요! 그 아들이 지금 저희 집에 있어요. 제가 악종기에게 물어 사실도 확인했고요. 마구 몰아붙이면서 추궁하니까 우물대더라고요. 처음에는 삼사백 명 정도라고 하더군요. 백 번 양보해서 그게 사실이라고 쳐요. 그래도 그게 스물 몇 명의 몇 배냐고요? 원수가 아닌 이상 그렇게 할 수는 없는 것 아니겠어요? 제가 보기에는 넘치는 재물에 눈이 뒤집혀버린 거예요! 임무를 완수하다 보니 재물은 탐이 나고 사람들 이목은 무서웠겠죠. 그래서 아예 하나도 남김없이 죽여버림으로써 완벽한 증거인멸을 꾀한 거죠!"

윤진이 눈을 지그시 감았다. 깊은 생각에 빠져드는 것 같았다. 그러다 갑자기 눈을 번쩍 뜨면서 손가락 두 개를 펴 보였다.

"첫 번째 얘기를 하지. 연갱요는 지금까지 나를 위해 과보다 공을 훨씬 많이 세운 사람이야. 그래서 요즘 같은 시국에 섣대 책임을 추궁해서는 안 된다고 생각해. 둘째는……, 그 아들을 내 별장에 데려다 지켜주자는 거지. 누가 뭐라고 꼬드겨도 절대 입도 뻥긋해서는 안 된다는 세뇌교육을 철저히 시켜서 말이야. 어떤가?"

"서화문에 도착했습니다. 수레를 멈춥니다!"

수레가 수레꾼들의 고함소리와 함께 멈춰 섰다. 윤상은 그저 "알았어요!"라는 말만 남긴 채 윤진을 따라 수레 밖으로 몸을 내밀었다.

"내 아우들답게 일을 아주 잘 처리했더군. 실적이 뛰어나다는 보고를 받고 한번 같이 즐겨보자고 불렀네."

윤잉은 육경궁 뒤편에 있는 서재에서 윤진과 윤상을 맞으면서 껄껄 웃었다. 윤진은 인사를 마치고 윤잉이 내주는 방석에 자리하고 앉았다. 그리고는 고개를 들어 윤잉을 바라봤다.

윤잉은 첫눈에 보기에도 눈길을 확 끌 만큼 멋이 있어 보였다. 우선 위에는 노란 바탕에 장밋빛이 은은한 스라소니 가죽 장포를 두르고 있었다. 또 안에는 산호 단추가 달린 검은 비단 마고자를 받쳐 입고 있었다. 허리에도 호수처럼 푸른빛이 나는 허리띠를 맨 채 용이 수놓인 노란 하포荷包(장식용 전대錢袋로 주머니의 일종)를 달고 있었다. 하포는 옷섶에 앙증맞게 달린 채 달랑거리고 있었다. 그뿐이 아니었다. 보석이 박힌 모자 밑으로는 머릿결 고운 변발이 허리께까지 드리워져 있었다. 그 모습은 때마침 햇볕을 잔뜩 머금은 바깥의 눈빛에 반사되면서 윤잉을 한없이 잘생겨 보이도록 만들었다.

윤진이 그런 윤잉을 유심히 쳐다보고는 어색한 웃음을 지어내면서 말했다.

"오늘은 저의 귀빠진 날입니다. 그런데 마침 눈까지 내려줘 기분이 좋더군요. 그래서 내친김에 모처럼 아우들을 불러 술이라도 한잔하려고 했습니다. 그런데 이 좋은 날에 그만 그런 일이 일어나고 말았습니다. 급기야는 태자마마까지도 놀라게 해드린 것 같군요……."

윤진이 잠시 말을 멈췄다 숨을 고른 다음 만영전당포에서 있었던 사건의 자초지종을 자세히 들려줬다. 그러자 윤잉이 통쾌하다는 듯 크게 웃으면서 말했다.

"병법에 이르기를 '병사들을 지휘하지 않을 때는 처녀처럼 조용하나 일단 행동했다 하면 도망치는 토끼마냥 쏜살같다'라는 말이 있네. 잘했어! 괜히 덮어 감추려고 할 것도 없어. 나는 이미 다 알고 있는걸. 안휘성 순무가 상주문을 보내왔다고. 때문에 연갱요가 강하진에서 도둑떼를 일망타진한 것도 알았고……. 임백안이 살아있다는 사실 역시 모르지 않았지. 주천보와 진가유가 그걸 왜 모르는 척하느냐고 하더군. 그래서 내가 그랬어. 옹친왕이 북경에서 곧 크게 손볼 일이 있어 대외적으로 말을 흘리지 않는 것일 거라고 말이야. 안심을 시킨 것이지. 또 임백안이 살아있다는 말은 절대 발설하면 안 된다고 주의도 줬지. 이제 보니 내 추측이 적중했군! 가만 있자……, 이렇게 큰 공을 세웠으니 뭔가 상을 내려야 할 것 아닌가. 여봐라!"

"예, 태자마마!"

"벽옥백도碧玉百桃가 새겨져 있는 팔보八寶 유리병풍을 옹친왕부에 보내드리도록 하라!"

"예, 태자마마!"

윤상이 윤잉의 명령에 갑자기 오리무중에 빠진 듯 눈을 깜빡였다. 뭔가 의아스럽다는 눈치였다.

'이 양반이 도대체 왜 이렇게 친절을 베푸나? 전례 없이 통 크게 나오는 것이 뭔가 이상해!'

윤상이 속으로 그렇게 생각하고 있을 때였다. 윤진이 황송하다는 듯 입을 열었다.

"이렇게 챙겨주시니 정말 뭐라고 감사의 말씀을 드려야 할지 모르겠습니다. 이번 일을 처리하면서 우선 태자마마께 아뢰는 것이 순서인 줄은 알고 있었습니다. 그러나 혹시라도 전달되는 과정에 문제가 생겨 기밀이 유출되지 않을까 하는 두려움이 있었습니다. 자칫하다가는 족제비는 잡지 못하고 구린내만 몸에 배지 않을까 하는 우려가 있었던 것입니다. 태자마마께서 진작 예측을 하시고 비밀을 지키며 저를 보호해 주셨다는 사실에 그저 감읍할 따름입니다. 또 이렇게 격려도 해주시니 마음이 한결 편합니다. 무슨 지시가 계시면 말씀을 하십시오. 전적으로 명령에 따르겠습니다!"

"아주 잘했어. 나는 원래 임백안을 심문하는 일을 여덟째에게 맡기려고 했어. 그런데 자네가 이미 아홉째로 결정했으니 됐어. 두 사람 중 누구를 시키더라도 다 똑같지 않나 싶네. 내 생각에는 배짱이 조금 부족하기는 하지만 조심성 있고 착실한 다섯째를 조수로 붙여줬으면 어떨까 싶기는 하네만!"

윤잉 역시 처음보다는 많이 차분해진 말투였다. 윤진 역시 당쟁이나 파벌 간의 싸움에서는 항상 저만치 물러나 있는 다섯째라면 일을 시켜도 괜찮을 것 같다는 생각을 하면서 대답했다.

"좋은 생각이신 것 같습니다. 그러시다면 제가 따로 상주문을 준비할 필요도 없겠군요. 태자마마께서 육백리 긴급서찰로 폐하께 사실 보고를 올리시면 될 것 같습니다."

윤잉이 아주 만족스러운 듯 고개를 끄덕였다.

"그렇지, 그게 좋겠어. 조금 있다 바로 서찰을 쓰도록 하지. 자네는 유공자들의 명단을 작성해 올려 보내라고. 함께 상주를 올리게."

윤진은 윤잉의 말에 마음이 홀가분해졌다. 이글거리는 불덩어리를 다른 사람이 선뜻 품겠다고 나섰을 뿐만 아니라 태자가 허락까지 했다는 사실에 기분이 꽤 좋아진 것이다. 그러나 윤상은 내내 표정이 밝지 않았다.

윤진이 그런 윤상을 일별하면서 윤잉에게 물었다.

"폐하께서는 언제쯤 귀경길에 오르실 겁니까?"

"이번이 여섯 번째 남순이지. 떠나실 때 혹시 마지막 남순일지도 모른다는 감회 어린 말씀을 하시면서 가능한 오랫동안 있다 오고 싶으시다고 하셨어. 어제 장정옥의 서찰을 받았는데, 원단元旦 전에는 돌아오실 거라고 했어."

윤잉이 한숨을 내쉬면서 말했다. 이어 다소 우울한 표정을 한 채다시 입을 열었다.

"노인네가 이번에 북경을 떠나 계시는 동안 나는 진짜 맡은 바 일에 최선을 다했어. 다행히 큰 실수는 하지 않았던 것 같아. 돌이켜 보면 복위되고부터 내가 때때로 지나친 조급함에 시달리고 서둘렀던 것 같아. 그렇다고 일을 두 배로 잘 해내는 것도 아니면서 말이야. 자네들이 그 점을 이해해 줬으면 해."

윤진은 딱히 뭐라 할 말이 없었다. 그러자 윤상이 오랜만에 침묵을 깼다.

"태자마마, 제 성격이 지나치게 거친 점을 감안하시고 들어주시면 감사하겠습니다. 태자마마께서 이렇게 말씀하시니 저도 감히 한 말씀을 드릴까 합니다. 지난번 정자에서의 만남 때는 넷째 형님에게 너무하셨다고 생각합니다!"

윤진이 윤상의 말에 흠칫했다. 그러더니 황급히 손을 저으면서 말리고 나섰다.

"열셋째, 직접 목격한 일도 아니면서 아무렇게나 말하지 마. 그날은내가 되레 태자마마께 무례를 범했어!"

윤잉이 윤상의 말에 약간 마음이 상했는지 굳은 얼굴을 한 채 자리에서 일어섰다. 그리고는 뒷짐을 지고 창밖을 내다보았다.

"눈발이 많이 약해졌군. 내가 넷째를 난감하게 만든 것이 어찌 정자에서 뿐이었겠어? 산동성의 이재민들에게 구제 양곡을 풀자는 의견에도 말을 꺼내기 무섭게 면박을 줬지. 또 토지의 양에 따라 세금을 징수하자는 제안에는 더 말할 필요도 없었지. 미안할 정도로 면박을 줬어. 그러나 결국에는 다 넷째의 건의를 받아들이지 않았는가. 만만한 자네들에게 화풀이를 할 수밖에 없었던 내 심정이 오죽했겠는가? 그렇다고 내가 여덟째를 불러 화풀이를 하겠어? 자네들이 나를 조금이라도 이해한다면 지난일은 마음에 담아두지 말고 털어버리면 좋겠네."

윤잉의 얼굴에 어떻게 할 수 없었다는 뜻이 담긴 표정이 스쳤다. 이어 눈에 눈물이 그렁그렁 맺히기 시작했다. 아마 그동안 쌓이고 쌓였던 자기 설움이 북받친 듯했다.

윤진과 윤상 역시 벌겋게 달아오른 얼굴을 푹 숙인 윤잉의 모습을 보면서 고개를 숙이지 않을 수 없었다. 갑자기 무거운 침묵이 한참이나 흘렀다.

윤상이 드디어 한숨을 내쉬면서 입을 열었다.

"태자마마께서 저희들을 심복으로 생각하시고 진심을 말씀하시는데 저희들이 어찌 감히 다른 마음을 품을 수 있겠습니까? 이 나라, 천하는 언젠가는……, 태자마마의 것이 될 텐데……. 이쯤에서 정말 진심으로 여쭙고 싶은 것이 하나 있습니다. 도저히 궁금해서 견딜 수가 없습니다. 저는 태자마마께서 탐관오리들의 명단을 바꿔치기한 것을 정말 이해할 수가 없습니다. 그렇게 해서 백관들의 마음을 다치게 한 것은 더 말할 필요가 없고요."

윤잉이 윤상의 지적에 괴롭다는 듯 길게 한숨을 내쉬었다. 이어 천천히 대답했다.

"그렇게 할 수밖에 없는 이 태자는 얼마나 비참했겠어! 혹시 《초사》楚辭 중에서도 유명한 〈초은사〉招隱士라는 글을 읽어봤는가? 거기에 '계수나무 가지 끌어 잡고 외로이 서성대니, 서로 물어뜯는 호랑이들과 으르렁대는 곰들, 작은 짐승들은 혼을 놓고 달아나는구나. 왕손이여, 한시 바삐 돌아오라. 산속에서는 더 오래 머무를 수 없나니!'라는 내용이 있지. 회남소산淮南小山(한나라 때 회남왕淮南王 유안劉安의 식객들을 일컬음. 〈초은사〉의 공동 저자)이 묘사한 이런 약육강식의 참혹함이 어찌 심산유곡에만 있겠어? 내가 보기에는 자금성도 크게 다를 것이 없는 것 같아! 왕손은 돌아왔으나 안락한 거처는 어디에 있다는 말인가? 그래서 나는 자네들이 다른 일을 할 때는 왈가왈부하면서 사사건건 따지고 싶지 않아. 하지만 조정의 쓰레기를 파버리고 팔황자당의 세력을 타도시키는 일에서만큼은 세세하게 살피고 앞장설 거야!"

윤진과 윤상은 그제야 비로소 윤잉의 속셈을 간파한 듯했다. 윤상의 얼굴에는 순간 짜증스런 표정이 스쳐 지나갔다. 자신이 아무리 윤진을 보필해 열심히 일한다고 해도 결국 그것이 태자의 팔황자당 죽이기에 동조한 것밖에는 되지 않는다는 부정적인 생각을 하는 모양이었다. 그때 윤진이 정색을 한 얼굴로 말했다.

"태자마마, 군자에게는 농담이 없다고 했습니다. 그러니 신하 역시 마찬가지 아니겠습니까. 제가 팔황자당을 상대로 해온 투쟁은 태자마마의 취지와는 차원이 다릅니다. 제 행동이 종묘사직에 도움이 되거나 국계민생에 유익하다면 저는 물불을 가리지 않습니다. 하지만 사적인 감정과 보복을 정치에 악용하는 행위는 있어서는 안 된다고 생각합니다. 제 어리석은 생각으로는 태자마마와 조정은 분명히 한 몸입니다. 덕을 쌓고 마음을 하나로 모아서 동상이몽이 아닌 일심동체를 유지해야 한다고 봅니다. 그래야만 사악한 소인배들에게 침투할 틈을 주지 않을 수 있습니다."

"그래, 그래! 자네 의견을 받아들일게. 왕섬 스승도 같은 말을 했었어. 내가 왜 자네들의 마음을 모르겠나! 이렇게 하지. 탐관오리들의 명단은 내가 다시 한번 보고 신중하게 처리하지. 그건 그렇고, 어제 강소성에서 잡곡을 또 백만 석이나 보냈더라고. 이렇게 되면 전부 사백만 석이잖아. 올 겨울에는 경기京畿와 직예直隸 일대의 백성들이 나무껍질 벗겨먹는 일은 없을 것 같아. 어렵게 생각할 것 없어. 이게 바로 국계민생을 챙기는 일 아니겠어? 넷째 자네는 호부를 독촉해서 식량창고를 빠른 시일 내에 수리하라고 하게. 차질이 생기면 책임을 물을 거니까!"

윤잉이 강경한 어조로 말했다. 윤진과 윤상은 더 이상 할 말이 없었다. 그저 고개를 숙이고 육경궁에서 물러 나오는 수밖에 없었다. 그런 다음 빨리 걷기 시합이라도 하듯 뒤도 돌아보지 않고 앞을 향해 걸었다. 둘이 걸음을 멈추고 겨우 호흡을 고른 것은 서화문 밖으로 나왔을 때였다.

윤상이 찬 공기를 힘껏 들이마시고 나자 기분이 한결 나아졌는지 툴툴대면서 말했다.

"정말 기가 막히네요! 재주는 곰이 부리고 돈은 왕 서방이 챙긴다는 말이 하나도 틀린 것이 없네요. 우리가 돌팔매 맞을 각오로 일을 해놓으니까 이제 와서 그까짓 병풍 하나 주고 가로채려고 하잖아요!"

그러나 윤진은 윤상의 불평에도 아랑곳하지 않은 채 발걸음을 옮기면서 말했다.

"얼마나 더 지나야 확실하게 알 거야? 전에는 태자가 언덕에 올라앉아 호랑이 싸움을 지켜보고 있었어. 그러나 이제는 우리가 그런 처지가 됐어! 조만간에 소문이 쫙 날 거야. 그리고 누구도 열셋째 자네를 어떻게 하지 못할 걸?"

윤상이 고개를 끄덕였다. 이어 탄복 어린 눈빛으로 윤진을 바라보면서 입을 열었다.

"무슨 말인지 알 것 같아요. 수레를 타고 먼저 떠나세요. 내일 찾아뵐게요. 전 집이 가까우니 내무부에서 말을 빌려 타고 가면 돼요."

"음."

윤진은 머리만 끄덕일 뿐 말은 하지 않았다. 곧 그가 수레에 올라 저만치 사라졌다. 윤상은 그 모습을 오래도록 지켜 보다 천천히 내무부로 향했다.

윤상은 집 앞에 다다랐을 때 습관적으로 시계를 꺼내봤다. 신시申時가 끝나가는 시각이었다. 가평이 하인들을 데리고 눈을 쓸고 있는 모습이 멀리서부터 그의 시야에 들어왔다. 그가 말에서 미끄러져 내리면서 동시에 가평을 불렀다. 이어 괜히 호통을 치듯 말했다.

"시키지도 않은 짓을 왜 하고 그래? 누가 눈을 치우라고 했어? 들어가!"

눈이 내렸으니 치우는 것은 당연한 일 아닌가? 안 하면 야단맞을 짓인데, 실컷 일하고서 야단을 맞다니? 하인들은 그런 표정을 한 채 못내 의아스럽다는 모습을 보였다. 열셋째마마가 심기가 불편해서 그런가하고 생각하는 듯했다. 그러나 가평이 보기에 윤상은 심기가 그다지 불편해 보이지는 않았다. 그가 손바닥을 비비면서 웃음 띤 얼굴로 조심스럽게 대답했다.

"소인이 눈을 치우라고 했습니다. 방금 하녀 하나가 쟁반을 들고 가다 미끄러져 다치는 것을 보고……."

"들어 가, 들어 가! 이런 날씨에는 밖에서 이렇게 청승을 떨 것이 아니라 따뜻한 화롯불 옆에서 술 한 잔 마시는 것이 최고야! 설경이 얼마나 좋아. 다 쓸어내버리면 나는 뭘 보냐고!"

윤상이 대문 안으로 들어서면서 웃는 얼굴로 말했다. 이어 하인들 틈에 끼어 있는 문보생의 아버지인 문칠십사文七十四를 발견했다. 그가 나무라듯 말했다.

"자네는 이제 이런 일은 하지 않아도 된다고 했잖아? 날씨도 추운데 왜 고생을 사서 하고 그래?"

문칠십사는 대답을 하려다 기침이 터져 나왔다. 한참 후에야 겨우 진정시킨 그가 말했다.

"그나마 움직일 수 있을 때 뭐라도 좀 하고 싶었습니다……."

가평도 웃으면서 거들었다.

"설탕이라면 찍어먹는 재미라도 있겠지만, 온통 흰 천을 덮어놓은 것 같은데 구경할 것이 뭐가 있습니까?"

윤상이 가평의 말에 갑자기 발끈했다.

"오냐오냐 했더니 버릇없이 토까지 달아? 가서 강하진에서 온 왕영감의 둘째아들이나 데려와. 그리고 자네들은 스무 냥 정도 달라고 해서 어디 가서 술이나 마시고 와!"

윤상은 말을 마치자마자 더욱 빨리 걸음을 옮겼다. 순식간에 세 번째 문을 지나칠 정도였다. 그곳에는 아란과 교 언니가 대기 중이었다. 그가 둘을 향해 물었다.

"자고는 어디 있지? 아침에 먹었던 자라탕 있지? 한 그릇 따끈하게 데워오라고 해!"

"잊으셨습니까? 열셋째마마께서 자라탕을 난초에 물 주듯 주라고 하셔서 다 뿌리고 말았잖습니까. 자고는 어머니가 편찮으시다는 전갈을 받고 오전에 잠시 집에 다니러 갔습니다. 상황이 심각하면 늦을 수도 있다고 했습니다. 몸을 훈훈하게 해주시려면 꼭 자라탕이 아니더라도 괜찮습니다. 황주를 따끈하게 데워 드시는 것도 괜찮을 듯합니다."

교 언니가 웃음 띤 얼굴로 대답했다. 얼굴이 약간 불그레해져 있었다.

윤상은 이상한 생각이 들어 즉각 주변을 살폈다. 아니나 다를까, 바로 앞의 탁자 위에 두 여자가 술을 먹은 흔적이 그대로 남아 있었다. 그가 그 모습을 보면서 말했다.

"그러면 그렇게 해! 그나저나 자네들은 여기 앉아 설경에 취하고, 황주에 취해 알딸딸해져 있었군. 그렇지 않은가? 그래, 좋아! 이번에는 내 차례야. 다른 시녀들을 불러 시중을 들게 하고 자네들은 여기에서 바둑이나 두라고!"

윤상의 말이 끝날 때 즈음이었다. 강하진 왕 영감의 아들인 왕이알王二嘎이 들어오고 있었다. 모습이 척 봐도 후덕하고 두루뭉술하게 생긴 전형적인 농사꾼이었다. 또 어딘가 물렁해 보이기도 했다.

그가 윤상이 상으로 내린 가죽 마고자를 입고 땀범벅이 된 채 헐떡이면서 더듬거렸다.

"열셋째마마……, 소인을 부르셨사옵니까?"

윤상이 황주를 입 안에 털어 넣었다. 그리고는 한잔 더 따르라는 식으로 술잔을 내밀면서 웃었다.

"자네의 저지에 대해 넷째마마와 나는 솔직히 다 알고 있어. 사실 도둑을 잡다 보면 억울한 사람을 다치게 하는 가슴 아픈 경우가 종종 있기 마련이고. 지금 넷째마마께서는 상세한 내막에 대해 알고 싶어 하셔. 가평에게 일러 두 명의 하인을 붙여줄 테니 지금 곧 같이 가보게. 사람의 목숨은 하늘에 달려 있어. 웬만한 이유가 아니고서는 무고한 생명을 희생시킨 것이 정당화될 수는 없을 것이라고 믿네. 넷째마마께서 자네의 한을 풀어주실 것이라 믿고 가보게."

윤상은 말을 마치자마자 바로 명령을 내렸다.

"여봐라! 은 열 냥을 상으로 내려라. 또, 믿을 만한 사람 둘을 시켜 옹화궁으로 데려다 주도록 하고!"

"무슨 일이시옵니까? 바쁘신 넷째마마께서 무슨 일로 저런 사람을 다 만나십니까? 열셋째마마께서 곁에 두고 부리기로 하지 않았사옵니까?"

교 언니가 바둑알을 옮겨놓고는 손수건으로 입을 막은 다음 가볍게 기침을 하면서 물었다. 윤상은 그 물음에는 대답도 하지 않고 바둑판을 가리키면서 아란에게 말했다.

"여기 조심해. 치고 들어오잖아. 교 언니, 그게 그렇게 궁금해? 실은 오늘 넷째마마 댁이 잔칫날처럼 재미있었거든. 태자마마만 빼고 황자들이 다 모여서 술 마시고 노래하고 완전히 난리가 났었지. 나도 오랜만에 한 곡조 뽑았다는 거 아니야!"

그러자 아란이 손으로 입을 가리고 웃으면서 말했다.

"진짜 재미있었을 것 같사옵니다! 언제 저희들에게도 열셋째마마의 노래를 들어볼 기회를 주십시오!"

윤상은 갑자기 취기를 느꼈다. 이미 옹화궁에서 술을 잔뜩 마신 데다 찬 기운을 맞은 채 들어와 다시 따끈한 황주를 연신 들이킨 탓이었다. 그가 아란의 말에 무릎을 껴안은 채 고개를 저었다.

"어렸을 적에 한류씨 어멈이 가르쳐준 노랫말이 있기는 한데, 아쉽게도 곡을 붙이지 못했어. 그래도 한번 대충 불러볼까⋯⋯. 들어보라고!"

윤상은 말을 마치자마자 목청을 가다듬었다. 이어 천천히 노래를 부르기 시작했다.

　　큰 눈 내리는 날에 늙은 자라가 얼어 죽었네!

　아란과 교 언니는 노래의 첫 소절을 듣자마자 바로 눈이 휘둥그레
졌다.
　"무슨 노래가 그렇습니까? 꼭 자장가인 것 같습니다!"
　아란과 교 언니가 동시에 흐느적거리면서 웃었다.
　"자장가는 노래가 아니야?"
　윤상이 퉁명스레 쏘아붙이고는 계속 노래를 불렀다.

　　늙은 자라가 스님에게 일러바치니,
　　스님이 선생에게 경을 읽어줬네.
　　선생이 청개구리에게 점을 봐주니,
　　청개구리는 물장난을 해서 귀신을 불렀네.
　　귀신이 콩을 가니,
　　두부는 무슨 빌어먹을 두부!

　아란과 교 언니는 도대체 그게 무슨 노래냐면서 한바탕 윤상에게
잔소리를 해댔다. 그러자 윤상도 밉지 않은 듯 둘에게 대꾸를 하며
지지 않았다.
　"웃기는 왜 웃어? 말도 안 되는 소리 같지만 세상일이라는 것이 그
런 것 아닌가? 거북이는 아무리 하소연해봤자 들어주는 사람이 없어
죽어가는 수밖에는 없다는 거야!"
　윤상이 아란 등과 어울려 한바탕 말장난을 하고 떠들썩하게 즐기

면서 시간가는 줄 모르고 있을 때였다. 갑자기 문어귀에 걸려 있던 조롱 안의 앵무새가 종알거리기 시작했다.

"두부는 무슨 빌어먹을 두부! 두부는 무슨 빌어먹을 두부!"

윤상을 비롯해 아란과 교 언니는 무릎을 치면서 웃음을 터트리지 않을 수 없었다.

그때 가벼운 인기척이 들렸다. 윤상이 획 하고 고개를 돌렸다. 손난로를 받쳐 든 자고가 조용히 들어서고 있었다. 윤상이 언제 봐도 양순하고 얌전한 자고를 보더니 반색을 했다.

"늦었군? 조금만 더 일찍 왔더라면 내가 부른 기가 막힌 노래도 들었을 텐데!"

자고는 윤상의 말에도 얼굴에 살며시 미소만 띠울 뿐 말이 없었다. 마음이 복잡한 듯했다. 기분도 무척 안 좋은 듯했다. 윤상이 자리에서 일어나 자고에게 다가가 고개 숙인 얼굴을 들여다보면서 다정하게 물었다.

"왜 어머니께서 많이 안 좋으신가? 기관지가 안 좋다고 했지? 이런 날씨에는 각별히 조심해야 하는데……. 어차피 우리 살림은 자네가 맡아서 하고 있으니 필요한 약이 있으면 돈 아끼지 말고 막 쓰라고! 태의라도 불러줄까?"

"제가 어찌 감히 태의를 오라 가라 하겠습니까? 나이도 그렇고 이제는 노환입니다. 어차피 태어나 살다가 각자 떠나는 것이 인생이라면……. 최악의 경우를 대비하고 있습니다."

자고가 창백하게 질린 얼굴에 애써 웃음을 지으면서 대답했다. 윤상도 가슴이 아픈지 눈 내리는 창밖에 시선을 둔 채 한숨을 내쉬었다.

"그래, 그렇게 생각하는 게 낫지. 오늘 저녁은 너무 늦었고……, 내가 내일 아침 일찍 하 태의를 부르게. 가래를 가라앉히는 데는 제법 재주가 있는 사람이거든."

윤상이 취기가 올라 몽롱해지는지 이마를 붙잡았다. 어지러운 모양이었다. 그가 아란과 교 언니를 향해 말했다.

"오늘 저녁은 자네들이 시중을 들도록 하게. 자고는 좀 쉬어야 할 것 같으니까."

그러자 자고가 황급히 말했다.

"아닙니다, 괜찮습니다. 누워도 잠을 못 이룰 것 같습니다. 옆방에서 수나 놓으면서 시중들겠습니다."

윤상은 더 이상 말을 하지 않았다. 곧 아란과 교 언니가 윤상의 시중을 들기 시작했다. 그를 자리에 누이고는 불필요한 불들을 껐다. 그는 눕자마자 바로 코를 골았다. 아란과 교 언니는 기다렸다는 듯 까치발을 하면서 물러났다.

자고는 오늘따라 유난히 요란하게 춤을 추는 촛불 앞에 앉은 채 창밖의 소름끼치는 바람소리를 들었다. 순간 그녀는 자신도 모르게 두 팔을 감싸 안았다. 실내에는 훈기가 감돌았으나 가슴속은 마치 얼음구멍에 빠진 양 춥고 오그라드는 것 같았던 것이다.

사실 그녀는 그저 평범한 시녀가 아니었다. 여덟째와 임백안이 오랜 시간 공들여 윤상에게 심어놓은 첩자였다. 그것도 아주 뛰어난 능력을 갖춘 첩자라고 할 수 있었다.

그녀에게 오늘 저녁은 특별한 날이었다. 주인과 어머니의 이중 명령을 받고 윤상을 죽여야만 하는 날인 것이다. 그러나 그녀는 이 절체절명의 순간 극도의 모순과 고민에 빠져있었다. 윤상에 대한 감정이 이상하게 변한 탓이었다.

원래 그녀는 만주족들에 대해 뼈에 사무치는 원한을 가지고 있었다. 태자당이니 팔황자당이니 구분할 것도 없었다. 그녀에게는 그럴 만한 이유가 있었다.

때는 청나라 병사들이 산해관山海關을 넘어 쳐들어온 직후였다. 당시 가정嘉定에서는 무려 사흘 동안이나 이어진 대학살이 있었다. 명나라의 부장副將으로 있던 그녀의 조부 양백군楊伯君도 대학살을 피할 뾰족한 방법은 없었다. 자신이 지휘하던 300여 명의 군사들과 함께 참변을 당하고야 말았다.

자고의 어머니 역시 그때 죽을 뻔한 위기에 직면했다. 다행히도 그녀의 유모가 당시 일곱 살밖에 되지 않았던 그녀를 안고 필사의 탈출을 시도했다. 이후 자고의 어머니는 살아남았고, 남경에서 장사를 하는 숙부를 찾아갔다.

남경에 있던 자고 어머니의 숙부와 임백안은 결의형제를 맺은 아주 절친한 사이였다. 그들은 강희 26년 강희가 첫 번째 남순차 금릉金陵에 도착했을 때 의거를 도모하기도 했다. 주삼태자朱三太子와 함께 막수호 호반인 비로사毘盧寺 선산禪山 위에 홍의대포紅衣大砲를 설치해놓고 강희의 행궁을 폭파시키려 했던 것이다. 하지만 거사는 실패로 돌아갔다. 자고 어머니의 숙부 일가는 하나같이 난도질을 당하는 참변을 당했다…….

물론 자고는 그런 처참한 가족사를 직접 겪지는 않았다. 하지만 어릴 때부터 세뇌교육을 받듯 어머니를 비롯한 식구들로부터 귀에 못이 박히도록 들으면서 자랐다. 그랬으니 키가 크고 뼈가 굵어지면서 그에 따라 원한도 함께 커질 수밖에 없었다.

그러나 그녀는 이제 결정적인 순간에 이르러 갈등을 겪고 있었다. 윤사가 자신을 이용하려 하는 것은 아무래도 좋았다. 자신도 그 사실은 잘 알고 있지 않은가. 명령 받은 대로 하지 않을 수도 있었다. 그러나 몰살을 당하고 얼마 남지 않은 가족이 오갈 곳 없이 위험에 처했을 때, 자신의 가족을 챙겨줬던 임백안이 아닌가! 그런 그가 만주족들의 수중에 잡혀 있다니, 그녀로서는 너무나도 괴로운 일이었다. 더구나 그 일을 벌인 주동자가 윤상이라니!

자고는 얼마 후 점점 작아지는 촛불 속에서 어느덧 한줌밖에 안 되게 병든 어머니가 보이는 것 같았다. 뼈만 남아 앙상한 나뭇가지 같은 손으로 자신을 붙잡고 힘없는 목소리로 얘기하던 어머니가 다시금 떠올랐다.

"애야……, 나라의 원수를 못 갚는 것은 어쩔 수 없어. 그러나 가문의 한은 풀지 않을 수 없구나. 임백안 삼촌이 원수를 갚는다면서 가정도 꾸리지 않더니, 결국에는……. 네 아버지가 감옥에 들어가던 날에도 비가 엄청나게 내렸지. 천둥소리에 창문이 금이 갈 정도였으니. 그때 네 아버지는 하늘을 쳐다보면서 악에 받쳐 고함을 질렀지. '튀! 눈깔 먼 하늘 같으니라고! 목숨은 다 같이 소중한 것이야. 그런데 왜 우리 양씨 가문의 수백 명 목숨이 만주족 한 명만도 못한 건데?' 그게 마지막이었다……. 그날 나는 네 아버지의 마지막 모습을 보고 관세음보살 앞에서 맹세했지. 자식들을 잘 키워 반드시 복수하겠노라고! 하지만 네 오빠가 먼저 가버렸으니……. 이제는……, 이제는 너밖에 남지 않았어! 이 에미가 저승에 가서 당당하게 네 아버지를 만날 수 있게 해줘!"

촛불이 갑자기 크게 널뛰기를 했다. 자고는 말끔한 윤사의 얼굴을 떠올렸다. 윤사의 주문은 간단했다.

'윤상이 살아있는 한 나라의 안녕이라는 것은 불가능하다. 책을 많이 읽은 자네는 '가죽이 없으면 털이 어디에 붙을 수 있겠는가?'라는 말이 가르쳐주는 이치를 알 것이라 믿어. 내가 잘못되면 자네 어머니와 남동생은 어떻게 되겠어? 윤상이 자네에게는 은인이나 마찬가지인 임백안을 죽인다고 해. 그러니 자네가 윤상을 죽여서는 안 된다는 법이 어디 있겠는가! 자네는 이러는 내가 너무 잔인하다고 생각할지도 몰라. 하지만 윤상이 하는 꼴을 좀 봐. 어디 혈육의 정 같은 것을 염두에 두고 있나. 그 자식은 이미 백운관을 노려보고 있어. 그곳을 쑥대밭으로 만들고 나면 다음 목표는 바로 나야! 그러니 자네는 천의天意에 따라 움직일 뿐이야! 일이 끝나면 즉각 십삼패륵부를 탈출해야 해. 밖에다 자네를 보호해 줄 사람을 밤낮으로 대기시켜 놓고 있을 테니……'

"자고……, 자고……. 물 좀 줘. 목이 말라……."

갑자기 윤상이 몸을 뒤척이면서 중얼거렸다. 자고가 깊은 생각에 잠겨 있다 말고 불에 덴 듯 화들짝 놀랐다. 이어 떨리는 목소리로 말했다.

"잠깐만요……."

자고는 은병에서 물을 반쯤 따랐다. 그리고는 다시 주전자의 더운물을 섞어 윤상의 머리를 받쳐 들고는 두어 모금 마시도록 했다. 윤상은 입을 쩝쩝 다시더니 다시 곯아떨어졌다.

자고는 더 이상 지체할 수 없다고 생각했다. 드디어 소매 속에서 서슬 푸른 비수를 뽑아들었다. 이어 다시 잠에 곯아떨어진 평온한 얼굴의 윤상을 내려다봤다.

"지금 이걸 내리꽂으면 천하에 날고 기는 열셋째마마라고 하더라도 끽소리 못하고 뻗겠지!"

그녀는 가만히 중얼거렸다. 그러자 갑자기 그녀의 눈앞에 일가족이 몰살당한 살육의 현장과 다소 우울해 보이는 윤사의 얼굴이 떠올랐다. 그리고 피가 낭자한 채 죽어 있는 임백안, 평생토록 한을 품고 살아온 무기력한 어머니의 눈빛도 보였다. 모든 것이 순간적으로 어지럽게 교차했다…….

자고는 마지막으로 윤상을 아래위로 훑어봤다. 순간 자신이 한 땀 한 땀 공들여 만들어준 하포를 발견했다. 윤상의 허리춤에 달려 있는 하포…….. 그녀는 자신도 모르게 입술을 바르르 떨었다.

당시 자고는 하포에 금룡金龍을 수놓아 주려고 했었다. 그러자 윤상은 건방지게 노란색을 달고 다닐 경우 장황자 같은 사람에게 혼이 나는 수가 있기 때문에 싫다고 했었다.

그녀는 그 말에 자신이 뭐라고 대답했는지는 기억에 없다. 그러나 윤상의 그 다음 한마디 말은 늘 생생하게 기억하고 있었다. 그때 윤상은 갑자기 훌쩍거리면서 자신은 황자들 중에서 유독 공처럼 이리 차이고 저리 차이는 비참한 신세인 탓에 남들이 다하는 노란색도 감히 착용할 수 없다고 했던 것이다.

여자의 마음은 갈대라고 했던가! 자고는 어쩔 수 없이 약해지고 있었다. 성격이 괴팍해 아주 가끔씩은 발길질을 하면서 분통을 터트릴 때도 있었으나 부드럽고 자상할 때가 훨씬 더 많은 윤상이 아니던가. 더구나 그가 15살 되던 해부터 함께 해왔다. 지나온 오랜 세월 동안 기쁨도 함께 하고 슬픔도 함께 했다. 그뿐 아니라 그는 시녀라고는 하나 자신을 한 번도 무시하거나 함부로 한 적이 없었다. 때로는 서로 부둥켜안은 채 위로하며 울었을 때도 없지 않았다…….

자고는 최후를 준비하는 기분으로 조용하고도 침착하게 자신의 내면을 들여다보고 있었다. 더불어 자신 안에 가라앉아 있는 감정들을 흔들어 깨워 묻고 또 물었다. 자신에게 있어서 윤상은 누구였던가? 대답은 정해져 있었다.

'자고, 너는 언젠가부터 너도 모르게 이 괴팍한 황자를 사랑하고 있었다. 다만 보이지 않는 장벽 때문에 자신의 감정을 살펴보려 하지 않은 채 억누르고 무시해야했을 뿐이다.'

그녀는 비수를 꺼내든 채 유령처럼 실내를 서성거렸다. 그때 갑자기 공진대拱辰臺에서 묵직한 대포大砲소리가 세 번 들려왔다. 순간 그녀는 흠칫 몸을 떨었다.

'이건 하늘의 뜻인가?'

갑자기 자고의 눈에서 귀신불 같은 것이 번뜩였다. 그녀는 천천히 책상 앞으로 다가가서 붓을 들었다. 이어 윤상이 그리다 만 매화 그림 밑 빈 공간에다 뭔가를 적어 내려갔다. 손이 떨리면서 글씨도 떨렸다. 그리고는 비수를 들어 주저없이 자신의 가슴을 찔렀다.

작고 앙상한 나무가 넘어가듯 그녀는 피로 붉게 물든 가슴을 부여잡고 스르르 땅에 쓰러졌다. 죽음의 몸부림조차 없이 그녀는 그렇게 세상 저편으로 한 줄기 연기처럼 사라졌다.

윤상이 깊은 잠에서 깨어났을 때는 이미 창밖이 훤히 밝아 있었다. 순간 그는 늦잠을 잔 줄 알고 벌떡 일어나 앉았다. 그러나 아직 이른 시각이었다. 창밖의 흰 눈이 반사돼 더 밝아 보인 것뿐이었다. 그는 그 사실을 깨닫고는 실소하듯 피식 웃었다. 그리고는 습관처럼 자고를 불렀다.

"자고, 나 목말라. 입가심하게 차 좀 가져다 줘!"

그런데 이상하게 아무 대답이 없었다. 대신 동쪽 방에서 자고 있던 아란이 윤상의 부름을 듣고 황급히 옷을 여미면서 말했다.

"자고 언니도 늦잠을 잘 때가 있나 보네요?"

아란은 말을 마치고 주렴을 제치고 들어서다 그만 깜짝 놀랐다. 피를 뒤집어쓴 채 손에 비수를 꼭 움켜쥐고 꼿꼿하게 굳어 있는 자고를 발견한 것이다. 그녀는 그만 악! 하고 비명을 지르고 말았다.

"아침부터 왜 소리를 지르고 난리야!"

윤상이 아란을 꾸짖으면서 다가왔다. 그 역시 싸늘한 주검이 돼 있는 자고를 발견했다. 순간 아란처럼 그 자리에 얼어붙어 버리고 말았다.

잠시 후 그는 혹시나 하는 생각으로 자고에게 다가가 코끝에 손을 댔다. 이어 갑자기 고개를 번쩍 쳐들더니 아란을 매섭게 노려봤다. 대뜸 인상을 험악하게 구기면서 허리춤으로 손을 가져갔다. 아란이 엉겁결에 뒤로 물러나면서 바르르 떨었다. 다행히 윤상의 허리춤에는 아무것도 없었다. 그는 그제야 자신이 잠옷 차림으로 나왔다는 것을 깨닫고는 고개를 돌려 장검을 찾았다.

고개를 돌리는 바로 그 찰나였다. 책상 위에 놓여 있는 매화 그림에 그의 시선이 가 닿았다. 그는 허겁지겁 달려가 자고가 죽기 전에 적어놓은 글을 읽었다. 그리고는 무너지듯 그 자리에 웅크리고 앉은 채 두 손으로 얼굴을 가렸다.

"이건 아니야……. 사실이 아니야……. 이럴 수는 없어……."

윤상은 실성한 사람처럼 계속 중얼거렸다. 그때 비로소 정신을 차린 아란이 다가가더니 땅에 떨어진 그림을 들었다. 자고 특유의 작고 깜찍한 필체로 마지막 남기는 글이 적혀 있었다.

매화를 노래하네:
추위와 쓸쓸함에 아랑곳 않고 들판에 홀로·선 아름다움이여,
적막을 즐기면서 차가운 강변에 우뚝 선 자존심이여.
영롱한 가지 몇 개냐고 손 흔들어 묻지 마라,
한릉漢陵의 몇째 가는 매화나무냐고도 묻지 마라.

갑신甲申 후 66년 자고 절필

"이 일은 절대 발설해서는 안 돼……. 마지막 가는 길에 춥지 않게 해서 잘 보내주고."

윤상이 단단히 입막음을 하고는 눈물을 닦았다. 그리고는 멀리 창밖을 바라보면서 깊은 한숨을 토해냈다.

39장
예측불허의 강희

　강희는 강하진을 습격해 임백안을 생포했을 뿐만 아니라 그가 몰래 숨겨 놓았던 조정 백관들의 비리를 적어놓은 비밀문서를 색출해냈다는 내용을 골자로 하는 태자의 600리 긴급서찰을 받자 크게 놀라지 않을 수 없었다. 당연히 분노했다. 즉각 조서를 내렸다.

　10월 25일 상주문을 받고 놀라움을 금할 길이 없다. 나라를 좀먹고 백성을 해치는 간 큰 도둑들은 엄정히 처벌해야 한다. 다섯째 황자五皇子 윤기와 아홉째 황자九皇子 윤당은 대리시, 형부, 순천부 등 관련 아문과 협조하여 주범 임백안을 심문하라. 진정한 주모자가 누구인지도 밝혀내라.《대청률》에 의해 대역죄도 물어야 한다. 조금이라도 소홀히 하거나 늑장 대응을 한다면 절대 용서하지 않겠다.

강희는 조서를 보낸 다음 곧 귀경을 서둘렀다. 하기야 남쪽 지방에 더 머물고 있을 상황이 아니기는 했다.

강희는 11월 20일 수로를 이용해 천진天津에 당도한 다음 육로를 통해 북경으로 돌아왔다. 뜨거운 물을 부으면 김이 올라오다가 수증기째로 그대로 얼어붙어버리는 차가운 날씨였다. 동직문 밖에는 잔설도 여전했다.

떠날 때 그랬듯 돌아올 때도 영접 의식은 조촐하게 이뤄졌다. 강희는 접관청接官廳 앞에 설치된 임시 천막으로 태자 윤잉을 비롯한 윤지, 윤진, 윤기, 윤당 등 다섯 황자를 불렀다. 천막은 말이 천막이지 담요로 바람 한 점 들어오지 않게 철저히 막아 놓고 있었다. 게다가 네 개의 커다란 화롯불도 이글이글 타오르고 있어 안은 완전히 봄날처럼 훈훈했다.

강희는 천마가죽 장포만 입은 채 검은 여우털 관을 쓰고 있었다. 다소 피곤해 보이기는 했으나 눈빛은 형형했다. 얼굴에는 건강한 붉은 빛이 감돌았다. 아귀다툼의 현장을 멀리 떠나 있는 동안 마음이 편했다는 사실을 말해주는 증거라고 할 수 있었다. 실제로 그의 얼굴은 척 봐도 몇 개월 사이에 떠날 때보다 훨씬 더 젊어 보였다.

그가 아들들이 대례를 올리는 모습을 흐뭇한 표정으로 바라보더니 태자에게 앉으라는 명령을 내리면서 말했다.

"이번 남순길에서 짐은 상상 외의 큰 수확을 올렸어. 숨은 인재 한 명을 데리고 왔지. 자네들은 모를 거야!"

장정옥이 웃으면서 강희의 말에 설명을 덧붙였다.

"얼굴은 본 적이 없어서 모르기는 해도 아마 그 글은 모르지 않을 것입니다. 대부분이 방 선생의 글을 읽었을 것입니다. 여기 이분이 바로 동성파桐城派 문단의 영수領袖로 불리는 방포方苞 선생입니다."

방포가 소개를 받자마자 성큼 한 발 앞으로 나섰다. 이어 태자에게 머리를 조아렸다. 그런 다음 다른 황자들에게도 머리를 조아려 대례를 올리려고 했다. 그러자 강희가 웃으면서 말렸다.

"됐네. 장정옥은 짐의 신하이자 부리는 아랫것이나 자네는 짐의 친구야. 여기는 다 짐의 아들들이니까 나중에라도 만나면 간단한 평례平禮(간단하게 예의를 갖춤) 정도만 하면 되겠어. 여러 황자들도 모두 들었지?"

윤잉은 강희의 말이 끝나자 부황으로부터 파격적인 대우를 받는 방포를 자세히 눈여겨보았다. 순간 속으로 터져 나오는 웃음을 참지 못했다. 누렇게 뜬 얼굴을 비롯해 빗자루를 거꾸로 놓은 것 같은 눈썹, 작고 뾰족한 입술에 원숭이처럼 생긴 볼의 턱이 그렇게 못 생기고 우스꽝스러울 수가 없었던 것이다. 윤잉은 아무리 글재주가 뛰어나다고 해도 하필이면 이런 사람을 상서방의 포의 재상으로 들인다는 사실에 의아스러워하면서 말했다.

"방 선생의 도덕적인 문장 실력에 늘 탄복해 왔습니다. 그러나 만나 볼 기회가 없었습니다. 이제는 가까운 곳에서 자주 얼굴을 보게 됐으니, 앞으로 많은 지도편달을 부탁드립니다."

방포가 말을 함부로 놓지도 못하고, 그렇다고 하대도 못하는 윤잉에게 황송한 듯 황급히 허리를 굽실거렸다. 이어 조심스럽게 말했다.

"너무 부풀려졌습니다. 그 정도에는 못 미칩니다. 태자마마의 과찬에 그저 황송할 뿐입니다."

방포가 말을 마치고는 황자들을 슬며시 한번 둘러봤다. 순간 좌중의 사람들은 사막에서 오아시스를 발견한 신선한 충격에 사로잡히지 않을 수 없었다. 그의 작은 눈에서 흘러나오는 밝고 날카로운 눈빛이 정말 예사롭지가 않았던 것이다.

윤진은 동성에서 방포의 집을 수색할 때 그를 한 번 본 적이 있었다. 그후 여덟째 등과 함께 강희 앞에서 그의 구명운동을 벌인 적도 있었다. 하지만 윤진은 이런 자리에서 특별히 나서서 알은체를 하고 싶지는 않았다.

그러나 셋째는 달랐다. 얼굴 가득 웃음을 지어내면서 입을 열었다.

"나는 어려서부터 방 선생의 문장을 읽고 자랐다고 해도 과언이 아닙니다. 특히 인상에 남는 것은 《옥중잡기》獄中雜記였습니다. 그 글에서 시국에 대한 통렬한 비판을 했더군요. 마치 심장을 관통하는 것 같았습니다. 십 년 묵은 체증이 뻥 뚫리는 느낌도 들었습니다. 지난번 지의旨意를 받았을 때는 바로 방 선생의 필체라는 것을 알아볼 수 있었습니다."

방포는 여전히 몸 둘 바를 몰라 했다. 계속 상체를 숙인 채 화답을 했다. 강희가 셋째의 발언에 대한 황자들의 표정을 예리하게 관찰한 다음 갑자기 입을 열었다.

"자네들은 독서를 운운하기에는 아직 멀었어! 나중에 천천히 공부를 더 하도록 해. 그래 임백안 사건은 어떻게 돼 가나?"

"아바마마께 아룁니다."

윤잉이 윤진을 힐끗 쳐다보면서 일단 운을 뗐다. 그런 다음 의자에 앉은 채로 상체를 숙이면서 말을 이었다.

"임백안과 유팔녀는 《대청률》에 의해 대역죄를 물었사옵니다. 임백안은 주범인 만큼 능지처참의 형벌에 처하기로 했사옵니다. 또 유팔녀를 비롯한 사십사 명은 공범인 형부의 두 사관司官과 함께 요참腰斬(허리를 끊어 죽임), 대벽大辟(참수의 형벌) 등의 형벌을 내리기로 했사옵니다. 그리고 일부러 사건을 축소, 은폐한 의혹을 사고 있는 오품관 한 명에게는 자살의 형벌을 내렸사옵니다. 이렇게 해서 사건은 종결지었사옵니다."

"벌써 종결됐다고?"

강희가 의외라는 반응을 보이면서 등을 돌려 찻잔을 집으려 했다. 그러나 곧 뜨거운 물속에 손가락이 들어간 듯 화들짝 놀랐다. 이어 손가락을 꺼내면서 눈에 띄게 굳어진 표정으로 말했다.

"너무 서두른 것은 아닌가?"

강희의 목소리는 높지 않았다. 그러나 어조는 차갑고 무거웠다. 좌중의 다른 황자들은 서로 눈치만 볼 뿐 누구 하나 감히 입을 열지 못했다. 강희가 결국에는 자리에서 벌떡 일어서서 이리저리 거닐면서 말을 이었다.

"임백안 그자는 이부의 미관말직인 서무관 출신이었어. 겨자씨만 한 관직에 불과해. 반딧불처럼 미미하기도 하고. 흥, 누군가 진정으로 힘센 주모자가 뒤에서 받쳐주지 않았다면 그자가 수십 명을 고용해 문서를 관리하고 사사로이 백관들을 위협할 수 있었겠어? 진짜 그렇게 생각하나? 독초를 제거해버리려면 뿌리째 파버려야 하지 않겠어?"

"……"

"왜 대답이 없는가?"

"아들의 생각이었사옵니다."

윤진이 태자가 먼 산만 쳐다보고 있자 속으로 냉소를 흘리면서 자리에서 일어났다. 이어 침착하게 덧붙였다.

"아바마마께서 책임을 물으신다면 달게 받겠사옵니다. 임백안의 사건을 서둘러 마무리 지었을 뿐만 아니라 죄악의 산물인 비밀기록문서도 아들의 판단하에 전부 한곳에 모아 소각해버렸사옵니다."

강희가 걸음을 뚝 멈췄다. 이어 홱 돌아섰다. 노려보는 눈빛이 너무나도 무서웠다.

"뭐라고? 자네가? 이렇게 큰일을 짐의 허락도 구하지 않고, 태자에게도 알리지 않고 자네 스스로 결정지었다는 말이지? 분명히 말해두는데, 그것은 자네 일생일대의 실수였어!"

윤진이 갑자기 쿵! 소리가 천막 안에 크게 메아리치도록 무릎을 꿇었다. 이어 고개를 숙인 채 말을 하지 못했다. 곧장 대로한 강희의 일갈이 이어졌다.

"뭐라고 말 좀 해봐!"

강희는 기세등등했다. 천막 안팎의 황자와 대신, 시위와 태감들은 하나같이 그의 일갈에 주눅이 들고 말았다.

"아신兒臣은 드릴 말씀이 없사옵니다. 그러나 마음만은 하늘을 우러러 한 점 부끄러움이 없사옵니다."

윤진이 강희를 오래도록 똑바로 쳐다보는가 싶더니 갑자기 눈을 내리 깔았다. 이어 머리를 조아린 채 대답했다. 목소리는 울먹이기 시작했다.

"그게 무슨 말인가?

윤진이 강희의 질문에 잠시 뭔가를 생각하는 듯했다. 그리고는 한결 평온해진 어조로 아뢰었다.

"폐하께서는 천하를 꿰뚫어보시는 용안龍眼과 세상을 두루 비추시는 성명聖明을 가지고 계시는 분이옵니다. 폐하께서 분명히 지적하셨듯이 임백안 같은 새우가 세상 무서운 줄 모르고 설쳐대는 것에는 다 이유가 있을 것이옵니다. 누군가 어마어마한 거물이 배경이 되어 지켜줬을 것이옵니다. 그것은 불 보듯 뻔한 일이라고 생각하옵니다. 더군다나 그는 십 수 년 동안 미꾸라지가 흙탕물을 만들 듯 육부를 휘젓고 다녔사옵니다. 그런 것을 그 전의 명신名臣이었던 우성룡과 곽수를 비롯해 지금의 현명한 재상인 장정옥, 마제 그리고 강희 사십이 년 이후로 정무에 참여해온 황자들이 아무도 몰랐다는 말이옵니까? 지금 이 자리에 있는 친왕과 패륵, 재상들 중에 이 사건에서 자유로운 사람이 있다고 누가 감히 보장할 수가 있겠사옵니까? 그 옛날 오삼계의 무리가 삼번의 난을 일으켰을 때도 아바마마께서는 사람들을 모아놓고 오문午門에서 백관들과 관련된 기록을 소각하신 적이 있사옵니다. 흔들리는 군신들의 마음을 다독이기 위해서였던 것으로 알고 있사옵니다. 아들은 너무 많은 사람들이 연관된 탓에 정국이 요동치지 않을까 하는 생각에 두려웠사옵니다. 때문에 아바마마께 중죄를 짓는 줄 알면서도 사악한 주범 하나를 없애버리는 것으로 사건을 마무리 지으려고 했사옵니다. 또 기록을 소각해버리는 것으로 인심을 안정시키려 했던 것이옵니다. 아바마마께서 아신의 판단이 잘못됐다고 생각하신다면 저는 모든 책임을 떠안을 각오가 돼 있사옵니다."

"음……."

강희가 말없이 윤잉과 윤진을 번갈아 쳐다봤다. 그제야 강희는 뭔가 분명한 사실 하나를 깨닫는 것 같았다. 태자가 자신의 공치사를 열심히 한 것에 반해서 사실은 사건 전면에 나서서 어떤 역할도 한 것이 없다는 것을 말이다. 그렇게 앞뒤가 맞아떨어지자 그의 표정이 어느 정도 풀어졌다. 그의 말투도 한결 부드러워졌다.

"이건 삼번의 난과는 경우가 다르지. 형세도 다르고. 세부적인 것 역시 많이 달라."

윤진은 부드러워진 강희의 말에 용기를 얻은 듯했다. 황급히 머리를 조아리면서 다시 아뢰었다.

"형세가 다르기는 하나 이치는 똑같사옵니다. 감정이 다를지 모르나 마음은 언제나 같다고 생각하옵니다. 아신은 이 사건을 계기로 흐트러진 조정의 기강을 바로잡고 사악한 무리들의 온상을 철저히 파내버리려고 하시는 아바마마의 의중을 잘 알고 있사옵니다. 하지만 하루 이틀 사이에 이뤄진 것이 아니고 이미 고질이 돼버린 부정부패가 한 가지 사건을 크게 다룬다고 해서 뿌리가 뽑히겠사옵니까? 아신은 수많은 밤을 지새우면서 고민했사옵니다. 그 결과 황가의 체통을 다치지 않게 하면서 정국의 혼란을 막을 뿐만 아니라 부정부패와의 소리 없는 전쟁에 돌입하는 방법은 단 하나라고 생각했사옵니다. 은근한 불에 고기를 익히듯 지속적인 압박감을 줘서 장기적으로 정리정돈에 들어가는 것이옵니다."

사실 윤진은 남순에서 돌아온 강희가 반드시 임백안 사건에 대한 책임을 추궁할 것임을 알고 있었다. 그 때문에 오사도와 비밀리에 밀실에서 답변거리를 충분히 검토하였다. 결과적으로 설득력 있고 명쾌할 뿐 아니라 적당히 치고 빠지는 그의 답변은 대성공을 거뒀다.

반면 윤잉은 자신이 실컷 공치사를 한 사건이 윤진에 의해 까밝혀지자 화가 단단히 났다. 강희의 질책이 두렵기도 했다. 당장 윤진을 장화발로 짓이겨 죽이고만 싶었다.

윤지와 윤당은 감정이 또 달랐다. 속이 후련한 면도 없지는 않았으나 질투의 감정도 소록소록 생겨나는 것을 어쩌지 못했다.

잠시 침묵이 흘렀다. 윤진이 다시 연신 고개를 조아리면서 입을 열었다.

"아신은 아바마마의 명에 따라 호부와 형부를 관리하면서 처음 일에 착수할 때만 해도 사건이 이 정도로 커질 줄은 몰랐사옵니다. 그래서 아바마마께 지의를 구하지 않았을 뿐만 아니라 태자마마에게도 아뢰지 않았사옵니다. 나중에야 안 일이기는 하나 그럼에도 태자마마께서는 말없이 지켜보시고 드러나지 않게 뒤에서 아신을 많이 도와

주고 계셨사옵니다. 이 점 아신은 태자마마께 크게 감사를 드립니다."

윤진의 전혀 거칠 것 없는 일장 연설은 끝났다. 윤지는 기분이 조금 떨떠름한지 미간을 잔뜩 찌푸렸다. 윤당 역시 윤진에게 그렇게 간사한 면이 있는 줄 몰랐다는 듯 눈을 휘둥그렇게 떴다.

"장정옥! 마제가 몸이 많이 안 좋은가 봐. 자네들은 그만 가보게. 그리고 가능한 한 내일 사시巳時까지 대내로 나오라고 전하게. 짐이 백관들을 불러 훈화를 할 생각이야."

강희가 한숨 가득한 어조로 말했다.

"예, 폐하!"

장정옥이 황급히 대답했다. 이어 곧바로 여쭈었다.

"장소는 양심전이옵니까?"

"건청궁으로 하지!"

강희가 아랫입술을 살짝 깨문 채 덧붙였다.

"양심전은 너무 비좁아."

이어 곧 대내로 움직이라는 명령을 내렸다. 천막 밖에서는 곧바로 북소리가 울려 퍼졌다.

윤당은 동화문까지 대가大駕를 호송한 다음 사람들과 함께 물러났다. 이어 홀로 말을 타고 염친왕부로 향했다. 마침 윤사도 대문 앞에서 수레에서 내리고 있었다. 그가 윤당을 발견하더니 미소를 지어보였다.

"저녁에야 오는 줄 알았더니, 무슨 큰일이라도 났는가? 뭘 그리 바삐 달려오는가?"

윤당이 말없이 윤사를 따라 서화청으로 들어와 털썩 자리에 앉으면서 입을 열었다.

"별다른 일은 없어요. 그냥 마음이 싱숭생숭해서 찾아왔을 뿐이에요."

"간식 좀 가져와."

윤사가 주위에 명령을 내렸다. 그리고는 윤당 쪽으로 고개를 돌리더니 웃음 띤 얼굴로 말했다.

"마음이 싱숭생숭하다는 것이 별일 아닌 것은 아니지. 아바마마께서 무슨 말씀을 하셨기에 시간이 그렇게 오래 걸렸어? 우리는 밖에서 동태가 되는 줄 알았지 뭐야. 도대체 무슨 일이 있었어?"

윤당이 안색이 굳어진 채 하녀가 건네준 생강차를 한 모금 마셨다. 그리고는 조금 전에 있었던 일을 천천히 전부다 들려줬다. 이어 덧붙였다.

"전처럼 넷째 형님을 태자마마의 집을 지켜주는 강아지에 불과하다고 생각했다가는 큰코다치겠어요. 말재주 비상한 것 좀 보라고요. 간사하기가 조조曹操 뺨칠 정도라니까요! 태자마마의 표정도 심상치 않았어요. 넷째 형님은 무슨 생각으로 그렇게 득의양양한지 몰라도 이참에 자신을 완전히 팔아먹으려고 하는 것 같았어요!"

윤사는 눈을 지그시 감은 채 윤당의 사설을 듣고 있었다. 그러다 갑자기 눈을 번쩍 뜨면서 웃음을 터트렸다.

"아무튼 영악한 양반이야. 태자마마가 다시 폐하에게서 멀어지고 있다는 것을 감지한 거지. 나한테 붙자니 체면이 말이 아니겠고. 태자마마에게는 붙어 있어 봤자 더 이상 별 볼 일 없을 것 같으니 그런 식으로 폐하의 환심을 사려고 발버둥을 치는 거라고. 들어보니 자신은 '태자당'이 아니라는 것을 온몸으로 보여줬네 뭐. 걱정할 정도는 아니야."

윤당이 윤사의 말에 그렇지만은 않다는 표정을 한 채 고개를 저었다. 이어 천천히 입을 열었다.

"저도 그런 줄 알았어요. 하지만 오늘 보니 술책과 지모가 예사롭지 않아요. 뜻하는 바가 뭔지 점칠 수 없는 요주의 인물이라고요!"

"그래?"

윤사는 사실 오래 전부터 윤진을 경계해오기는 했다. 그저 윤당에게 속내를 드러내 보이고 싶지 않았을 뿐이었다.

"황자가 크게 설치는 것은 탈적奪嫡을 의식한 행동이라고 봐야 하지. 솔직히 넷째 형님이 평범한 인물이 아니라는 것은 진작부터 알고 있었어. 그러나 그 양반은 그릇이 작아. 박덕하기도 하고. 그게 치명적인 약점이야. 몸부림을 쳐봤자 꽤 잘 나가는 신하로 만족할 수밖에 없을 걸? 성명하신 폐하께서 그런 양반을 후계자로 점찍을 리가 있겠는가? 사실 그 양반 친왕이 되고부터 어느 하루도 일을 저지르지 않은 날이 없었어. 부하들의 마음이 불안에 떨고 있는 것을 진짜 모르는 모양이야. 인심이 급속히 자신에게서 떠나고 있다는 것도 모르는 것 같고. 만약 넷째 형님이 둘째 형님을 대신해 등극할 경우 삼 개월 안에 천하대란이 일어나지 않으면 아홉째 자네가 내 눈을 후벼 파내라고! 폐하께서 일은 그렇게 많이 맡기시면서도 병권은 끝까지 내주시지 않는 것을 보면 모르겠는가? 큰 세력을 형성하기에는 역부족인 양반이니 걱정 붙들어 매고 두 다리 쭉 뻗고 자라고."

윤사의 말이 끝나갈 무렵이었다. 하인이 웬 스무 살 안팎의 젊은 여자 하나를 데리고 들어서는 광경이 보였다. 윤사가 하인을 향해 거두절미하고 물었다.

"왔나?"

하인이 황급히 아뢰었다.

"왔사옵니다. 바로 유천낭柳倩娘이옵니다."

윤당이 무슨 영문인지 몰라 의아한 표정을 짓고 있을 때였다. 유천낭이라고 불린 여자는 벌써 안으로 들어서고 있었다. 그다지 뛰어난 외모는 아니어도 웃는 모습이 귀엽고 눈빛에 생기가 넘치는 풋풋한 여자였다.

그녀가 사뿐사뿐 걸어와 인사를 하면서 옥구슬 굴러가는 듯한 목소리로 말했다.

"여덟째마마, 노비를 부르셨사옵니까?"

"우리가 매일 입버릇처럼 넷째 형님의 집은 바늘 하나 밀어 넣을 수 없고, 물 한 방울 떨어뜨릴 수 없는 외딴섬이라고 하지 않았는가?"

윤사가 어리둥절한 표정을 하고 있는 윤당을 향해 말했다. 이어 유천낭을 가리키면서 덧붙였다.

"이 아이는 우리 집 극단에서 노래를 부르는 유천낭이야. 하필이면 그 집 집사 고복하고 눈이 맞아 돌아간다는군, 글쎄!"

윤당은 그제야 비로소 윤사의 뜻을 헤아렸다. 바로 유천낭을 아래위로 쓸어내리면서 물었다.

"그게 사실인가?"

유천낭은 이전에는 윤당을 한 번도 본 적이 없었다. 그러나 눈앞의 윤당이 황자들 중 한 사람일 것이라고 생각했다. 그녀가 수줍음 가득한 얼굴을 한 채 대답했다.

"그이가 위가魏家 골목에 방 한 칸을 얻어줬습니다. 소녀는 지금 그곳에 살고 있사옵니다."

윤당이 머리를 끄덕이더니 슬쩍 웃으면서 말했다.

"천하의 장군도 미인의 관문은 뚫기 어렵다고 했어. 그런데 고복이야 말해 뭐하겠어! 자네, 생김새만큼이나 여덟째마마께서 맡기는 임무를 잘 수행할 수 있을 것이라고 믿네!"

유천낭이 두 손으로 손수건을 배배 꼬면서 갈수록 수줍어하더니 발갛게 달아오른 얼굴을 숙이면서 말했다.

"여덟째마마 덕분에 아버지와 오빠가 잘 지내고 있사옵니다. 소녀는 죽는 한이 있더라도 그 은혜를 갚겠사옵니다. 어떤 일이든 당연히 해야 할 일이라고 생각합니다."

"죽기는 왜 죽어? 앞으로 복을 누릴 날만 남았는데 죽다니! 자네 오빠는 내가 이미 광동성 고요高要현의 현령으로 발령을 내놨어. 이건 시작이니 앞으로 더욱 잘 될 거야. 내 말은 고복을 꼬드겨 넷째 형님에게 마수를 뻗치라는 소리가 아니야. 명심하라고. 그저 넷째 형님이 우리들에게 무슨 악의를 가지고 있는지 없는지 하는 것만 고복을 통해 알아내면 돼."

윤사가 피식 웃으면서 말했다. 유천낭이 멋쩍은 듯 수줍게 웃음을 흘리면서 대답했다.

"옹친왕부는 가법이 지엄하다고 합니다. 우리 그이처럼 '모자라는 사람'은 외원外院에서 서성일 수밖에 없다고 들었습니다. 그이는 여태 넷째마마의 서재에도 한 번 못 들어가 봤다고 합니다. 그러나 옹친왕부에 훨씬 늦게 들어온 연갱요는 여동생이 넷째마마의 시첩인 덕분에 지방에서 크게 한자리를 해먹고 있습니다. 우리 그이가 그 문제로 며칠 전에도 툴툴댔사옵니다. 그래서 제가 실력으로 안 되면 팔천 냥 정도 뇌물을 먹여서 사품의 도대 직책을 사면 되지 않겠느냐고 했습니다."

윤당은 옹친왕부에서 나오는 자질구레한 소식을 처음 접해서 그런지 흥미가 있다는 표정을 지었다. 이어 다그치듯 물었다.

"그랬더니 고복이 뭐래?"

유천낭이 얼굴이 붉힌 채 다시 몸을 배배 꼬면서 대답했다.

"그이가 그러더군요. '다 필요 없고 너만 있으면 돼. 너를 빼내올 몸

값도 아직 다 마련하지 못했잖아. 팔천 냥이 누구 집 개 이름이야? 넷째마마는 상금을 툭툭 던져주는 성격이 아닌데……'라고 했습니다."

"팔천 냥이라고……?"

윤사가 턱을 매만지면서 뭔가 생각을 하는 듯했다. 이어 다시 통쾌한 어조로 입을 열었다.

"내가 마련해줄게. 가지고 있다가 고복이 잘하는 것 같으면 줘. 그러면 되잖아. 그런데 관직을 사서 나가면 안 돼. 아직은 넷째 형님의 집에 있어줘야 하니까! 그리고 또 뭐 재미있는 것 없어?"

유천낭이 턱을 살짝 들고 한참을 생각하더니 입을 열었다.

"특별히 별다른 것은 없습니다. 다만 넷째마마께서 풍수지리에 일가견이 있는 사람을 시켜 북경 순의^{順義}현 일대에서 묏자리를 둘러본다는 소문이 있습니다. 또 밀운^{密雲}에다 장원을 구입해두었다는 소문도 들렸습니다……."

"땅 욕심을 내는 것을 보니 별 수 없는 평범한 양반이로군. 안 그래, 아홉째?"

윤사가 비꼬는 어조로 윤당에게 말했다. 윤사와 윤당 두 사람은 그 후로도 한참이나 윤진을 두고 입방아를 찧었다. 윤당은 시간이 꽤 흘러서야 집으로 발길을 돌렸다.

강희는 다음날 건청궁으로 움직이기 전에 양심전으로 태자 윤잉과 윤지, 윤진, 윤사 및 장정옥, 마제, 방포 등을 불러들였다. 그리고는 향이 흐물흐물 피어오르는 백합^{百合} 모양의 구리솥 뚜껑 옆에서 서성이고 있었다. 웬일인지 얼굴 표정이 다소 우울해 보였다. 그가 황자들과 대신들이 모두 자리하기를 기다렸다가 입을 열었다.

"건청궁으로 가기 전에 상의할 일이 있어서 불렀네. 짐은 천하를 세

등분으로 나눠 해마다 번갈아 가면서 그해의 모든 세금을 면제해준다는 명조明詔를 내리고자 해. 자네들 생각을 듣고 싶네.”

윤잉이 즉각 어색한 웃음을 머금은 채 먼저 입을 열었다.

“아바마마, 두 말할 것 없는 선정善政의 일환인 것은 분명하옵니다. 하오나 성명하신 아바마마께서도 아시다시피 지금 호부의 국고는 전혀 여유가 없사옵니다. 빠듯하게 돌아가는 실정이옵니다. 말씀대로라면 당장 세수稅收가 삼분의 이로 줄어들 것이옵니다. 그럼에도 아무런 사고도 없이 무사태평하다면야 좋겠으나 만에 하나 변경 지역에 분쟁이라도 생기면 골치가 아파지옵니다. 군사를 동원해야 할 때는 군량 문제도 큰일이 아닐 수 없사옵니다. 아신 생각에는 몇 년 뒤로 미루시는 것이 어떨까 하옵니다.”

윤진 역시 거들고 나섰다.

“태자마마의 말씀이 지당하다고 생각되옵니다. 아들이 호부에서 몇 년 동안 일을 해본 경험에 의하면 호부 사정이 그리 넉넉하지 못한 것은 사실이옵니다.”

강희가 아들들의 반대에 고개를 숙이고 잠시 생각하더니 마제를 향해 물었다.

“자네 생각은 어떤가?”

마제는 척 보기에도 병을 앓고 난 사람처럼 안색이 창백해 보였다. 눈 주변이 쑥 들어가고 퀭해 보였다. 그가 강희의 물음에 가벼운 기침을 한 다음 목청을 가다듬으면서 말했다.

“신 역시 전대미문의 좋은 발상이 아닌가 하옵니다. 하오나 세금을 면제해주기는 쉬워도 인상하기는 어렵사옵니다. 세금 감면이 백성들의 버릇을 잘못 들이는 격이 되지는 않을까 염려스럽사옵니다.”

장정옥은 마제의 말이 끝날 때까지도 내내 미간을 찌푸리고 있었다. 태자와 마제의 의견이 모두 마음에 들지 않는 모양이었다. 그러나 즉각 반박할 생각은 하지 않았다. 그러다 한참 후에 비로소 입을 열었다.

"신의 어리석은 생각으로는 지금 폐하께서 제시한 것보다는 조금 높여 얘기하는 것이 좋을 듯하옵니다. 강희 이십구 년 이래 조정에서 감면해준 세금의 액수는 무려 천삼백사십사조 냥에 달하옵니다. 세금을 깎아주는 것은 당연하옵니다. 반면 인상하는 것은 백성들의 원성을 불러일으키는 근본 원인이 되옵니다. 때문에 면제시켜주더라도 듣기 싫은 소리를 먼저 해두는 것이 좋을 듯하옵니다. 나라에서 민생을 위하는 만큼 백성들 역시 나라가 어려울 때 조정이 백성을 사랑하는 마음을 헤아려 쾌척할 수 있어야 한다고 말이옵니다. 이렇게 못 박아두면 유사시에 세금을 거두지 못하는 위기에 처하지는 않을 것이옵니다."

장정옥의 말은 상서방에서 몇 십 년간 잔뼈가 굵은 대신다운 노련한 답변이었다. 강희는 자신도 모르게 머리를 끄덕였다. 이어 한편에 잠자코 서 있던 방포에게 눈길을 돌렸다.

방포는 자기 차례가 되었다고 생각했는지 바로 입을 열어 자신의 주장을 말했다.

"장 어른의 고견에 충분히 공감하옵니다. 지방단체마다 의창義倉을 설치해 그 지역의 덕망 있는 유지들의 힘을 빌려 식량을 모아두는 것이 어떨까 하옵니다. 나라가 무사하면 그 의량義糧를 풀어 가난한 사람들을 도와도 좋을 것이옵니다. 그러면 관리들에게는 마음대로 착취를 못하게 만들 수 있사옵니다. 또 유민流民들이 배고픔을 못 이겨 도적으로 전락하는 것도 미연에 방지할 수 있사옵니다. 자연스럽게 지방의 치안을 바로잡는 데도 한몫 톡톡히 할 것 같사옵니다."

"좋아, 그렇게 하지. 장정옥, 자네가 조서를 작성해 끝나는 대로 발표하게."

강희가 고개를 들어 자명종을 바라보면서 말했다. 이어 손을 내저으면서 덧붙였다.

"이제 그만 돌아가 보게들."

건청궁은 자금성 내에서 삼대전三大殿(태화전, 중화전, 보화전)을 빼고는 가장 웅장하고 화려한 궁전이었다. 역대로 황후들의 거처이자 황제가 정침正寢하는 곳으로 쓰였다. 강희는 가끔씩 그곳으로 한두 명의 관리들을 불러 접견했다. 또 상서방의 몇몇 대신들을 불러 국사를 논의하기도 했다.

그러나 궁전이 워낙 큰 관계로 덩그러니 썰렁하고 무서운 느낌이 들어 몇몇이서 조용히 국정을 의논하기에는 적합하지 않았다. 때문에 황후 혁사리씨가 세상을 떠난 후에는 명목상 여전히 황제의 침궁이기는 했으나 차츰 위상이 바뀌기 시작했다. 이를테면 외국 사절을 접견하거나 원단元旦(설), 원소元宵(정월 대보름), 단오, 중추절, 중양절, 동지, 추석, 만수절 등의 명절 때 조정의 조례朝禮나 연회를 베푸는 장소로 점점 바뀌어 간 것이다.

강희는 상서방 대신들을 데리고 월화문 안으로 들어섰다. 몇몇 황자들은 계속 뒤를 따라다니면서 열심히 시중을 들었다. 궁전 앞의 붉은 돌계단 밑에는 육부의 백관들과 북경에 술직차 온 외관들이 새까맣게 엎드려 있었다.

이덕전이 채찍을 세 번 울렸다. 그러자 수백 명의 관리들이 모자를 벗고 머리를 조아린 채 크게 외쳤다.

"만세, 만세, 만만세!"

강희가 손사래를 치면서 계단으로 올라갔다. 이어 '정대광명'正大光明 편액 밑에 있는 금빛과 자주색이 어울린 용봉龍鳳 무늬의 용좌龍座에 자리를 잡았다. 마제와 방포가 허리를 굽혀 한 발 뒤로 물러나 무릎을 꿇었다.

강희는 느릿느릿한 동작으로 찻잔을 들어 차 한 모금을 마셨다. 이어 눈을 천천히 들어 백관들을 훑어봤다. 커다란 건청궁에는 기침소리마저 들리지 않을 정도로 정적이 감돌았다.

"장정옥이 지금 양심전에서 명조를 작성하고 있는 중이다. 조회가 끝나는 대로 발표할 것이다."

강희의 목소리는 그다지 크지 않았다. 그러나 유난히 힘이 있었다. 그 무게감으로 공기를 꽉 채울 만큼 궁전에 널리 울려 퍼졌다. 강희가 말을 이었다.

"짐은 올해부터 시작해 삼 년에 한 번씩 돌아가면서 세금을 면제해주기로 했네."

"만세!"

강희가 그만 하라는 듯 손을 내저었다.

"소위 '만세'라는 말이 신하들의 입장에서는 마땅히 할 수밖에 없는 단어인 줄은 아네. 그러나 자고로 백 살을 넘긴 천자도 없었거늘 만세라는 게 웬 말인가? '인생칠십고래희'人生七十古來稀라고 하지 않는가. 짐은 칠십까지 사는 것만으로도 대단히 만족할 거야."

강희가 천천히 자리에서 일어나더니 금으로 도배를 한 바닥을 거닐었다. 때로는 군신들 사이를 때로는 자신의 용좌 주위를 배회하면서 조용히 덧붙였다.

"이 명조를 발표하는 것은 나라가 부유해서가 절대 아니네. 돈과 식량을 저장할 곳이 없어서도 아니야. 짐이 이번에 남순 길에 올라 미복微服 차림으로 다닌 적이 많았어. 그런데 우리 백성들은 상상을 초월할 정도로 비참하게 살고 있었어……. 소주蘇州와 항주杭州가 '천당'天堂이라고? 딸자식 팔아먹고 나무껍질을 벗겨 먹는 것은 다반사였어. 백성들은 서서히 죽어가고 있었어. 또 악에 받쳐 있는 것 같았다고. 백성들은 나라의 근본이야. 당연히 민변民變을 막는 것이 강물을 막는 것보다 더 중요해. 짐은 이번에 그런 생각을 하게 됐어. 그래서 황궁으로 돌아오자마자 세금 감면을 추진한 거야!"

강희가 나이답지 않게 열변을 토했다. 그래서인지 갑자기 온몸의 피가 욱하고 올라오는 듯 얼굴도 벌겋게 달아올랐다. 그가 다시 말을 이었다.

"짐이 세금을 한 냥 받으면 밑에서 가렴주구苛斂誅求를 일삼는 쓰레기 같은 관리들은 두 냥을 챙겨. 이렇게 되다보니 백성들은 살아갈 방법이 없어. 조정은 조정대로 국고가 텅텅 비지! 짐이 세금을 아예 면제해버리면 이제 백성들을 등쳐먹던 인간들은 어떻게 되지? 세금을 빙자해 가렴주구를 일삼을 수 없지 않겠어?"

궁전은 여전히 쥐 죽은 듯 고요했다. 그저 강희의 장화소리만 유난히 크게 들릴 뿐이었다. 강희가 한참 후 탄식하듯 내뱉었다.

"그나마 다행인 것은 나라가 평화로워서 창검을 들고 뛰쳐나가지 않아도 된다는 사실이야. 그렇지 않다면 이런 여유가 어떻게 생겼겠어? 아마도 마음뿐이지 않았겠어? 이번에 짐이 자리를 비운 동안 북경에 남아 있었던 태자가 일을 잘해줬어. 짐은 그나마 기분이 좋아."

강희가 말을 마친 다음 곧 바로 임백안 사건을 처리한 과정도 요약해 입에 올렸다. 이어 덧붙였다.

"넷째와 열셋째가 태자를 보필해 이 나라를 말아 먹을 도둑을 제거했어. 그 공로는 당연히 인정해줘야 한다고 생각해. 즉각 광록시光

祿寺에 짐의 명령을 전하라. 윤진은 이제부터 친왕 녹봉의 두 배, 윤상은 패륵 녹봉의 두 배를 받을 수 있다!"

윤진은 조정의 문무관리들이 전부 모인 자리에서 이름이 거론되며 콕 집어 칭찬을 받게 되자 순간적으로 얼굴에 화색이 돌았다. 곧 연신 머리를 조아리면서 아뢰었다.

"성은이 망극하옵니다! 아신은 마땅히 해야 할 일을 했을 뿐이옵니다. 그런데 이런 큰 상을 주시니 정말 황송하기 그지없사옵니다……."

"지금은 자기가 해야 할 일을 다 해내는 사람도 드물어. 그러니 황송할 것도 없네. 넷째 황자는 어릴 때 나약한 점이 없지 않았어. 짐의 지적도 많이 받았고. 그러나 그동안 책을 가까이 하고 정서 함양에 노력한 것 같아. 덕도 많이 쌓은 것 같고. 그 결과 이제는 누구보다 훌륭하게 변해 있어. 그러니 모든 것은 자신이 하기 나름이라고 하는 거야."

강희가 얼굴을 든 채 수심에 잠긴 눈빛으로 창밖을 바라보면서 말했다. 윤진은 강희가 연신 자신을 치하하자 황송한 표정이었다. 머리를 조아린 채 조용히 입을 열었다.

"이 모든 것은 아바마마의 정성어린 가르침과 지도편달 덕분이라고 생각하옵니다. 하오나 아들이 친왕 녹봉의 두 배를 받는 것에 대해서는 말씀하시지 않은 것으로 해주셨으면 하옵니다. 아들은 이미 깊고 크신 성은에 충분히 감읍하고 있사옵니다!"

강희가 윤진의 말뜻을 헤아렸는지 미소를 지으면서 고개를 끄덕였다. 이어 천천히 말했다.

"그래, 원하는 대로 해주지."

윤사를 비롯한 네 명의 황자들은 너무나 기분이 나빴다. 특히 열넷째는 더욱 그랬다. 자신도 병부에서 '해야 할 일'을 열심히 했음에도 찬사는 오로지 넷째에게만 쏟아지고 있었으니 말이다. 그러나 그들은 팔꿈치로 서로를 치기도 하고 몰래 눈길을 주고받기도 하면서 실수를 하지 않으려 노력했다.

네 사람이 그렇게 각자 속으로 툴툴대면서 생각에 잠겨 있을 때였다. 강희가 갑자기 한껏 목청을 높인 채 고함치듯 말했다.

"임백안 같은 새우가 감히 관직을 사고파는 일에 앞장섰어. 급기야는 인명까지 마음대로 사고팔면서 형부를 농락했어. 한마디로 천리天理와 인륜人倫을 저버리는 작당을 저지르고 다녔다고. 게다가 육부를 바둑알 옮겨놓듯 가지고 놀았어. 관리들 역시 의붓아들 부려먹듯 했지. 그래도 누구 하나 찍소리 못하고 끌려 다닌 것은 왜일까? 누가 속 시원히 대답할 수 있겠는가?"

"……."

"자네들!"

강희가 갑자기 벙어리가 된 것처럼 말문이 막힌 채 혹시라도 눈이 마주칠까봐 죽어라 고개만 떨구고 있는 관리들을 노려보면서 입을 열었다. 눈빛이 섬뜩하기 이를 데 없었다.

강희의 질책이 다시 이어졌다.

"자네들이 진심으로 조정을 위하고 이 나라를 위한 공복이었다면, 어찌 임백안 같은 자가 수십 자루씩이나 되는 비밀문서를 작성할 엉뚱한 생각을 했겠는가? 또 흠잡을 데 없는 충성심으로 주인을 섬기고 맡은 바 임무에 최선을 다했더라면 감히 그럴 수 있었겠어?"

강희의 말은 완전히 악에 받쳐 내지르는 소리 같았다. 아무리 강심장이라고 하더라도 등골이 오싹해질 정도로 정말 오랜만에 마음먹고 포효하는 것 같았다. 좌중의 그 누구도 반박을 하지 못했다. 마치 약속이나 한 것처럼 하나같이 길게 엎드린 채 감히 고개를 들 엄

두조차 내지 못했다.

한동안 침묵이 흘렀다. 그러기를 얼마나 있었을까? 좌중의 사람들
은 더 이상 참을 수 없는 육체적인 고통에 하나둘씩 고개를 빠끔히
쳐들었다. 그러나 강희의 모습은 어디에서도 찾아볼 수 없었다.

40장

전화위복

윤진은 건청궁에서 물러나 집으로 돌아오는 동안 내내 가슴이 터질 것 같은 흥분을 주체하지 못했다. 결국 대문 앞에 도착하기에 앞서 애써 널뛰는 가슴을 진정시키기 위해 수레에서 내렸다. 옹화궁雍和宮 도하문倒厦門에 들어갈 때는 앞만 보고 걷다가 그답지 않게 하마터면 걸려 넘어질 뻔하기까지 했다. 그러다 도하문 안의 먼발치에 있는 큰 백양나무에 사람 하나가 묶여있는 광경을 목격했다. 그가 고개를 갸웃거리면서 물었다.

"저게 누구야? 저기에 왜 저렇게 묶어 놓은 건가?"

"넷째마마께 아뢰옵니다. 넷째마마의 서재에서 시중을 드는 강아지라는 녀석이옵니다. 무슨 일 때문에 복진께서 화가 나셨는지는 모르겠사오나 고복이 자기 맘대로 어떻게 할 수 없어 저곳에 묶어뒀습니다. 넷째마마를 기다리는 중인가 봅니다……."

하인이 조심스럽게 대답했다.

"시끄러워! 고복 불러와!"

윤진이 버럭 짜증을 냈다. 고복이 쏜살같이 달려왔다. 이어 화가 잔뜩 나 있는 윤진의 모습을 보고는 건청궁에서 심기가 불편해져 온 줄 알고 황급히 인사를 하면서 아뢰었다.

"강아지, 이 빌어먹을 놈이 복진 곁에서 시중드는 취아라는 하녀를 후려쳐서 데리고 놀았나 봅니다. 임신까지 했는데, 이제는 숨기려고 해도 숨길 수가 없게 됐습니다. 복진께서 화가 많이 나셨습니다……."

"정말 그런 일이 있었다는 말이지? 우리 집은 내원內院과 외원外院이 확실하게 나뉘어져 있을 뿐만 아니라 경계가 삼엄해. 그런데 자네는 복진이 눈치챌 때까지 그것도 모르고 뭐했어? 우리 집에서 이런 해괴망측한 일이 일어나다니, 말이나 돼?"

윤진이 고복을 째려보았다. 고복은 연신 허리를 굽실거리기만 할 뿐 아무런 말도 하지 못했다. 그러다 윤진이 발을 무겁게 굴러 보이고 풍만정으로 향하려 했을 때에야 황급히 여쭈었다.

"넷째마마, 그러면 강아지는 어떻게……?"

"두말하면 잔소리 아니야? 가법대로 대나무 회초리 쉰 대를 때리고 두 사람 모두 밀운현에 있는 황장皇莊에 노역을 보내!"

윤진이 발걸음을 떼면서 차갑게 말했다.

"예!"

고복이 얼른 대답하며 고개를 숙였다.

윤진은 얼마 후 풍만정에 들어섰다. 바둑판을 벌여놓고 턱을 괸 채 방법을 연구하는 오사도의 모습이 보였다. 그 옆에는 송아지가 울상을 한 채 사정하듯 서 있었다. 강아지의 일로 오사도에게 사정을 하러 왔을 가능성이 높았다.

윤진은 그런 생각이 들자 굳은 표정으로 자리에 앉으면서 길게 한숨을 내쉬었다.

"기가 막혀 말이 안 나오는군. 내가 집안단속을 엄격하게 한다는 사실을 모르는 사람이 어디 있는가?"

"송아지, 그만 나가봐."

오사도가 송아지에게 나가라는 명령을 내렸다. 그리고는 멀어져가는 송아지를 보면서 웃음 띤 얼굴로 말했다.

"일부러 화가 난 척하는 것도 고역이시죠? 넷째마마께서는 오늘 즐거운 비명을 지르실 것으로 압니다. 어떤 얘기를 들으신다고 한들 화가 나실 리가 있겠습니까?"

윤진이 오사도의 말에 비로소 웃으면서 대내에서 있었던 일을 그대로 들려줬다. 이어 덧붙였다.

"방포가 생긴 건 엉망이어도 폐하께는 대단한 신뢰를 얻고 있는 것같아. 이미 폐하의 고문을 맡은 것 같았어. 이번에 세금 감면도 방포가 폐하께 제안한 게 아닌가 싶어."

오사도가 윤진의 말에 진지하게 귀를 기울인 다음 천천히 자신의 생각을 밝혔다.

"방포 그 사람이 대단한 인물인 것은 틀림없습니다. 그가 쓴 책을 읽어보면 그 사람이 보입니다. 세상사에 통찰력이 뛰어나고 전체를 예리하게 해부해 마치 도마 위에 쫙 깔아놓은 것처럼 보여주는 것을 보면 기가 막힙니다. 폐하께서 이렇다 할 직함도 없이 곁에 두고 계시는 것을 보면 그에게 조정의 살림을 전부 맡기시려고 하는 것 같습니다."

윤진은 사실 방포를 계속 눈여겨 봐온 터였다. 때문에 그의 성격에 대한 결론도 바로 내릴 수 있었다. 한마디로 그는 황자들을 대함에 있어 비굴하지도 오만하지도 않았다. 또 차갑지도 따뜻하지도 않았다. 윤진은 번번이 그의 그런 표정을 대할 때마다 뭐라 형언할 수 없는 감정에 휩싸이고는 했다. 그가 오사도의 말을 듣고 한참 뭔가를 생각하더니 실소하듯 웃으면서 말했다.

"사는 게 점점 힘들어지는군! 태자마마와 여덟째를 응수하는 것만 해도 버거운데, 이제 황제 곁에 또 한 명의 감시자가 생겼으니!"

오사도가 윤진의 말을 듣자마자 몸을 뒤로 젖혔다. 이어 바둑알을 잡아 손에 넣고 매만지면서 말했다.

"전혀 문제될 것이 없습니다. 오늘 그 일만 보더라도 방포는 대단히 공정한 사람이라고 할 수 있습니다. 그가 편협하고 사적인 것에 약한 사람이 아니라면 넷째마마에게는 걸림돌이 될 수 없습니다. 폐하께서는 이제 매사에 자신이 없어 방포를 택하신 것도 아닙니다. 사람이 나이가 들면 누구나 할 것 없이 친구가 제일입니다. 식객 한 명쯤은 곁에 두고 심심할 때 얘기를 주고받고 싶어할 겁니다. 또 폐하께서는 그가 외부의 각종 어려움으로부터 자신을 진심으로 보필해주지 않을까 하는 계산도 하시는 것 같습니다. 어느 날 아침 갑자기 신분상승을 해서 용문龍門에 오른 그로서는 보은을 하는 차원에서라도 그렇게 할 것이라고 생각하신 것이죠. 넷째마마, 폐하께서는 사실 평생을 고생하셨습니다. 지금은 선종善終을 못하실까봐 가장 전전긍긍하고 계십니다. 이것은 태자마마에 대한 폐하의 불신이 극에 달했다는 사실을 단적으로 보여줍니다!"

오사도의 말에 찻잔을 들고 있던 윤진의 손이 흠칫 떨렸다. 동시에 찻물이 사방으로 튀었다. 윤진이 안 되겠다고 생각하고는 아예 찻잔을 탁자에 내려놓았다. 이어 이를 악문 채 말했다.

"그렇지 않아도 무슨 불길한 예감이 드는지 오늘 내내 태자마마의 안색이 좋지 않더라고. 폐하께서 그런 식으로 통 큰 세금 감면 정책을 내놓으시면 나중에 태자마마가 천하의 백성들에게 점수를 딸 기회를 잃지 않겠어? 나는 이 부분에서만큼은 태자마마를 동정해. 그래서 폐하의 주장에 앞장서서 찬성표를 던지지 않았던 거야. 부자와 군신 사이의 불신은 곧 세상 모든 이들의 불행이니까!"

두 사람이 계속 얘기를 주고받고 있을 때였다. 마침 성음이 안으로 들어섰다.

"영악하고 똑똑한 강아지가 웬일로 저렇게 심하게 얻어맞는 겁니까? 넷째마마께 혼날 일을 저질렀더라도 웬만하면 봐주십시오."

"그렇지 않아도 그것 때문에 지금 우리 둘이 쭉 얘기하고 있었는데……. 자기 집안단속도 제대로 못하는 사람이 어떻게 천하를 제대로 다스릴 수 있겠어? 내가 자네 체면을 무시하는 것이 아니야. 이런 일은 절대 쉽게 용서할 수가 없다고!"

성음은 그 자리에서 윤진에게 면박을 당하자 바로 얼굴을 붉히면서 한편으로 물러섰다. 더 이상 말할 생각이 없는 듯했다. 오사도 역시 의자에 몸을 맡긴 채 말이 없었다. 그러자 일어서서 나가려던 윤진이 다시 돌아서더니 웃으면서 말했다.

"오 선생, 내 말이 맞는 것 같지?"

"철저히 공감합니다. 자기 관리도 제대로 못하는 사람에게 천하를 맡겼다가는 모든 것이 쑥대밭 되기 십상입니다."

오사도가 눈길을 먼 곳에 둔 채 대답했다. 목소리가 얼음장같이 차가웠다. 듣는 사람 입장에서는 야유인지 찬사인지 구별이 가지 않을 정도였다.

윤진이 고개를 갸우뚱하더니 다시 발걸음을 멈춘 채 말했다.

"나의 집안관리에 대한 원칙은 '엄嚴'자 하나 외에는 없어. 나는 검소한 삶을 지향하기 때문에 아랫것들에게 그렇게 넉넉한 편이 못 돼. 하지만 야박한 경우도 없었어. 내삼원內三院의 아랫것들 중에는 누구 하나 내가 고해苦海에서 구출해주지 않은 사람이 없어. 당연히 강아지나 송아지도 마찬가지이고. 나는 내 가법에 따르는 자에게는 상을 크게 내려. 반면 내 가르침에 위배되는 짓을 하는 자에게는 벌이 결코 가볍지 않아. 그것이 내 원칙이고 방식이야. 오 선생, 나는 내가 잘못한 것이 없다고 생각해."

"맞는 말씀입니다. 그런데 넷째마마께서는 누군가에게 사람을 선물로 보내신 적이 있습니까?"

"그게 무슨 소리야?"

"예를 들면 취아를 강아지에게 상으로 내리신다거나 하는 것 말입니다."

"……그런 것은 없었네."

그제야 오사도가 빙긋 웃으면서 자리에서 일어났다. 그리고는 지팡이 소리를 내면서 방 안을 한 바퀴 돌았다. 이어 다시 입을 열었다.

"만물의 영장인 사람을 선물로 주는 것이야말로 최고의 값진 상이 아닌가 생각합니다. 제가 보기에는 저들 둘 다 결혼할 나이가 됐습니다. 그러니 이참에 둘을 결혼시키는 것이 어떨까 합니다. 남녀 사이에 정분이 나는 것은 '엄'자로 일관되게 훈계를 한다고 해서 될 일이 아닙니다. 규율이 사랑을 이기는 것을 보지는 못했습니다. 제가 들으니 두 아이는 어렸을 적부터 죽마고우 사이였습니다. 서로를 친남매처럼 의지하면서 지냈습니다. 여기 들어와서는 비록 자주 만나지 못했으나 그러다 보니 서로에 대한 그리움이 더욱 커졌었나 봅니다. 넷째마마, 진심으로 좋아하는 짝들을 맺어주는 것만큼 덕을 쌓는 좋은 일은 없습니다. 집안을 단속하는 것도 좋으나 도道를 따르지 않으면 착오는 면할 수 없을 겁니다!"

윤진은 오사도의 말이 채 끝나기도 전에 뭔가를 크게 깨달은 듯했다. 곧 문어귀에 다가가 먼발치에서 그곳만을 뚫어지게 바라보고 있는 송아지를 향해 손짓을 했다. 송아지가 엉거주춤 다가오자 바로 지시를 내렸다.

"가서 강아지를 불러와, 취아도 함께!"

"예, 알겠습니다!"

송아지가 좋아라고 엎드려 머리를 조아리고는 부리나케 달려갔다. 고복이 어느새 들어왔는지 조심스럽게 물었다.

"넷째마마, 그 자식을 용서하려고 하시는 겁니까?"

윤진이 말없이 고개를 끄덕였다. 이어 확고한 어조로 말했다.

"풀어줄 거야."

그 말에 고복이 억울한 표정을 지은 채 오사도를 힐끗 쳐다보았다.

"넷째마마, 지금 이 사태를 지켜보는 눈들이 한둘이 아닙니다. 외람되지만 그 아이들을 풀어주시면 앞으로 수습이 곤란한 지경에 이를 것입니다. 둘째 세자를 시중드는 하녀 다관多官과 차방茶房에서 일하는 곽량추郭良秋도 오가는 눈길이 이상야릇합니다. 분명히 뭔가 심상치 않아 보입니다. 어디 그뿐인 줄 아십니까. 넷째마마 시중을 드는 소홍小紅 역시 아무한테나 살짝살짝 추파를 보내면서 꼬리치는 것이 영 예사롭지 않습니다……. 소인이 모르는 일이 이밖에도 얼마나 많겠습니까? 일일이 뒷조사를 할 수도 없고 말입니다. 지금 우리 집에는 안팎으로 사백여 명에 달하는 가노家奴들이 있습니다. 가만히 놔두면 소인의 눈이 천 개라도 제대로 관리할 수 없을 것입니다!"

윤진이 고복의 하소연에 허허 웃더니 다시 한 번 결심을 밝혔다.

"남녀의 사이는 담장으로도 막을 수 없는 거야! 복진한테 가서 집 안을 잘 다스리는 것은 복진의 몫이라고 내가 말했다고 전해. 오래 전부터 복진은 나이 들어 눈이 맞아 돌아가는 아랫것들끼리는 성혼을 시키자고 했어. 동원東院에 남아도는 수십 개도 더 되는 빈방에 살림을 차려주자고 했다고. 내가 바빠서 듣는 둥 마는 둥 해서 그렇지. 이제는 알아서 하라고 해. 성혼을 했어도 하녀들은 여전히 원래 위치에서 일하고 저녁에는 당번을 짜서 돌아가며 집에 가면 되잖아. 뭐가 문제가 되겠어? 애를 낳으면 역시 우리 집의 가노家奴로 키우면 되는 것이고."

고복이 놀랍다는 듯이 눈과 입을 크게 벌렸다. 이어 연신 "예, 예!" 하고 대답한 다음 물러갔다. 윤진이 웃으면서 방 안으로 들어가더니 성음을 향해 말했다.

"자네는 자신의 주장을 오사도 선생처럼 끝까지 밀어붙이지 못해. 그런 것을 보니 아직은 오사도 선생에 비하면 한참 멀었어."

성음이 윤진의 말에 웃으면서 입을 열었다.

"저는 넷째마마께서 이건 아니야 하시면 금방 기가 죽어버립니다. 진짜 그것은 부인하기 어려운 사실입니다."

얼마 후 강아지와 취아가 고개를 가슴께까지 떨어뜨린 채 앞서거니 뒤서거니 들어섰다. 취아는 안색이 파랗게 질린 채 얼굴이 완전히 한 줌이 돼 있었다. 죄를 지었다고 생각하는지 한편에 조용히 엎드렸다. 강아지 역시 평소의 장난기 다분한 모습은 온데 간데 없었다. 조심조심 무릎을 꿇은 채 머리를 조아리는가 싶더니 바로 죄를 청했다.

"넷째마마의 가법이 지엄하다는 것은 저도 잘 압니다. 알면서도 범했다는 것이 대단히 죄스럽습니다. 넷째마마께 진심으로 죄송하게 생각합니다. 어떤 벌을 내리시더라도 흔쾌히 받아들이겠습니다. 다만 저를 믿고 따른 죄밖에 없는 취아는 임신한 상태이니 넷째마마께서 부디……. 제가 죽일 놈입니다. 제가 취아를 능욕한 것이나 다름 없습니다……."

강아지는 다음 말을 잇지 못했다. 그저 소용돌이치던 눈물만 줄 끊어진 구슬처럼 얼굴에 흘러내리고 있었다.

"둘이 잘 어울리네 뭐! 버릇없이 멋대로 놀아나 내 명성을 더럽혀서 그렇지. 그 대가로 몇 대 얻어맞았으니 이제 됐어."

윤진이 미소를 지으면서 말했다.

취아는 옹화궁으로 들어온 이후부터 윤진의 무서운 면을 익히 목격해온 터였다. 때문에 윤진의 평소 보기 어려운 다정한 말에도 불구하고 몸을 사시나무 떨 듯 하면서 연신 머리를 조아렸다.

"천…… 천세마마! 소녀가 복에 겨워 그만……. 이런 배은망덕한 짓을 저지르고 말았사옵니다. 부디 죽음을 내려주시옵소서……."

윤진이 취아의 말에 너털웃음을 터트리면서 자리에서 일어섰다.

"아무튼 대단한 사람들이야! 그 감정 변치 말고 검은 머리 파뿌리 될 때까지 잘 살아. 티격태격했다가는 혼날 줄 알아!"

강아지와 취아는 둘 다 고개를 힘껏 끄덕였다. 그러나 눈물범벅이 된 둘의 얼굴에는 꿈인지 생시인지 얼떨떨한 표정이 남아 있었다. 둘은 천천히 윤진을 바라보면서 다음 말을 기다렸다.

"강아지! 자네 본명이 강아지일 리는 없겠지?"

윤진이 희색이 만면한 얼굴을 한 채 물었다. 강아지가 잠시 어리둥절해 있더니 곧 대답했다.

"저는 원래 이李씨입니다. 취아는 육陸씨이고요. 또 송아지는 엄嚴씨입니다. 그 친구가 태어났을 때와 거의 비슷한 시각에 그 집 소가 먼저 새끼를 낳았다고 해서 송아지라 했다고 합니다. 저는 낳자마자 강아지가 깡충깡충 뛰면서 너무 좋아해서 강아지라고 별명을 지었다고 합니다⋯⋯."

강아지의 말이 채 끝나기도 전에 윤진을 비롯한 세 사람은 그만 크게 웃음을 터트리고 말았다. 윤진이 너무 웃어 눈물이 흘러내린 눈가를 손가락으로 닦으면서 말했다.

"아무튼 재미있는 친구야! 그런데 그 별명이 큰일을 하기에는 도움이 안 되는 것 같아. 그러니 앞으로 자네를 이위李衛라고 부르기로 하겠어. 송아지는⋯⋯ 아예 성까지 바꿔서 주용성周用誠이라고 부르는 것이 좋겠어. 취아는 원래 예쁜 이름이니 굳이 바꿀 필요가 없을 것 같고. 다시 한 번 말하는데, 잘만 따라주면 푸대접하는 일은 없을 거야!"

"넷째마마! 그러면 저를 쫓아내지 않으신다는 말씀이십니까?"

강아지가 눈빛을 반짝이면서 다시 물었다. 윤진이 웃음 머금은 얼굴을 한 채 오사도에게 말했다.

"요 영악한 놈이 말하는 것 좀 보게. 우리 집에 들어온 이상 살아도 여기에서 살고 죽어도 우리 집 귀신이 돼야 한다고 했지? 내가 그렇게 누누이 얘기하지 않았느냐 말이야! 나는 사람을 볼 때 마음을 중요시해. 겉으로 보이는 것에는 현혹당하지 않아. 자네는 아직 어리고 뭘 몰라서 실수를 저질렀어. 그것 때문에 내쫓다니, 그게 말이나 되는가? 얼마 전에 이부에서 사천성 성도부成都府에 현령 자리가 하나 비었다면서 혹시 천거할 사람이 없느냐고 하더군. 내가 보기에는 자네가 잘 해낼 것 같아. 송아지도 조만간 내보낼 테니 젊어 혈기왕성할 때 심신을 많이 단련시키고 열심히 배워. 혹시 알아? 나중에 봉강대리封疆大吏까지 할지!"

강아지는 윤진의 말이 전혀 믿기지 않는다는 듯 눈을 크게 뜨고 계속 어정쩡한 모습을 보였다. 그러다 결국에는 감격에 겨워 울음을 터트렸다. 이어 죽어라 머리를 조아리기만 했다. 얼마 후 그답지 않게 조용히 물러갔다.

그로부터 보름 후 이부에서는 이위를 사천성 성도의 현령으로 임명한다는 표票를 내려 보냈다. 이위는 즉각 이부에 가서 임명 패찰, 물새 모양의 보자補子가 달린 관복과 금박 정자頂子를 받았다. 이어 관복을 단정하게 갈아입은 다음 본주인 윤진을 찾았다.

그가 찾은 옹친왕부는 그동안 완전히 새로운 모습으로 바뀌어 있었다. 보름 사이에 대대적인 공사가 단행된 것이다. 갑자기 공사를 하게 된 이유는 윤진의 말 때문이었다. 눈이 맞은 아랫것들끼리 성혼을 시켜 저마다 자그마한 신접살림을 차려주겠다던 그 말을 실천하는 중이었다. 옹친왕부의 분위기는 한층 더 가족적이 되었고 심지어 굉장히 밝아 보이기까지 했다.

옹친왕부의 사람들은 몰라보게 멋있어진 이위를 붙잡고 온갖 수다를 다 떨었다. 윤진도 이위에게 누누이 되풀이 강조했다.

"맡은 바 일을 부지런히 잘 해야 한다. 업무에 최선을 다해서 실수하지 않는 것이 주인에게 보은하는 것이다."

이위는 자기가 먼저 출세해 외관으로 나가는 것이 주용성에게 어째 미안했다. 그에게 상처가 될지도 모른다는 생각도 했다. 결국 주용성을 찾아가 위로의 말이라도 한마디 하려 했다. 그런데 주용성은 의외로 활짝 웃으면서 도리어 격려를 해주었다.

"기왕 나가는 거 잘해. 내 얼굴에 먹칠하지 말고! 나는 여기에서 네 몫까지 하려면 두 배로 바빠질 것 같아. 이제부터 이위, 주용성으로 다시 태어났으니 넷째마마의 은혜를 잊지 말고 충성해야지. 그래도 우리는 이전의 강아지, 송아지였던 것을 잊지 말자. 집에 남는 나는 집을 지키고, 또 밖에 나가는 너는 큰 의미에서 우리를 안전하게 지키기 위해 가는 것이고……. 그러니 우리가 하는 일은 다 똑같지 않겠어? 그런데……, 네가 왜 하필이면 사천성으로 발령이 났는지 알아? 바로 연갱요 대인을 견제하라는 의미가 있는 거야. 그 양반이 엉뚱한 마음을 먹지 않나 제때에 파악해 내는 것이 네 숨은 임무라고! 취아하고 같이 떠나지? 좋겠다!"

이위가 주용성의 말에 쑥스러운 듯 뒤통수를 긁적이면서 말했다.

"네가 콕 집어주지 않았다면 나는 내가 왜 그쪽으로 가는 줄도 전혀 모를 뻔했어. 넷째마마께서 신신당부하면서 말씀하시기를, 밖에서는 상대편 내편 할 것 없이 경각심을 높이라고 했어. 잘 살펴야 한다면서 말이야. 무슨 문제가 생기면 대소사 구별 없이 무조건 서찰을 자주 보내라고 하시기도 했어. 그 말씀이 무슨 뜻인지 이제야 알겠어. 성도에 '우리 편'이 연갱요밖에 없겠어?"

이위는 옹화궁에서 보름 정도 더 머문 다음 남행길에 올랐다. 홀로 남은 주용성은 곧바로 옹친왕부의 서방書房 총관으로 승진했다. 이렇게 해서 옹친왕부의 문서를 정리하거나 윤진이 상주문을 쓸 때 시중을 들고 기밀문서를 작성하는 일은 모두 그가 책임지게 됐다. 또 문각을 비롯해 성음, 오사도를 시중드는 일도 그의 차지였다. 물론 자질구레한 바깥일과 집안 대소사, 황자들 간의 연락은 모두 고복이 계속 맡게 됐다. 한마디로 고복과 주용성 두 사람 사이의 일의 경계가 분명해진 것이다.

설을 쇠고 나자 정월 대보름이 다가왔다. 거국적인 세금 감면을 시행한 첫해였기 때문에 나라 전체는 여느 때보다 명절 분위기가 고조되고 있었다. 사해四海가 명절을 다함께 경축했을 뿐 아니라 완전히 열광의 도가니에 빠졌다.

조정에서는 분위기를 살리기 위해 60세 이상의 노인들에게 술과 고기를 하사하는 조치를 취했다. 조정과 백성이 마치 하나가 된 것처럼 분위기는 최고조에 달했다. 정월 초하루부터 14일까지 북경에는 완전히 밤낮이 따로 없을 정도로 불꽃놀이가 이어졌다.

여덟째 윤사 역시 이런 분위기에 적극적으로 동참했다. 직접 예부를 찾아 동직문東直門 입구부터 서편문西便門에 이르는 20여 리에 등불과 꽃종이가 어우러진 채색 천막을 두르게 하라는 명령을 내린 것이다. 이어 그곳에 오색영롱한 물건들을 전시하도록 했다.

북경 사람들은 이 광경을 보기 위해 몰려나왔다. 거의 전부가 거리로 몰려나온 듯했다. 열기가 밤이 새도록 식을 줄을 몰랐다. 청나라가 개국한 이후 그처럼 번잡하고 화려하게 명절을 보낸 것은 아마도 처음인 것 같았다.

정월 16일, 윤진은 건청궁 연회에 참석했다가 집으로 돌아와서는 만복당에서 복진과 연씨, 그리고 세 명의 아들과 잠시 덕담을 나눴다. 이어 바로 풍만정으로 향했다.

풍만정에서는 오사도를 비롯해 성음, 문각, 주용성 등이 화롯불 옆에 모여 앉은 채 웃고 떠들면서 즐거워하고 있었다. 윤진이 그 모습을 보고는 환하게 웃으면서 말했다.

"아무튼 세상에서 제일 행복한 사람들이야! 누구는 힘들게 일한 탓에 뼈가 물러터질 지경인데 말이야! 이런 명절 일 년에 두 번만 쉬었다간 아예 죽는 것이 더 낫겠어. 여덟째는 꾸미는 재주 하나는 알아줘야 하겠더라고. 얼마나 공을 들여 만들어냤는지……. 철거할 때는 아주 골치가 아플 거야."

"여덟째마마께서 크게 한번 쓰셨으니 넷째마마께서는 몸으로라도 때워야 하지 않겠습니까? 어제 저녁 잠깐 나가보니 사방에서 불기둥이 치솟더군요. 정말 장관이 따로 없었습니다. 이쪽으로 오십시오, 넷째마마. 여기가 제일 따뜻할 것입니다."

오사도가 모처럼 농담을 했다. 윤진이 못 이기는 척하고 오사도의 옆에 앉더니 화롯불에 손을 쬐면서 말했다.

"전에는 꽉 움켜쥐고 있었지. 그래서 그런지 명절이라도 별로 분위기가 오르는 것 같지 않았어. 그런데 올해는 제멋대로 풀어주니 좋아서 야단법석이군. 오면서 보니까 하인들 방에서도 노랫소리가 진동하던 걸! 그런데 고복은 어디에 갔는지 보이지도 않아? 요즘 들어 통 집에 붙어 있지를 않는 것 같아. 틈만 나면 나가려고 하는 걸 보니 뭔가 냄새가 풍겨. 무슨 일이 그리 바쁜지 말이야!"

옆에 있던 주용성이 윤진이 말을 마치기 무섭게 찻잔을 받쳐 올렸다. 이어 특유의 얼떨떨한 표정을 한 채 말했다.

"말로는 명절 인사하러 아버지한테 간다고 하더군요. 그러나 제가 보기에는 그런 것 같지도 않습니다. 밖에 여자 하나 있다고 소문이 났는데, 아마 모르기는 해도 거기 가지 않았나 싶습니다."

주용성이 말을 마치고는 바로 외관들이 보내온 면담요청 첩자帖 子를 한 뭉치 꺼내들었다. 그리고는 윤진에게 건네주면서 덧붙여 아뢰었다.

"연갱요, 대탁 두 어른, 그리고 이위가 보낸 것도 있습니다. 넷째마마께서 늦어도 꼭 이곳에 들르실 줄 알고 가져왔습니다."

"고복이 밖에 여자가 있다고? 나는 왜 여태 몰랐지? 주용성, 자네는 그 일을 잘 조사해서 내게 보고하도록 하게."

윤진이 첩자를 하나씩 뜯으면서 고개를 갸우뚱했다. 이어 미간을 약간 찌푸린 채 한 통씩 꺼내보다 말고 갑자기 푸우! 하고 웃음을 터트렸다. 그리고는 첩자 하나를 오사도에게 넘겨주면서 말했다.

"이것 좀 봐. 이위 선생의 대작大作이야."

오사도가 이위가 보낸 첩자를 받아 읽어 내려가기 시작했다. 주용성은 그의 어깨너머로 흘낏 쳐다보았다. '넷째마마의 대복대귀대수大福大貴大壽를 비나이다'라는 제목부터가 무척이나 우스꽝스러웠다. 내용은 첩자라기보다는 편지에 더 가까웠다.

다시 넷째마마께 아뢉니다. 이곳의 관리라는 것들은 하나같이 바보 멍청이들입니다. 밥만 축내고 제대로 하는 일이 없습니다. 그래서 짐을 싸들고 나가도록 했습니다. 별명이 '바보'라는 자만 남겨 됐습니다. 이곳의 지역 유지라는 것들도 크게 다를 바 없습니다. 말을 해도 씨알도 먹히지 않습니다. 제가 소유하고 있는 토지의 양에 따라 세금을 내야 한다고 하니, 도리어 제게 "얼간이!"라고 욕합니다. 뭐 "물이 이기나 바위가 이기나 어디 한번 해 보자!"라고 지껄이기도 합니다. 이곳의 수재秀才들 역시 길들이기가 쉽지는 않을 것 같습니다. 제가 실력별로 관리하려고 시험을 치르자고 했더니, 단체로 상부에 억울함을 호소하겠다고 했습니다. 완전히 길길이 뛰더군요. 그런 것을 연갱요 어른이 겨우 말렸습니다. 아무튼 저는 이곳에서 넷째마마 댁에 있을 때보다 뜻대로 되는 것이 별로 없습니다. 서글플 때가 더러 있습니다. 넷째마마하고 송아지도 그립고요. 또 저의 집사람이 넷째마마와 복진께 드릴 꽃신을 수놓았습니다. 이 편지와 함께 보냅니다. 곧 아이를 낳을 것 같은데, 넷째마마께서 이름을 지어주셨으면 합니다. 마지막으로 넷째마마께 아뢰고 싶은 것은 연갱요 어른에 대한 얘기입니다. 너무 부자이십니다. 가진 것이 너무 많아 입이 딱 벌어집니다.

이위의 글 실력이 그대로 드러나는 우스꽝스러운 내용이었다. 오사도는 마음 놓고 웃고 싶었다. 그러나 어쩐지 웃음이 나오지 않았다. 반면 성음과 문각은 연신 박수까지 쳐가면서 배꼽을 잡고 웃어댔다.

그 외에도 이위가 보내온 글은 몇 건 더 있었다. 수준은 역시 대동소이했다. 입에 올릴 만한 수준이 아니었다. 윤진이 고개를 숙인 채 한숨을 내쉬면서 말했다.

"이위가 아무리 먹물을 먹지 못했다고 하나 이 정도로 글 실력이 형편없는 줄은 몰랐는 걸? 진작 알았더라면 주용성을 보냈을 텐데……. 자네들, 혹시 이런 내용이 여덟째 수중에도 들어갔을 수 있으니 각별히 조심하게. 지금은 내가 그런대로 잘 나가니 괜찮겠으나 만에 하나 운이 나쁠 때는 별 문제가 될 것 같지도 않은 부하들의 이런 실수도 다 꼬투리 잡힐 건수가 된다니까!"

문각과 성음은 윤진이 심각한 표정을 짓자 비로소 웃음을 거뒀다. 그러자 오사도가 기다렸다는 듯 말했다.

"심각하게 생각하실 것은 없습니다. 오히려 선수를 치면 됩니다. 내일 이 내용을 우스개삼아 폐하께 말씀드려 다 같이 한바탕 웃어버리면 뒷말이 날 일이 없이 끝나는 겁니다."

윤진이 고개를 저으면서 뭐라고 입을 열어 말하려 할 때였다. 큰 세자인 홍시가 백발이 성성한 노인을 데리고 들어서는 모습이 보였다. 자세히 뜯어보니 노인은 다름 아닌 직예 총독인 무단이었다. 윤진이 깜짝 놀라 자리에서 벌떡 일어나면서 소리치듯 말했다.

"무단 장군! 언제 오셨는가?"

윤진이 이어 홍시에게 시선을 돌린 채 준엄하게 꾸짖었다.

"미리 알렸더라면 마중이라도 나갔을 거 아니냐!"

윤진이 말을 마치고는 바로 부랴부랴 무단을 자리로 안내했다. 무단이 웃으면서 말했다.

"무아무개가 감히 사전연락도 없이 옹친왕부에 쳐들어올 리는 없지 않겠습니까? 넷째마마께서는 상상도 못하실 겁니다. 제가 어떤 분을 모시고 왔는지!"

좌중의 사람들이 무단의 말에 크게 의아해하며 문어귀를 바라봤다. 그러자 누군가가 웃으면서 느릿느릿 걸어오는 소리가 들려왔다.

"짐이 일부러 알리지 못하게 했네. 나를 웃겨준다고 하는 것 같던데, 무슨 얘기인가?"

"폐하!"

윤진은 말을 마치기도 전에 바로 그 자리에서 굳어버렸다. 눈이 평소보다 두 배는 커졌다. '냉면왕' 답지 않게 그야말로 완전히 당황한 표정이 역력했다. 곧 유철성을 비롯해 장오가, 덕릉태 등 몇몇 시위들도 차례로 모습을 드러냈다. 이어 마지막으로 방포가 주렴을 걷고 들어섬으로써 강희 일행 모두가 풍만정에 들어오게 되었다.

윤진을 비롯한 좌중의 사람들은 너무나 뜻밖의 사태에 정신을 차리지 못했다. 강희가 모습을 보이고도 멍하니 서 있던 그들은 한참이 지나서야 황급히 엎드려 머리를 조아렸다. 오사도 역시 지팡이를 던지고 쓰러지듯 엎드려 머리를 조아린 채 외쳤다.

"폐하!"

"너무 그렇게들 당황해 하지는 말게."

강희는 머리에 꼭 맞는 과피모瓜皮帽(여섯 조각의 검은 천을 잇대어 만든 모자로 황실에서 주로 썼음)를 쓰고 있었다. 또 푸른색 비단 두루마기를 입고 있었다. 허리에 달린 노란 장식 주머니에 두 마리 용이 구슬을 마주 물고 있는 문양이 수놓여 있지 않았다면 그 어느 곳에서도 황제라는 느낌을 받을 수 없는 평범한 노인의 모습이었다.

당황해 어쩔 줄을 모르는 좌중의 사람들을 향해 강희가 자상한 미소를 지으면서 말했다.

"그만들 일어나게. 원래 앉았던 대로 편하게 자리를 잡고."

윤진이 황급히 자신이 앉았던 의자를 중앙으로 옮겨놓고는 노루가죽 방석을 깔았다. 이어 강희를 앉도록 했다. 그리고는 성음, 문각, 주용성 등과 함께 한편에 물러서서 시립했다. 거동이 불편한 오사도는 화롯불 옆의 자기 자리에 계속 앉아 있는 수밖에 없었다.

강희가 다시 입을 열었다.

"오늘밤은 달빛도 유난히 좋아. 집집마다 가족끼리 모여 등 구경도 할 수 있고 말이야. 맛있는 밥도 먹어야 하지 않겠어? 그렇게 명절을 즐겁게 보낼 것을 생각하니 짐도 마음이 즐거워. 이런 날에도 어떤 사람들은 엄청난 일을 준비하느라 여념이 없겠지만 말이야. 짐은 들어가 보지는 않았으나 황자들 집 앞을 쭉 돌아봤어. 한바탕 시끌벅적하더라고. 그런데 자네들만 조용한 거야. 그래서 들어와 봤지. 우선 만복당에 가서 짐의 며느리를 봤어. 서재에서는 세 손자 녀석들 책 읽는 모습도 보고……. 너무 좋았어! 그 막내 녀석 이름이 홍 뭐라고 했더라……?"

강희가 기억이 가물가물한지 방포를 슬쩍 바라봤다. 방포가 즉각 대답했다.

"홍력이라고 하더군요."

"그래 맞아, 홍력! 언제 보아도 한결같이 괜찮은 아이야. 짐은 홀딱 반해버리고 말았어. 열하에서 사냥할 때 보니까 홍력 그 녀석, 활솜씨도 만만찮은 것 같았어. 짐도 이제는 늙어서 그런지 아이들이 그리워. 홍력을 짐의 곁에 두고 공부를 시키면 안 될까?"

강희가 자상하게 웃으면서 말했다. 윤진은 홍력에 대한 강희의 찬사에 흥분하지 않을 수 없었다. 가슴까지 쿵쿵 뛸 정도였다. 그러나 곧 마음을 진정시키면서 차분하게 대답했다.

"여부가 있겠사옵니까! 이건 아신 문중의 일대 영광이옵니다. 홍력의 타고난 복이 아닐 수 없사옵니다! 성학聖學이 박학다식하신 폐하 곁에서 공부하면 홍력이도 학식은 말할 것도 없고 수양과 덕을 쌓는 면에서도 배우는 것이 많을 것으로 믿어마지 않사옵니다!"

강희가 윤진의 대답에 미소를 지으면서 수염을 쓸어내렸다. 이어 머리를 끄덕이면서 가볍게 한숨을 내쉬었다.

"영재를 얻어 크게 키워보는 것이야말로 정말 보람된 일이 아닐 수 없지. 짐은 백여 명의 황손들에게 모두 똑같은 기회를 주지 못하는 것이 아쉽기는 해. 그러나 참새처럼 종알대는 것들을 다 불러놓았다가는 정신없이 돌아갈 테니 너무 머리가 아플 것 같아."

강희가 말을 마치고는 책상 위에 놓여 있는 첩자들을 뒤적였다. 그리고는 묘하게도 이위가 쓴 편지를 뽑아 잠시 읽어보더니 껄껄 웃음을 터트렸다.

"방금 짐을 웃겨줄 것이라고 하던 글이 이것 맞는가?"

윤진이 황급히 대답했다.

"예, 그렇사옵니다."

강희가 수염을 바르르 떨면서 다시 한 번 웃더니 방포에게 이위가 쓴 첩자를 건네줬다.

"한번 읽어보게. 자네 같은 대문장가도 그렇게는 못 쓸 거야!"

방포가 이위의 첩자를 잠시 훑어보더니 웃으면서 말했다.

"나름대로 세상 보는 눈은 있는 친구인 것 같사옵니다. 그러나 아쉽게도 책을 너무 적게 읽은 것 같사옵니다."

오사도가 방포의 말이 끝나는 것과 거의 동시에 잠자코 있던 그답지 않게 불쑥 입을 열었다.

"이위의 글이 다 그런 것은 아니옵니다. 가끔 멋진 글도 보일 때가 있사옵니다. 방금 읽어보신 우스꽝스러운 편지도 문언文言으로 잘 다듬으면 그런대로 썩 괜찮은 글이 될 수도 있사옵니다!"

강희가 내내 오사도를 지켜보다 못내 궁금했는지 관심을 보였다.

"자네 이름이 뭔가?"

"폐하께 아뢰옵니다. 신은 오사도라고 하옵니다."

오사도가 공수를 하면서 대답했다. 강희가 오사도의 말을 듣고는 잠시 생각을 더듬는 듯했다. 이어 바로 입을 열었다.

"짐의 기억이 틀림없다면 오래 전에 과거시험 고사장을 뒤엎어 버렸던 그 친구가 분명하겠지? 자네 글도 아주 명필이었어! 짐이 기억이 나네."

오사도가 황급히 머리를 조아렸다.

"과찬이시옵니다. 신은 고사장 사건 이후로 도피생활을 해오다 성은에 힘입어 사면을 받았사옵니다. 지금은 온전하지 못한 지체를 이끌고 옹친왕부에 기거하고 있사옵니다."

강희가 흐뭇한 미소를 지으면서 고개를 끄덕였다. 이어 회중시계를 꺼내보더니 자리에서 일어날 준비를 했다.

"오늘 저녁에는 발길 닿는 대로 나왔다가 큰 재미를 보고 가는데? 즐거웠어. 짐은 또 종수궁에 가서 향을 사르고 와야 하니 빨리 움직여야겠네."

강희가 말을 마치고는 바로 자리에서 일어났다. 이어 돌아서서 오사도의 어깨를 두드려 주면서 격려를 했다.

"자네, 주인을 잘 섬기게. 자네의 뛰어난 재주로 주인을 현명한 황자로 만들도록 섬긴다면 그 어떤 벼슬에 오르는 것보다 의미가 있을 것이네. 명성을 남기도록 하면 더 말할 필요가 없겠지."

윤진의 일가와 오사도 등은 강희가 움직일 채비를 하자 모두들 대문 밖까지 따라 나갔다. 이어 강희의 수레가 멀어져 더 이상 보이지 않을 때까지 전송을 했다. 얼마 후 윤진이 발길을 되돌리면서 성음을 향해 나무라듯 말했다.

"자네, 예전에 뭐라고 했지? 뭐 귀신불 같은 눈에 천리 밖을 엿들을 수 있는 기가 막힌 귀를 가졌다고 하지 않았나? 그런데 폐하께서 풍만정으로 들어오시는 것도 몰랐어?"

성음이 윤진의 타박에 계면쩍은 듯 뒤통수를 긁적였다. 그러나 얼굴을 붉히지는 않았다. 진심으로 윤진이 자신을 책망하는 게 아니라는 것을 알고 있었기 때문이었다. 어떻게 보면 둘은 그런 상황을 무척 즐기는 듯했다.

하지만 오사도는 그럴 겨를이 없었다. 오로지 강희가 남긴 말들을 하나도 빠짐없이 떠올리며 분석하느라 온 신경을 곤두세우고 있었다. 급기야는 깊은 생각에 빠진 채 혼잣말을 중얼거렸다.

"오늘 같은 날에도 누군가는 '엄청난 일'을 준비하느라 여념이 없다고 하신 폐하의 말씀은 도대체 뭘 의미하는 걸까?"

41장

또다시 폐위 위기에 내몰리는 태자

전국을 세 부분으로 나눠 3년에 한 번씩 돌아가면서 세금을 징수 하겠다는 내용의 조서가 내려진 강희 51년의 민심은 완전히 기쁨으로 끓어올랐다. 전혀 예상하지 못한 은혜를 받은 농민들을 축하라도 하듯 그해 농사 역시 전례 없는 대풍작을 이뤘다. 그 바람에 강남의 쌀값은 한 되에 3전錢으로 떨어졌다.

강희는 모처럼 기지개를 켠 농민들의 사기를 꺾지 않기 위해 해관 총독에게 그해의 세수를 동원해 평년의 가격으로 식량을 사들이도록 하라는 명령을 내렸다. 당연히 국고에 들어오는 돈은 다른 해에 비해 크게 모자랐다. 그러나 하남, 산동, 산서, 섬서, 안휘, 소북蘇北(강소성 북부) 등 자연재해가 빈발하는 지역의 창고에도 모처럼 쌀이 가득 찰 수 있었다.

호부의 일을 담당한 윤진은 각 지역의 번사藩司에 서찰을 보내느라고 바쁠 수밖에 없었다. 창고관리를 제대로 해서 식량이 썩어나가거나 도둑맞는 일이 있을 경우 절대로 간과하지 않겠다는 강경한 입장을 천명할 필요가 있었던 것이다. 그는 또 열넷째와 상의하여 묵은 쌀은 각 주둔군에 팔아넘기기로 했다. 그리고는 보리, 수수, 옥수수 등 잡곡은 몽고 지역에 사료용으로 보내기로 했다. 비록 윤상이 옆에서 적극적으로 도와주기는 했으나 윤진은 몸이 열 개라도 모자랄 만큼 바빴다.

강희는 감세에만 그치지 않았다. 4월 하순 열하를 순시 중일 때는 지금부터 태어나는 백성들에 대해서는 영원히 인두세人頭稅를 받지 않는다는 내용의 조서를 발표하기도 했다.

그럴수록 윤잉의 심기는 갈수록 불편해져만 갔다. 열하에 머물고 있는 강희와 북경에 있는 윤진과 장정옥이 손발이 착착 들어맞아 돌아가는 것을 보면 아니꼽기만 했다. 급기야는 아예 일에서 손을 떼려는 듯 강희의 지의만 있으면 문서를 읽어보지도 않고 그대로 각 부서로 내려 보내기만 했다.

마제는 그런 윤잉에 대해 노골적으로 불편한 심기를 드러냈다. 반면 장정옥은 아무리 꼴사나워도 매일 육경궁에 인사 가는 것을 잊지 않았다. 또 태자가 손을 놓아버린 이후부터는 직접 각 부서를 찾아다니면서 업무도 챙겼다. 지의를 실행한 상황을 상세히 기록해 같은 내용으로 육경궁과 열하에 보내고는 했다. 장정옥의 이런 빈틈없는 업무처리 능력은 정무가 엉망이 돼 돌아가기를 바라는 태자를 더욱 비참하게 만들기에 너무나도 충분했다.

윤진은 음력 9월 4일 강희가 승덕에서 중양절을 보내고 귀경할 것이라는 내용의 유지諭旨를 전해 받았다. 구체적으로는 날씨가 말썽을 부리지 않으면 16일 사시巳時 무렵에 도착할 것이라는 내용이었다. 윤진이 윤상과 함께 호부에서 일을 처리하다 유지를 보면서 미간을 찌푸렸다.

"내 생각에는 태자마마가 육경궁에 도착한 이 조서를 읽어보지도 않고 그냥 내려 보낸 것 같아. 대가大駕를 맞는 일은 예부의 일인데, 새로 들어온 상서인 진선陳詵이 아직은 뭐가 뭔지를 잘 모르더라고. 우명당도 소식이 없고. 무엇보다 북경에 도착하기까지의 치안을 의논해야 하는데 말이야. 도착하신 다음 대내에 머무르실 건지 창춘원으로 가실 건지에 대해서도 얘기를 나눠봐야 하고……. 뭐 확실한 것이 하나도 없네?"

"매일 자리나 지키고 앉아 뭘 하는지 모르겠네요! 지난번 육경궁에 가보니까 왕섬이 태자마마에게 사서四書를 입이 부르트도록 가르치고 있었어요. '군주의 미덕은 친민親民에 있다. 또 지선至善에 있다'라고 여러 번 강조하는 모습이 안쓰럽게까지 보이더군요. 그런데도 태자마마는 실없이 웃기만 하고 앉아 있었다니까요!"

윤상이 하품을 하면서 불만을 토로했다. 윤진이 안 되겠다고 생각했는지 황급히 일어나면서 말했다.

"우리 상서방에 가서 장정옥에게 자문 좀 구해보자."

윤진과 윤상 두 형제는 나란히 서화문으로 들어가 융종문에서 상서방으로 직행했다. 그러나 상서방에는 4품 문관 하나가 의자에 허리를 붙이고 앉은 채 대기하고 있을 뿐 장정옥은 보이지 않았다. 윤진이 자세히 뜯어보니 바로 도찰원都察院의 감찰어사監察御使인 악이선鄂爾善이었다.

그는 윤진이 웃으면서 알은체하자 후다닥 자리에서 일어나 격식을 갖춰 정중하게 인사를 올렸다. 이어 평온한 목소리로 말했다.

"장 중당께서는 일 때문에 잠깐 어딘가 다녀오신다고 나가셨습니다. 그러더니 한참이 지났는데도 아직 돌아오시지 않았습니다."

악이선은 어사들 중에서도 직선적이기로 소문난 대단한 고집쟁이였다. 태자가 탐관오리들의 명단을 자기 입맛에 맞게 변경시켰을 때도 어사들 중에서 그만이 유일하게 연속해서 세 번씩이나 시정해줄 것을 간언한 바 있었다. 언관言官의 신분이 아니었더라면 진작 쫓겨날 수도 있었다.

윤상이 악이선을 잘 안다는 듯 농담조로 말했다.

"그래 오늘은 누구를 잡으려고 작정을 하고 앉아 있나?"

악이선이 윤상의 질문에 가볍게 허리를 굽힌 채 대답했다.

"열셋째마마께 아룁니다. 병부에서 봉양鳳陽 경내에 도둑떼들이 출몰했다는 정보를 입수했습니다. 그래 즉각 안휘성 순무에게 병사들을 풀어 잡아들이라는 지시를 내렸습니다. 그러나 삼개월이 지나도록 그곳 지부인 이불은 그 지시에 관한 아무런 응답도 보내오지 않고 있습니다. 사실을 은폐하고 책임을 회피하려는 행위임에 분명합니다. 신은 결코 간과할 수 없습니다. 제가 작성한 상소문을 장 대인께서 조정에 전달해 주셨으면 해서 뵙기를 청했습니다."

그러자 윤상이 웃으면서 말했다.

"제대로 찾아왔군! 자네, 이불이 누구의 문하인 줄 알고는 있나?"

악이선이 윤진과 윤상을 바라보더니 퉁명스럽게 대답했다.

"예, 알고 있습니다. 장 중당의 문하인 것으로 알고 있습니다. 그렇기 때문에 장 중당께서는 책임을 통감해서라도 더욱더 공정하게 일을 처리해야 할 줄 압니다."

윤진은 악이선에게 갑자기 매력을 느꼈다. 자연스럽게 그의 아래위를 훑어보았다. 그는 다소 길고 마른 체격을 가진 서른 살 남짓한 사람이었다. 깔끔하게 차려입은 조복에는 주름 하나 없었다. 또 하얗고 반들반들한 턱에는 세 올의 긴 수염이 드리워져 있었다. 세모눈 치고는 꽤나 큰 눈에는 새까만 동공이 가득했다. 흰자위는 거의 보이지 않았다.

나이로 볼 때 전도유망한 젊은 어사인 그는 벼슬에 대한 욕심이 가장 많을 시기에 있다고 할 수 있었다. 그런데도 서슴없이 장정옥을 찾아 껄끄러운 간언도 불사하고자 했다. 윤진은 그 사실 하나만으로도 그에게 속으로 찬사를 보내지 않을 수 없었다.

윤진이 천천히 입을 열었다.

"내가 보기에는 웬만하면 관두는 것이 좋아. 큰일도 아니잖아. 그렇지 않아도 불철주야 바쁜 사람인데 괜히 귀찮게 하지 말고."

"넷째마마, 그 말씀은 결코 받아들일 수가 없습니다. 폐하의 입장에서 볼 때 그 일은 별로 큰일이 아닐 수도 있습니다. 그러나 이불의 인품을 엿볼 수 있는 일입니다. 더구나 백성들 입장에서 곳곳에서 출몰하는 도둑들이 생계를 위협하는 일은 결코 작은 일이라 할 수 없습니다. 장 중당의 입장에서 볼 때도 그렇습니다. 자신의 문하일수록 더욱 엄격하게 처리해야 하지 않겠습니까? 나아가 문하를 없애는 조정의 운동에 사표師表가 돼야 할 필요도 있다고 생각합니다."

악이선이 고개를 숙인 채 몸을 앞으로 내밀면서 침착하게 입을 열었다. 이어 태연하게 윤진의 시선을 받았다. 당황하거나 긴장하는 기색이라고는 전혀 보이지 않았다.

윤진은 과연 대신大臣에 버금가는 기품이 있다고 속으로 찬탄을 아끼지 않으면서 고개를 끄덕였다.

"나는 그냥 해본 소리네. 자네 생각이 그렇다면 자네 방식대로 해야겠지."

윤진이 말을 마치고는 바로 윤상과 함께 밖으로 나왔다. 아니나 다를까, 장정옥은 멀지않은 곳인 공문결재처라는 곳에 있었다. 시세륜과 대화를 나누고 있었다. 그러다 윤진과 윤상을 보더니 황급히 자리에서 일어나면서 말했다.

"저는 두 분 마마께서 오늘은 못 오시는 줄 알았습니다. 그래서 여기 일을 끝내고 찾아뵈려고 하던 참이었습니다. 도찰원의 우독어사右督御使 정우丁優가 지금 상喪을 당해 집에 갔습니다. 할 수 없이 시세륜에게 그 사람 대신 일을 좀 봐주라고 부탁을 하고 있었습니다. 그런데 이렇게 빼고 사양을 하고 있네요!"

시세륜이 오랜만에 윤진과 윤상을 보는 만큼 격식을 차려 인사하려는 듯 장포를 걷어 올렸다. 그러자 윤상이 황급히 말렸다.

"그만 하게. 그동안 우리는 하나같이 볼썽사납게 변했어. 그런데 혼자서만 속 편하게 지낸 모양이군. 살이 먹음직스럽게 쪘어! 그건 그렇고, 왜 그러는 거야? 어사 자리를 왜 거절하느냐고! 북경 호랑이에게 일순위로 잡아 먹힐까봐서? 장 중당, 앞 뒤 잴 것 없어. 저 사람 눌러 앉혀! 청백리가 어사를 하지 않으면 누가 하겠어?"

시세륜이 윤상의 말에 씩 하고 웃었다. 공문결재처의 몇몇 사관들은 윤상과 시세륜의 대화를 통해 그들이 무슨 상의할 일이 있어 모였다는 것을 눈치 챘다. 즉각 보던 서류를 껴안고는 서둘러 다른 방으로 건너갔다.

"여기에서 얘기하지. 강남 안찰사 아문에서 뇌물을 받고 범인을 도망가도록 방조했다고 해. 또 그 범인은 회북淮北에서 돈을 훔치다 잡혔다고 해. 그뿐만이 아니야. 사형장에서 운 좋게 살아남은 자가 도망을 갔는데, 형의 집에서 치료받다가 사촌형이 고발해서 붙잡힌 사건도 있다고 하더군. 지엽적인 것 같으나 강남의 억울한 옥살이 사건도 북경을 능가하면 했지 못하지는 않은 것 같아. 그리고 남리藍理라고 하는 장군이 있지. 도둑을 토벌한다는 것이 양민을 백여 명씩이나 잘못 죽였다지 뭐야. 대만을 정벌할 때 워낙 큰 공을 세운 장군이라 폐하께서 죽을죄는 면해줬다고 하는 자 말이야. 그건 그렇고 강남 순무인 회복납希福納을 처벌하는데 왜 그리 쩔쩔매는지 모르겠어! 장백행張伯行이 조정의 명을 받들어 갔는데도 순무의 인장을 내놓으려고 하지 않는다고 하더군. 왜 그러는 거야?"

윤진이 장정옥을 마주하고 앉은 채 말했다. 장정옥이 생각에 잠겨 있다가 머리를 끄덕이면서 말했다.

"그자는 여덟째마마의 문하인 탓에 폐하의 지의나 태자의 헌유憲諭 외에는 먹혀들지 않는다고 합니다. 형장에서 요행히 살아남아 도망간 자의 사건도 그렇습니다. 그자를 붙잡은 사람이 제 문하인데, 괜히 잘난 척했다면서 후회막급이었다고 합니다. 압력이 만만치 않은가 봅니다."

윤진과 윤상은 이치吏治가 너무나도 한심한 지경에 이른 현실에 잠시 할 말을 잃었다. 한참 후에 윤상이 말했다.

"나라가 이렇게 힘이 없어서야! 형장에서 범인 하나 못 죽이니 원! 감참관監斬官(사형을 감독하는 관리)은 뭘 했을까? 또 검시檢屍하는 자는 대체 뭘 하고 자빠졌을까!"

윤상의 한탄에 시세륜이 감개에 젖은 어조로 대답했다.

"금지옥엽이신 황자마마들께서 세상 복잡하게 돌아가는 것을 어찌 다 알겠습니까? 지난번 형부의 왕王 상서가 그러더군요. 형법 중에서도 대벽大辟만큼은 수작을 부릴 수가 없다고요. 그러나 그것은 사형을 집행하는 망나니들의 실력을 몰라서 하는 소리입니다. 그들은 조상 대대로 대물림 받은 것이 사람 죽이는 재주뿐입니다. 칼질을 연습할 때도 보통 정성을 기울이는 것이 아니고요. 보통의 경우는 선지宣

紙를 펴놓고 고기를 다진다고 합니다. 이렇게 하면 칼을 수십 번 내리쳐서 고기가 만두소처럼 되더라도 그 밑의 선지에는 칼자국 하나 남지 않게 됩니다. 그 정도로 그들의 칼 부리는 재주가 불가사의 그 자체라고 합니다. 이러니 사형수 가족들이 돈이라도 조금 찔러 넣어주면 단칼에 고통 없이 보내주는 것은 일도 아니죠. 거의 완벽한 시신도 보장해주고요. 그렇지 않으면 삐그덕대는 마차가 동네 열 바퀴를 돌 때까지 처절한 고통 속에서 수없이 죽음을 당하게 한다고 합니다. 이번에 형장에서 요행히 살아남은 자만 하더라도 망나니들의 작당일 가능성이 큽니다. 죽지 않게 목을 친 것이죠. 소신은 나라가 맥을 못 춘다고 한 열셋째마마의 말씀에 공감합니다."

장정옥은 윤진, 윤상과 함께 무거운 주제를 놓고 얘기를 하면서 수시로 시계를 꺼내봤다. 뭔가 바쁜 일이 있는 눈치였다.

시세륜도 그만 물러가야겠다면서 밖으로 나가버리자 윤상이 장정옥에게 물었다.

"형신, 폐하께서 곧 귀경하신다고 하셨어. 영접할 준비를 서둘러야겠어. 그러나 태자마마께서 저렇게 나 몰라라 하고 있으니 어떡하나?"

장정옥이 얼굴을 들어 낮게 드리운 하늘을 쳐다봤다. 그리고는 한참 후에야 입을 열었다.

"폐하께서 마제를 시켜 저에게 서찰을 보내오셨습니다. 대가大駕를 맞이하는 의식은 되도록 간단하게 하라고 지시하셨습니다. 물론 북경 일대의 수비만큼은 철저하게 하라고 명령을 내리셨죠. 영가 의식에 대해서는 예부상서에게 이미 지시했습니다. 수비에 관한 문제는 폐하께서 직접 무단에게 특지特旨를 보내신 것으로 알고 있습니다. 선박영과 함께 치밀하게 준비하라고 하셨습니다. 우리는 맡은 바 임무에만 충실하면 될 것 같습니다. 이런 내용을 골자로 하는 상주문을 태자마마께 이미 올린 상태입니다."

윤진과 윤상은 장정옥의 말을 듣자 비로소 강희가 돌아올 준비를 미리 단단히 하고 있었다는 사실을 알 수가 있었다. 윤진은 내친김에 강희가 돌아와 머물 거처를 장정옥에게 물으려고 하는 듯했다. 그러나 곧 굳이 물어볼 필요가 없다고 생각하고는 그냥 말없이 물러나왔다.

"넷째마마, 열셋째마마!"

장정옥이 두 사람을 배웅하러 나왔다 다시 상서방으로 돌아가려다 말고 갑자기 되돌아섰다. 이어 천천히 물었다.

"신이 한 가지 궁금한 것이 있습니다. 탐관오리들의 명단은 현재 두 분 마마의 수중에 있습니까? 아니면 이미 육경궁 태자마마께 건넸습니까?"

윤진이 장정옥의 질문에는 일단 대답을 하지 않은 채 고개를 들어 차가운 빗방울이 하나둘씩 떨어지는 하늘을 쳐다봤다. 이어 한참을 생각하더니 입을 열었다.

"명단은 열셋째가 작성했지. 또 태자마마께서 손을 봐서 내게 보여 줬었고. 그러나 나는 그대로 넘겨주고 말았어. 열셋째, 자네가 태자마마한테 가져다 줬는가?"

"예, 그래요. 그런데 장 중당, 갑자기 그 문제는 왜 거론하는 거야?"

윤상이 의아스럽다는 표정으로 물었다.

"아닙니다. 어제 진가유가 상서방에 와서는 명단을 가지고 있느냐고 묻더군요. 저는 이미 태자마마께 보냈다고 했죠. 그런데 믿지 않는 것 같았습니다. 그래서 제가 배달증명을 보여줬더니 아무 말 없이 돌아갔습니다."

장정옥이 대답했다. 이어 바로 발걸음을 옮겼다. 윤진이 그 자리에서 한참 생각에 잠겨 있더니 윤상에게 물었다.

"자네는 배달증명 같은 것을 받았나?"

윤상이 잠시 어리둥절한 표정을 짓더니 바로 웃으면서 대답했다.

"저는 그런 것은 받아본 적이 없어요. 그저 주천보한테 주기만 했는걸요! 그것이 별 문제가 되지는 않을 것 아닙니까? 제가 하루에 나르는 서류만 수십 가지에 이릅니다. 그때마다 그런 것을 챙기면 어떻게 감당하겠어요? 일을 본 다음에 뒤를 닦는 데도 필요하지 않을 것 같은데요?"

윤진은 윤상의 말을 가만히 음미해봤다. 자신이 생각하기에도 크게 문제될 것은 없는 듯했다. 하기야 털털한 윤상에게서 그런 것을 기대한다는 것 자체가 우스운 일일 터였다. 윤진이 그렇게 생각하고는 웃으면서 말했다.

"비가 크게 올 모양이네. 내무부에 가서 우비를 빌려 입고 집으로 돌아가자고."

늦은 가을비는 추적추적 스산하게도 내렸다. 중양절 이후 맑은 하늘을 본 날이 거의 없을 정도라는 사실을 웅변해주는 듯했다. 실제로 늦가을에 접어든 북경은 연일 비가 내렸다. 때로는 호우, 때로는 실비를 내리게 하면서 누구나 할 것 없이 우울하게 만들었다. 강희의 건강 상태가 최악의 고비를 맞고 있다는 소문이 돌았다. 그것은 마치 하늘에 작은 구멍이라도 난 듯 끊임없이 내리는 가을비 속에 젖어들어 백성들의 입에서 입으로 조용히 퍼져나갔다.

원래 대왕과 일반 백성은 근본이 다르다. 관官과 민民 역시 얼음과 화롯불처럼 상극이라고 할 수 있다. 그러나 강희를 향한 백성들의 마음은 달랐다. 그들은 그가 통치하는 51년 동안 그 누구보다 뛰어난 군주인 그를 한마음 한뜻으로 받들고 존경해 마지않았다. 당연히 검증되지 않은 소문에 불과했어도 강희의 건강이 하루빨리 완쾌되기를 간절히 기도했다. 또 불안함과 공포감에 마음을 졸이기도 했다. 윤잉이 복위되자마자 여덟째 등에 대한 무차별적인 보복을 이어가고 있는 마당에 강희마저 잘못되기라도 하면 나라의 운명이 생각만 해도 끔찍한 비운에 직면할 것이라는 공포가 없지 않았던 것이다. 대각사大覺寺를 비롯해 백운관白雲觀, 성안사聖安寺, 법원사法源寺, 천녕사天寧寺, 대종사大鐘寺, 지화사智化寺, 동악묘東岳廟, 우가 청진사牛街淸眞寺, 담자사潭柘寺 등의 수많은 절과 사당에 겉으로는 날씨가 개기를 빌지만 속으로는 강희의 무사평안을 기원하는 향불을 피우는 사람들이 장사진을 이룬 것은 다 그 때문이라고 할 수 있었다.

초조하고 불안한 북경의 나날은 9월 16일이 지나고 9월 26일이 돼도 끝날 줄 몰랐다. 승덕 쪽에서 여전히 아무런 소식도 전해오지 않았기 때문이었다. 장정옥이 몇 번씩이나 승덕으로 보낸 면담요청 상주문은 고스란히 되돌아왔다. 성가聖駕가 이미 출발했다는 소식이 있는 것만은 그나마 다행이었다. 그러나 왜 아직 북경에 도착하지 않는지는 장정옥의 문하인 승덕의 지부조차도 알지 못했다. 어느 길을 택했는지는 더욱 더 그랬다.

하늘이 무너져도 그대로 덮고 잘 것만 같은 듬직하고 침착한 장정옥도 그런 상황에서는 하룻밤에도 몇 번씩이나 악몽에 시달리지 않을 수 없었다. 그는 26일 저녁에는 아무래도 잠이 들 자신이 없었는지 이부자리를 박차고 일어나 상서방으로 나갈 채비를 했다. 그때 집안 하인이 들어와 아뢰었다.

"재상 어른, 내정內廷에서 지의가 있습니다!"

"누가 왔는가? 어서…… 어서 모셔!"

장정옥이 옷을 입던 손을 멈춘 채 떨리는 목소리로 지시했다. 그의 말이 채 떨어지기도 전이었다. 육궁도태감六宮都太監인 이덕전이 성큼 들어섰다. 장정옥은 순간 비보라도 전해져올 것 같은 불행한 예감에 사로잡혔다. 안색은 순식간에 하얗게 질려버렸다. 그가 석고상처럼 그 자리에 굳어지면서 말했다.

"잠깐만, 관복을 갈아입고."

"그럴 필요 없습니다."

이덕전이 조용히 웃으면서 남쪽을 향해 똑바로 돌아섰다. 장정옥도 옷매무새를 여미면서 무릎을 꿇고는 여전히 떨리는 목소리로 말했다.

"신 장정옥이 폐하의 안녕을 비옵니다!"

"짐은 편안하다! 그만 일어나게, 장정옥!"

이덕전이 다시 입을 열었다. 장정옥은 강희가 무사하다는 말에 자신도 모르게 눈을 스르르 감았다. 그리고는 길게 안도의 숨을 내쉬었다. 그럼에도 두 다리는 위태롭게 떨렸다. 그러자 두 하인이 황급히 달려와 부축을 해주었다.

그가 정신을 가다듬고는 다시 다그쳐 물었다.

"도대체 무슨 일인가? 마제조차 편지 한 통도 없으니 말이야! 북경에는 폐하의 건강이 불안하다는 요언까지 나돌고 있어. 명색이 영시위내대신이라는 나는 폐하께서 어디 계신 줄도 모르고 있고!"

"폐하께서는 오늘 오전에 이미 미복 차림으로 북경에 도착하셨습니다. 오후에는 비 내리는 날씨에도 아랑곳하지 않으신 채 무단을 대동하시고 경서京西의 주둔군을 위로한 다음 담자사로 옮기셨습니다. 그곳에서 비를 멎게 해달라는 제를 지내시고 지금 막 창춘원 담녕거로 돌아오시는 길입니다. 장 대인도 부르라고 하셨습니다."

이덕전이 즉각 대답했다. 장정옥은 이덕전의 말을 듣는 내내 크게 벌어진 입을 다물지를 못했다. 크게 뜬 눈 역시 감지 못했다. 그가 부랴부랴 관복을 갈아입고는 조주朝珠를 목에 걸면서 물었다.

"폐하께서 다른 사람은 부르시지 않았는가?"

이덕전이 목소리를 낮춰 대답했다.

"장 대인이 처음이세요. 태자마마의 자리가 또다시 위태로울 것 같습니다!"

순간 장정옥은 귓전이 윙하고 머리가 어지러워지는 기분을 느꼈다. 커다란 충격에 쓰러질 것 같았다. 그러나 겨우 정신을 가다듬고는 수레 대신 말에 올라탔다. 이어 하인들에게 "야참을 준비하라!"는 명령을 내린 다음 쏜살같이 말을 달려 빗속으로 사라졌다.

장정옥은 얼마 후 창춘원 동문東門에 다다랐다. 습관적으로 회중시계를 꺼내 비바람에 흔들리는 궁등의 빛을 빌어 살펴봤다. 술시戌時가 채 되지 않은 시각이었다. 불과 몇 분 만에 도착했던 것이다.

그는 이덕전을 기다려 같이 들어갈 것인가를 놓고 잠시 고민했다. 그때 시위방에서 대기 중이던 장오가가 달려 나오더니 그가 말에서 내리는 것을 도우면서 말했다.

"폐하께서 지금 막 만선晩膳을 끝마치셨습니다. 마제와 방포 대인께서도 계십니다."

장정옥은 말없이 고개를 끄덕이면서 장오가를 따라 움직였다. 빗발은 더욱 굵어지고 있었다. 근처의 대나무 숲은 사정없이 후려치는 비바람에 할퀴기라도 한 듯 마치 귀신의 그것 같은 소름끼치는 비명을 지르고 있었다. 장정옥은 자신도 모르게 긴장하지 않을 수 없었다. 담녕거 앞의 구리학 상像 옆에 도착했을 때는 급기야 하반신이 물속에 빠졌다 나온 것처럼 흠뻑 젖어 있었다.

그가 붉은 돌계단 위에 올라서서 잠시 숨을 고르더니 두루마기 자락을 대충 비틀어 짰다. 이어 목청을 가다듬은 채 조용히 아뢰었다.

"신 장정옥이 폐하를 공견恭見하옵니다!"

"정옥, 자네 왔는가? 어서 들게!"

강희가 온돌에 누운 채 베개에 비스듬히 기대고 있다가 벌떡 일어나 앉으면서 말했다. 장정옥이 짤막한 대답과 함께 안으로 들어갔다. 이어 강희 앞에서 머리를 조아려 인사를 올렸다.

오랜만에 본 강희는 조금 수척해 보였을 뿐 걱정했던 것보다는 훨씬 밝아 보였다. 순간 장정옥은 콧마루가 찡해지면서 눈물이 앞을 가리면서 주책없이 쏟아져 나왔다.

강희가 황급히 소맷자락으로 눈물을 훔치는 장정옥을 바라보면서 웃음 띤 얼굴로 말했다.

"자네도 그렇게 여린 구석이 있었는가? 짐이 건강하게 돌아왔잖아! 그만하고 일어나게."

장정옥이 땅바닥에서 몸을 일으키더니 애써 웃음을 지은 채 아뢰었다.

"열흘이 넘게 성가聖駕와 연락이 두절됐사옵니다. 태평한 시기에 결코 있을 법한 일이 아니옵니다. 다시는 이런 일이 없었으면 하고 간언을 올리는 바입니다!"

강희가 책상 위에 놓인 용봉촉龍鳳燭을 잠깐 바라보는가 싶더니 한참 후에야 머리를 끄덕였다. 이어 천천히 입을 열었다.

"맞는 말이야. 이런 일은 한 번으로 족하지. 두 번 다시 있어서는 안 되겠어. 또 있을 수도 없을 것 같네. 지금 이 시각 조봉춘趙逢春이 명령을 받고 이미 입성했을 거야. 또 선박영의 병사들이 자금성의 수비 임무를 책임지기 위해 부지런히 움직일 것이네. 윤잉은 잠시 함안궁^{咸安宮}에 감금시켰어. 열셋째 윤상도 체포했네!"

장정옥은 이덕전의 말에서 어느 정도 분위기를 간파했던 만큼 나름 마음의 준비는 하고 있었다. 그러나 강희의 입에서 그 사실이 증명되는 순간 전혀 예상치도 않았던 것처럼 경악을 금치 못했다. 그리고는 무서울 정도로 창백해진 얼굴을 들고는 실성한 사람처럼 중얼거렸다.

"태……, 둘째마마께서 또 무슨 사고를 저지르기라도 하신 것이옵니까?"

"그게……."

강희의 시선을 받은 마제가 대신 입을 열었다. 그리고는 장황하게 설명을 하기 시작했다.

"팔월 십이일에 폐하께서는 잠시 방심해 풍한風寒에 걸리셨어요. 그래서 산고수장루山高水長樓에 제단을 쌓아 건강을 기원하는 의식을 치르게 됐죠. 그런데 그곳에서 폐하께서 빨리 돌아가시기를 비는 내용의 부적이 발견됐습니다. 우리는 즉각 각 궁에 명령해 샅샅이 조사해보도록 했죠. 아니기를 간절히 빌었으나 결국 연우루煙雨樓, 연파치상재煙波致爽齋 등 십여 곳에서 똑같은 내용의 귀물법기鬼物法器들이 무더기로 나왔어요."

그야말로 천지가 진동할 내용이었다. 장정옥은 너무 놀라 벌린 입을 아예 다물 생각조차 하지 못했다.

"혐의가 짙은 태감을 몰래 심문한 결과 능보凌普의 지시였다는 자백을 받아냈죠. 다음날 능보를 붙잡아 나와 방포 어른이 심문을 했어요. 능보가 혹독한 매질을 참지 못하고 탁합제, 주천보, 경색도 등 열네 명의 악당들과 더불어 썼던 혈서를 꺼내보였죠. 목숨을 걸고 태자를 보위하고 이당異黨을 결사적으로 배척한다는 내용이었어요. 폐하께서 돌아오실 때 밀운현 경내에서 어가를 막아 행동을 개시할 예정이었다는 자백도 받아냈죠. 만일에 대비해 저와 방포가 몇 날 며칠을 고민한 끝에 폐하의 윤허를 받아 성가聖駕가 구월 십육일에 도착한다는 내용의 명조를 내렸던 겁니다. 그리고는 사태를 주시했었어요. 하지만 사실 성가는 그날 출발했었어요. 행로를 희봉구熹峰口로 변경하고 가능한 한 빙빙 돌아서 왔습니다."

마제가 다소 장황하게 설명했다. 그러나 장정옥은 곧바로 핵심적인 내용을 짚어낼 수 있었다. 빗물에 흠뻑 젖은 그의 몸은 다시 식은땀으로 흥건해졌다. 사태가 이 정도로 심각한 줄은 미처 몰랐던 것이다. 그가 한참 경황없이 생각에 잠겨 있더니 다시 물었다.

"성가가 밀운현을 선택하지 않았습니다. 그러면 그곳에서는 어떤 움직임이 있었나요?"

마제가 대답했다.

"가짜로 성가를 만들어 내보냈죠. 밀운 도통이 병사들을 동원시킬 움직임을 보이는 것 같더군요. 하지만 뭔가 낌새를 챘는지 바로 조용해지더라고요."

장정옥이 미간을 무섭게 찌푸린 채 골똘하게 생각에 잠겼다. 이어 한참 후 강희를 향해 상체를 숙이면서 말했다.

"신은 이제야 알 것 같사옵니다. 이번 일은 태자마마가 직접 간여하지 않았을 가능성도 배제할 수는 없사옵니다. 태자마마를 옹립하게 될 경우의 공로를 노린 일부 소인배들이 저지른 작당일 수 있는 것이죠. 실패했을 경우에 그 책임을 고스란히 태자마마에게 미루려고 하지 않았을까 싶사옵니다."

장정옥의 말이 끝나자마자 방포가 껄껄 웃으면서 입을 열었다.

"이것 봐요, 형신! 폐하께서 그 변수를 염두에 두지 않으셨을 리가 있겠습니까? 태자마마는 덕을 멀리하고 매사에 소극적이었어요. 소인배들에게 둘러싸여 정신을 차리지 못했어요. 지난번에 폐위당한 것도 다 이유가 있었어요. 그럼에도 불구하고 복위된 이후에도 그 악습은 고쳐지지 않았습니다. 아니 오히려 더 심해졌습니다. 자신의 그릇된 행동에 대한 반성이 없는 사람이 얼마나 무서운지 압니까? 군주는 천하의 공기公器입니다. 하늘을 대신해 임무를 수행하는 일꾼입니다. 폐하께서는 수십 년 동안 솔선수범하시면서 몸소 가르쳐 주셨어요. 군주로서의 덕행을 두루 갖추신 폐하께서도 젊음과 정열을 남김없이 불태우신 격변의 시대를 거쳐 오늘을 이뤘습니다. 그런데 그럴 능력도 없고, 심지어 노력하고자 하는 마음도 없는 태자마마 같은 사람에게 어찌 이 강산을 맡길 수 있겠습니까?"

장정옥은 방포의 말이 바로 강희의 의사를 대변하는 것이라고 생각하지 않을 수 없었다. 그예 길게 엎드리면서 떨리는 목소리로 울먹였다.

"신은 태자마마가 폐위당하는 것을 두려워하는 것이 아니옵니다. 둘째마마의 처지를 동정하는 것도 아니옵니다. 다만 이 일이 가져올 조정 안팎의 파장과 잇따를 황실 혈육 간의 참변이 두려울 따름이옵니다…… 신은 가능한 한 연루되는 사람이 적었으면 하옵니다. 또 되도록 조용히 사태가 일단락돼 황가의 체통이 상처를 입지 않았으면 하는 간절한 바람뿐이옵니다. 그리고 열셋째마마는 결코 태자당이 아니옵니다. 진심으로 이 나라를 위해 헌신하는 훌륭한 황자라는 사실을 온몸으로 증명하고 싶사옵니다!"

"열셋째에 대해서는 나중에 짐이 알려주겠네."

강희가 한숨을 내쉬면서 신발을 신고 내려섰다. 이어 창가로 걸어가서 덧붙였다.

"자네, 일어나서 짐이 말하는 대로 조서를 작성하게!"

장정옥은 강희의 말이 끝나자마자 바로 벌떡 일어나 책상으로 다가가 붓을 들었다. 이어 강희의 입을 똑바로 쳐다보면서 어떤 말이 나올지 기다렸다. 강희는 천천히 한 글자 한 글자씩 힘을 주면서 말했다.

"태자는 일전에 행실이 부정해 얼마간 감금당한 적이 있었다. 그러나 짐은 부자간의 정을 어찌할 수 없어 관대하게 용서를 했다. 적어도 진실한 마음을 가진 인간이라면 그 기간을 충분한 자기반성과 재도약의 기회로 삼을 줄 알아야 했다. 짐도 그렇게 기대를 했다. 그러나 개과천선은커녕 석방되는 그날부터 본질을 드러내기 시작했다. 수년 동안 지켜본 바로는 태자는 시비에 상식 이하로 어둡다. 또 아집과 독선으로 일관된 행동을 한다. 당연히 인심은 갈수록 태자로부터 멀어져갔다. 천성이 흉악하기가 이를 데 없고 저질스런 악당들과 무리지어 사직社稷을 좀먹고 신기神器를 욕되게 했다. 부득이 다시 폐위시키지 않을 수 없노라!"

장정옥의 붓은 강희가 말하는 동안에도 멈출 줄 몰랐다. 강희가 잠시 생각하는 틈을 타 그가 끼어들었다.

"폐하, '사직을 좀먹고 신기를 욕되게 했다'라는 부분은 대역죄에 해당되는 말이옵니다. 물의를 불러일으킬 소지가 있사옵니다."

"그래? 그러면 빼버리게."

강희가 장정옥의 말에 동조한다는 듯 머리를 끄덕였다. 그리고는 다시 말을 이었다.

"이렇게 쓰게. 윤잉은 부황에게 다른 마음이 없었을 수 있다. 그러나 소인배들이 짐에게 위해를 가하려 했다면 윤잉 역시 완전히 자유로울 수는 없다……. 처음 감금에서 해제됐을 때 짐은 분명히 말했다. '잘하면 계속 황태자일 것이나 그렇지 않다면 다시 감금할 것이다'라고. 이 부분은 상세하게 기록돼 있을 것이다."

강희는 말을 마쳤다. 장정옥도 붓을 내렸다. 두 사람과 방포는 먹물이 그대로 남아 있는 선지宣紙를 묵묵히 바라봤다. 그리고는 오래도록 말이 없었다. 한참 후에 마제가 먼저 입을 열었다.

"지난번 태자마마를 폐위시켰을 때 새로운 태자의 인선을 놓고 한바탕 홍역을 치렀사옵니다. 이번에는 폐하께서 부디 새로운 태자를 염두에 두시고 태자 폐위조서를 발표하셨으면 하옵니다."

장정옥 역시 마제와 같은 생각을 하고 있었다. 마제의 말이 끝나자마자 강희를 바라본 것도 그 때문이라고 할 수 있었다. 강희가 기다렸다는 듯 대답했다.

"태자는 없어. 짐은 이제 더 이상 태자를 세우지 않기로 마음의 결정을 내린 상태야."

장정옥이 강희의 말에 화들짝 놀라 황급히 무릎을 꿇었다. 그러나 무어라 말을 잇지는 못했다.

"폐하……!"

"자네가 무슨 말을 할지 짐은 알고 있네. 그만 일어나게!"

방포가 일어나라는 강희의 말에도 여전히 무릎을 꿇고 있는 장정옥을 향해 한숨을 지었다. 그리고는 천천히 말했다.

"이것 봐요, 정옥! 우리 대청은 전 왕조인 명나라와 달라 황자들 모두 자신의 관부를 설치하고 깃발을 꽂을 수 있는, 이른바 개부건아開府建牙의 자격을 가진 채 정무에 임하고 있어요. 때문에 태자를 너무 일찍 세우면 득이 될 것이 없습니다!"

장정옥이 갑자기 의혹 가득한 눈빛으로 방포를 바라봤다. 그리고는 자리에서 일어서면서 직설적으로 물었다.

"그것은 방포 어른의 생각입니까?"

그러자 방포가 웃으면서 대답했다.

"내 생각인지 아닌지는 그렇게 중요한 것이 아니라고 봅니다. 송宋나라의 인종仁宗은 삼십 년 동안 태자를 세우지 않았어요. 우리 태조와 태종께서도 태자를 세우지 않았어도 여전히 무사태평을 누렸지 않았습니까? 사실 태자를 세우지 않는다는 것은 다른 뜻이 없어요. 태자를 대외적으로 공개하지 않는다는 뜻으로 풀이할 수가 있습니다. 폐하의 마음속에는 있는 것이죠. 폐하께서는 후계자를 정하셔서 금책金冊에 친필로 위임장을 작성하실 겁니다. 그런 다음 건청궁의 '정대광명'正大光明 편액 뒤에 숨겨 놓으실 겁니다. 황자들은 폐하께서 나중에 붕어하시어 나라에 새로운 군주가 필요할 때 그것을 꺼내보게 될 겁니다."

방포가 쥐의 그것을 연상케 하는 턱수염을 흔들면서 대답했다. 눈빛이 무척이나 날카로워 보였다. 그는 강희의 생각이 당연하다는 뜻도 내비쳤다. 그러나 마제와 장정옥은 달랐다. 전례 없는 방식에 크게 놀라지 않을 수 없었다.

그때 강희의 섬뜩한 눈빛이 세 사람을 천천히 스쳐지나갔다.

"이 일에 대해서는 자네들 셋 외에는 아는 사람이 없네. 짐은 비밀을 발설한 자에 대해서는 관용을 베풀지 않을 거야. 반드시 목을 베어버릴 거야. 명심하게!"

〈4권에 계속〉